鍋奉行犯科帳

猫と忍者と太閤さん

田中啓文

集英社文庫

目次

本文デザイン／原条令子
挿絵／林　幸

鍋奉行犯科帳　猫と忍者と太閤さん

忍《しの》び飯《めし》

第一話

1

「うどんやあ……そばいやうー……」

荷売りのうどん屋の声が北風に乗って途切れ途切れに聞こえてくる。犬の遠吠《とおぼ》えが長い尾を引いている。月がその犬を白く照らしている。時刻は八つ（午前二時頃）を過ぎており、南鍋屋町《みなみなべやまち》の通りに面したウナギ屋「菱熊《ひしくま》」はとうに店を閉めていた。通人《つうじん》のあいだでは名店として名高く、「大坂一」の呼び声も高いこの店も、昼間の賑《にぎ》わいが嘘《うそ》のように静まり返っていた。夜なべで木串を洗っていた丁稚《でっち》たちもすでに眠りにつき、二重になった大戸の隙間から漏れる香ばしい香りだけが、数刻《すうとき》まえまでのたいへんな繁盛ぶりを物語っていた。

月が雲に隠れた。それを待っていたかのように、ひとつの黒い影が路上を動いた。その動きはあまりに素早く、もしだれかが道に立っていてもその影は目に入らなかっただろう。それは、褐色の装束を着た、小太りで丸顔の男だった。頭巾で顔までも包んでおり、老若のほどはわからぬ。男は「菱熊」の正面に立つと、しばらく息を整えていたが、やがて、ポン！　と地面を蹴った。つぎの瞬間、彼の姿は庇《ひさし》のうえにあった。周囲に目を走らせると、二階の窓を開く。月がふたたび雲の合間から顔をのぞかせたとき、男の姿はどこにもなかった。

四半刻（約三十分）ほどのち、「菱熊」の一階の天井板のひとつに、錐《きり》のようなもので小さな孔《あな》が開けられた。下から見上げただけではわからないほどの小さな孔だ。そこから白い紐《ひも》が一本現れた。蜘蛛《くも》の糸のように細いそれは、まっすぐにするすると降りていく。すぐ下には、茶色い壺《つぼ》がある。なかに入っているどろりとしたものこそ、「菱熊」の当主である熊次郎《くまじろう》が「命より大事」だというウナギのタレである。創業以来注《つ》ぎ足し注ぎ足しで作られている秘伝のタレは、

「火事になったら家財道具や金より先にこれを持ち出すのや。これまでだれにも作り方を教えたことはない。わしが死んだら、このタレもなくなるっちゅうわけや」

と熊次郎が公言しているもので、ウナギの吟味や焼き方もさることながら、大坂の食通たちはこのタレの美味《うま》さにひかれて、大金を払ってでも争って食するのである。そして皆、一様に言うのだ、「あの味、ほかでは味わえん」と。なにしろ「大坂一美味いが大坂一高い」と言われている店である。

「菱熊のウナギ、死ぬまでにいっぺん食うてみたいもんや」

と庶民は指をくわえるしかない。ほかのウナギ屋がなんとかして「菱熊」のタレの味を真似《まね》しようとこれまであれやこれやと知恵を絞ってきたが、どうしてもできない。持ち帰りや出前は、「味を盗まれるから」とかたくなに断っているので、店に食べにいくしかないのだが、熊次郎は同業のものが訪れると、

「タレの味、盗みにきよったな！」

怒声とともに追い返してしまう。店の主《あるじ》なら面が割れているが、職人ならよかろうと下働きを送り込んでもすぐに見破って、箒《ほうき》でさんざん打擲《ちょうちゃく》して叩《たた》き出してしまう。

「ウナギ屋の職人はな、顔は知らんかて身体《からだ》にウナギの匂いが染みついてるさかい、すぐにわかるがな」

と熊次郎は言う。ウナギ職人ではないものに行かせても、そもそも味がわからないのでなんの足しにもならぬ。そんなわけで、菱熊の味は今も守られているわけだが……。

白い紐は、壺に入ったウナギのタレにその先端を浸すと、すぐに引き上げられた。天井裏の梁《はり》のあいまにはさきほどの丸顔男が腹這《はらば》いになっている。どうやら暗闇のなかでもものが見えるらしい。彼は、紐の先に付いたごくわずかなタレをぺろりとなめると、

「ふん……あれがあれで……あれが入ってて……ふん……ふんふん……」

目を閉じて、しばらくつぶやいていたが、

「なんや……そういうことか」

そう言って、にやりと笑うと、

「これで菱熊も終わりやな」

そして、身体の向きを変えたとき、天井板が「ぎきしししし……」と鳴った。しまった……と身をすくめた途端、

「だれじゃ！」

引き戸が開いて、寝間着姿の熊次郎が手燭《てしょく》を持って現れた。

「妙な音がしたが……味盗人《あじぬすと》が忍び込んだんやなかろうな」

壺のまわりや床板などを鋭い目でにらみつけている。やがて、天井が怪しいと思ったらしく、ウナギ割き用の包丁を手にとると、伏せてあった樽《たる》のうえに「よいやっ」と乗り、手を伸ばして二階の天井板を外そうとした。天井裏の小太り男はあわてて、右手の人差し指を口に含むと、

「チュウ、チュウ……」

熊次郎は、のぼりかけた樽から降りると、

「なんじゃ、ネズミか。――食いもん商売の家にネズミがおるというのはよろしくないわい。明日、丁稚《こども》に言うて天井裏を掃除させるとしよか」

大きなあくびをひとつして、そこから出ていった。天井裏の男は胸を撫《な》で、

「寿命が縮んだわい」

そして、まるでネズミのようにいずこへともなく姿を消した。

それから十日ほど経《た》ったある日、

「これはこれは、大番の石川《いしかわ》さまやおまへんか。えろうご無沙汰《ぶさた》でおます」

「無沙汰はお互いさまじゃ。ときに尾高屋《おだかや》、近頃なんぞ安うて美味きものはないか」

「はははは……景気の悪い話でおますなあ。高《たこ》うて美味いもんか安うて不味《まず》いもんやったらおますけどな……」

「我らも御城詰めがかくも長《なご》うなると手元不如意でのう、というて不味いものは食いとうもない。そこでおまえの知恵を借りたいのじゃ」

「そう言われても……あ、いや、おます。おますおます。三津寺筋《みつでらすじ》にある『等々力屋《とどろきや》』ゆうウナギ屋だすけどな、これが近頃評判になっておりまして、なるほどなかなかの味ですのや」

「ウナギも随分食うてはみたが、高うて美味いか安うて不味いかいずれかじゃ。どうせたいしたことはあるまい」

「それがその……南鍋屋町の『菱熊』をご存知で？」

「もちろんじゃ。あそこは高うて美味い店の筆頭ではないか」

「菱熊の味にそっくりで、しかも、菱熊よりは随分安うございます。店もそのことを売りにしておりまして、暖簾《のれん》に『熊も驚く通の味』と染め抜いておりますのや。私も一度参りましたが、たしかに評判通り、タレが菱熊とよう似ております」

「ほほう……菱熊のタレといえば、主の熊次郎が門外不出にしておる秘伝の味じゃ。それをよう真似できたものだのう」

「私の舌では甲乙つけられませぬ。石川さまも一度食べにいかれてはいかがかと……」

「さようか。では、今から参ろう。供をいたせ」

三津寺筋にある等々力屋というウナギ屋のタレの味が急に変わった、しかも、菱熊の味によく似ている、という評判は大坂市中を駆け巡った。菱熊の常連だったものたちが口を揃《そろ》えて、

「菱熊と瓜二《うりふた》つ。美味い」

と言う。なかでもあの食い道楽の大坂大番、石川左近将監《さこんのしょうげん》が折り紙をつけたと聞いては、食通をもって認めるものたちは行くしかない。そのうえ、値が菱熊の半値近いとあっては、本家の菱熊を知らぬ庶民たちも、

「菱熊では食えんが、等々力屋ならなんとか手が届く」

と連日押しかけてたいへんな騒ぎとなった。逆に菱熊は閑古鳥が鳴いている。あれほど通っていた客たちも、

「同じ味で安く食えるなら」

と等々力屋に鞍替《くらが》えしたようだ。菱熊は、やむなくかなりの値下げをしたが、それが

また不評を買い、ついには老舗《しにせ》を閉めざるをえなくなった。たかだか十日ほどのあいだの出来事である。

◇

大遣《おおなべ》久右衛門《きゆうえもん》は不機嫌であった。

「なんじゃ、これは！」

椀《わん》を右手で摑《つか》み、「戦国武将がおのれの城を乗っ取られた」ぐらいの怒りを爆発させている。昼餉《ひるげ》の膳に出された大根の味噌汁《みそしる》に苛立《いらだ》っているらしい。

「どうかいたしましたか」

いつも沈着な、用人の佐々木喜内《ささききない》が落ち着いた声で言った。彼は長年、たいがいのことは柳に風と受け流してきた。それが、久右衛門の用人を務めるうえでのもっとも良い態度なのである。逆らったり、説き伏せようとしたりしても、話がどんどんこじれるだけだ。

「味噌汁の大根は、拍子木に切れ、と申しつけておいたはずじゃ。このようにいちょうに切ると、口に吸い込みにくうなり、せっかくの味わいが落ちる。源治郎《げんじろう》はなにゆえかかる具合に……」

そこまで言って、ふと言葉を切り、

「そうか……そうであったな。源治郎は臥《ふ》せっておるのか」

「さようでございます。これを切ったのは、おそらく真吉《しんきち》かと」

「うーむ……」

久右衛門は太く、毛むくじゃらの腕を組み合わせて唸《うな》った。

大邉久右衛門は大坂西町奉行である。その関心は、出世にも市中取り締まりにも家庭にもない。食べることと飲むこと、つまり、「飲み食い」だけが彼の心を捕えて離さないのだ。久右衛門はヒグマのような巨体であり、その威容は相撲取りが裸足《はだし》で逃げ出すほどである。太い筆で一筆書きしたような眉毛、どんぐり眼《まなこ》、団子というより饅頭《まんじゆう》のような鼻、分厚い唇……とにかくすべての造作が大きくできている。首も太く、手や脚には剛毛が生えている。たいへんな食い道楽だが、美味いものを少量……というのではなく、とにかくよく食べ、よく飲む。そのせいで近頃はまたいちだんと肥え太り、歩くたびに奉行所の廊下がぎしぎしと軋《きし》む。いや、それどころかいつも寝そべっている居間の床がたわんできているようなのだ。

「なんとかせねばならぬな」

「そうですな」

久右衛門はぎろりと喜内をにらみつけ、

「どうでもよい、と思うておるな」

「いえ、そんなことは……」

「いや、返答に気が入っておらぬ。わしの三度の飯を調える料理人が怪我《けが》で包丁が持てぬ……ということは、わしは当分のあいだ、かかる不味いものを食わねばならぬわけじゃ。由々しきことではないか」

喜内はため息をつき、

「御前《ごぜん》、医師の赤壁傘庵《あかかべさんあん》殿も、ひと月もあれば本復《ほんぷく》すると申しておられました。ひと月ぐらいご辛抱なされませ」

「嫌じゃ。日に一度でも不味い飯を食うたら、それは人生における大きな損となる。わしがこの先、幾度、食事ができると思う」

「さあ……」

「おそらく二万七千度《たび》ほどじゃ」

「二万七千度もございますか」

「二万七千度しかないのじゃ。そのうちの一度となれば、おろそかにはできぬ。それがひと月、つまり、九十度も続くとなれば……こ、こ、これはとんでもないことではないか!」

泡を噴きそうなまでに昂《たか》ぶっている久右衛門を見て、

「当奉行所の支配は、大坂三郷《さんごう》のみならず、摂津《せっつ》、河内《かわち》、和泉《いずみ》、播磨《はりま》の天領にまで及んでおります。そのすべてにおいて政《まつりごと》が正しく行われているかどうか目を光らせるだけでも、たいへんなお勤めのはず。味噌汁の大根がどうこうと言っておられる暇などないはずでございましょう」

「わかっておる。わかってはおるが、政も大事、味噌汁も同じく大事じゃ」

「はあ……」

「大根の話をしたら、鬱陶《うっとう》しいことを思い出したわい。ああ、腹が立つ！　不快じゃ。わしゃ、不快じゃあっ」

機嫌が直るどころか、不機嫌さが増してきたようだ。喜内は久右衛門に聞こえるようにもう一度大きなため息をついた。

ことの起こりは五日ほどまえだった。女中が台所で水をこぼしてしまった。西町奉行所の料理方を務める源治郎はそれを知らずにそこを歩き、ずってん！　とひっくり返った。そのときに右腕を激しく床に打ちつけてしまったのだ。腕は腫れ上がり、熱を持った。もちろん包丁は持てぬ。大宝寺町《だいほうじまち》で医師を開業し、ときおり奉行所の検死なども手伝っている赤壁傘庵の診立《みた》てによると、骨にひびが入っているらしい。ひと月ほどで治るが、そのあいだ動かしてはならぬぞ、治りが遅れるゆえな、と厳しく言いつけて傘庵は帰っていった。

源治郎に、大坂一の料理屋「浮瀬《うかむせ》」の花板だった男で、腕は良いし、作る料理が久右衛門の口に合うのだ。しかも、板前として日々料理のことを考え、精進を続けている。大根の切り方ひとつにも心を砕いているのだ。そんな源治郎が作る料理を食べつけていた久右衛門には急に格下の料理人が作るものを食べさせられることになったのが耐え難いらしい。だが、喜内は「駄々っ子ではないのだ。我慢してもらうしかない」と思っている。ただ、ひと月のあいだずっとこれが続くとなるとやり切れぬ。

源治郎も、早く治したいのはやまやまだが、いくつか気になることがあり、そのためおとなしく寝てもいられぬ。その「気になること」のひとつが、糠《ぬか》漬けなのである。源治郎は、「浮瀬」のころから守ってきた糠床を後生大事にしており、けっしてひとまかせにせぬ。食事の根本は、飯と漬けものと味噌汁にある、というのが源治郎の考えであった。だから、いくら高い魚を揃えたとて、漬けものの出来が悪いとその一食が台無しになる。漬け加減も季節や漬け込むものによって日々変えねばならぬし、切り方ひとつで味が落ちる。そんな源治郎にとって、久右衛門の漬けものへのこだわりは、

「我が意を得たり」

というところなのだ。源治郎は糠味噌の大きな壺を、台所に隣接した小さな蔵に入れて鍵をかけ、その鍵はみずからが持っている。そして、日に二度、糠を搔《か》きまわすのが日課であった。ほかのものが搔き混ぜようとすると叱りつける。この役目だけは他人に手出しさせるわけにはいかぬらしい。源治郎の説では、

「糠床は、同じものが掻き混ぜんと味が変わる」

からなのだ。だから、腕を怪我した今も、朝と夕方、寝所から這うように起きてきて、蔵に入り、糠を混ぜている。それゆえ治りが遅い。こんなときぐらい真吉にやらせれば、と皆は言うのだが、頑として聞かぬ。

「糠床がわやになったら、取り返しがつかんのやで」

たかが漬けものではないか、と喜内は思っているが口には出さない。火事のとき、ウナギ屋は秘伝のタレを、すっぽん屋は使い込んだ鍋を、魚料理屋は包丁を持ち出すというから、源治郎にとっての糠床は、武士にとっての刀のようなものなのかもしれぬからだ。それに、たしかに真吉では頼りない。もう四十を過ぎた料理人で腕も悪くはないのだが、「おっとりの真吉」の名前どおり、かなりのんびりした男なのだ。源治郎が怪我をしてからは真吉が久右衛門の膳部を調えているが、久右衛門の気に入るまでには至らない。

そんなこんなでイライラしている久右衛門をよりいっそう苛立たせる出来事が昨日あった。京で「茶漬け・富士紋《ふじもん》」を営んでいる富士屋紋左衛門《ふじやもんざえもん》という男が久右衛門を訪ねてきて、開口一番、

「糠床を譲ってくれ」

と言い出したのだ。

「値に十両も出せばよろしゅうございますな」

決めつけるように言う。たかが糠床に十両も出すのだ、嫌とは言わせぬぞ、という口調に久右衛門は苦い顔をした。

「十両では譲れぬな」

「ほな、十五両お出ししまひょ」

「茶漬け・富士紋」は、京の三条通《さんじょうどおり》に店を構える料理屋で、目の玉が飛び出るほど高価な茶漬けを売りものにしていた。といっても変わったものがあるわけではなく、海苔《のり》茶漬け、鮭《さけ》茶漬け、鯛《たい》茶漬け、ウナギ茶漬け……など、献立はいたって普通だ。ただし、漬けものがよそとは異なる。すぐき、壬生菜《みぶな》、柴《しば》漬け……季節毎《ごと》にさまざまな京漬けものを供するのが名物で、そのほかにも奈良漬け、野沢菜漬け、浅漬けなどを取り揃えている。いくら値がはろうと京の商人、公家《くげ》衆、武家などのあいだで人気が高く、島原《しまばら》をひやかしたあと富士紋で茶漬けを食べる、というのが京の通人の証《あかし》とまで言われるようになった。参勤交代の某大名がお忍びで訪れた、とか、人気役者が千両で買い切りをした、とかいった噂《うわさ》も流れたほどだ。ところが先斗町《ぽんとちょう》に新しくできた茶漬け屋が糠漬けを売りにして評判を取るようになったため、富士紋の人気にかげりがみえはじめた。そこで、てこ入れのために糠漬けを一新しようということになったらしい。ある食通の武家たちが、食い道楽として名の高い、大坂の西町奉行大邉久右衛門に昼食《ちゆうじき》を馳走《ちそう》になったことがあったが、そのとき出された糠漬けが、大根も瓜もなすびも蕪《かぶら》も人参《にんじん》も、いずれも絶品であった、と口々にほめたたえた。

「あれだけの糠漬けは、料理屋でも食べたことはないな」

「それはもう、見事なものであった」

富士紋を贔屓《ひいき》にしている食通たちが皆声を揃えたため、紋左衛門はわざわざ京からやってきたのだという。

「うーむ……十五両か」

久右衛門は唸った。大邉家は貧乏である。それはおもに、彼の大食・美食のためなのだが、金は喉から手が出るほど欲しいのだ。しかし……。

「やめておこう。糠床と出汁《だし》は料理人の命だそうじゃ。今、うちの料理方は病で臥せっておるゆえ、わしが勝手なことはできぬ」

「はあ？　命と言わはりましたけど、たかが糠床どすがな。なにもまるごと寄越せ、言うとるのとちがいます。わけてくれはったらよろしおますのや。糠床は、足せばもとどおりになります。そちらには損はかけまへんやろ。――なにが気に入らんのどす」

「うーむ……」

「値ぇどすか。さすが大坂のお方は欲《よく》どしおますなあ。わかりました。ほな、二十両、と言いたいけど、思い切って三十両出しまひょ。どないだす。たかが糠床に三十両……ケチな大坂の商人には出せん額やおへんか」

久右衛門の顔色が次第に変わっていくのに、紋左衛門は気が付かなかった。

「富士屋、たかが糠床と申すが、それを言うならたかが茶漬けではないか。なにゆえ三十両も出す。元は取れはすまい」

「あっはっはっはっ……私も商人、ちゃあんと腹はございます。損して得取れどすわ。『食う衛門も太鼓判。あの大鍋食う衛門秘蔵の糠床で漬けた糠漬け』として売り出すつもりどすさかい、元が切れることはおまへんわ」

「馬鹿者ーっ！」

久右衛門は大喝し、その声が部屋を震わせたせいで、長押《なげし》の槍《やり》が紋左衛門の目のまえに落ちた。紋左衛門は仰天して三尺ほど飛び下がった。

「貴様ああ、言うにことかいて、なにが食う衛門も太鼓判じゃ。そのようなくだらぬことにわしの名を使われてたまるか！」

「が、が、額が不足どすか。ほ、ほな、四十両出しまひょ。これよりうえは出せまへん」

「いらぬ。とっとと帰れ、この大たわけめが！」

「なにか気に障るようなことでも……」

「はじめからしまいまでなにもかも気に障っておる！　疾《と》く出て行かぬと、この槍で串刺しにするぞ！」

「わわ私も三十石で来ましたんや。手ぶらでは帰れまへん。せめてその糠漬けを一口だけでも食べさせて……」

「まだ言うか！」

久右衛門はすっくと立つと、畳のうえの槍を手にしてりゅうりゅうとしごいたあと、

「でやあっ！」

紋左衛門の鼻先に突きつけた。

「ひ、ひええっ！」

紋左衛門は蒼白《そうはく》になり、四つん這いになって廊下に逃げた。

「わ、私はあきらめまへんで。かならず糠床をちょうだいします」

「今度参ったら、槍ではすまさぬぞ。大砲をすえて、貴様も京にある貴様の店も、ともに吹き飛ばしてやる！」

「無茶苦茶や！　大坂もんは奉行まで頭がおかしい！」

そう言い捨てて紋左衛門は、奉行所から命からがら逃げ出したのである。

「今にみとれよ。かならず糠床、手に入れてみせるで」

紋左衛門は憤激しながら八軒家《はちけんや》からのぼり船に乗り込んだ。同じころ、久右衛門は、ふん、と鼻を鳴らし、

「わしの名を冠してあっても、いちいちわしが味をたしかめるわけにはいかぬではないか。料理屋の風上にもおけぬインチキものめが！」

こちらはこちらで憤激している。久右衛門は、寝ている源治郎の部屋にどすどす入り込むと、

「糠床の守りを厳重にいたせ。よいな！」

そう怒鳴りつけると、なにがなんだかわからぬ顔の源治郎が寝ぼけ眼をこすって起き上がろうとするまえにふたたび足音荒く出ていった。

というようなことがあって、久右衛門の不機嫌さはいっこうに直らぬのだ。

「うう……これはなんじゃ！」

大根の漬けものに続いて箸でつまんだ慈姑《くわい》の煮物のあく抜きがうまくできていなかったことで、久右衛門はついにキレた。箸を膳に置き、

「喜内……なんとかしてくれい」

静かな声である。ふだんの怒鳴り声に慣れている喜内は、こういうときこそ久右衛門が心から激昂《げっこう》していることがわかっていた。

「わかりました。御前、なんとかいたしましょう」

「いかがいたすのじゃ」

「一時《いちじ》の料理人を雇いましょう。ですが、御前のお気に召す板前がおりましょうか」

久右衛門は腹をひとつ、ぶるんと揺すり、

「わかった。わしが評定《ひょうじょう》する」

決然としたその顔は、ほかのものが見たら、白洲《しらす》で大事な裁きをした瞬間かと思っただろう。

◇

「旦那……村越《むらこし》の旦那！」

千三《せんぞう》が、まえを歩く村越勇太郎《ゆうたろう》の背中に向かって叫んだ。彼が提灯《ちょうちん》を持っているのだが、あまり先さき行かれると足もとを照らすことができない。肌を切り裂くような寒風は、縦横からふたりに吹きすさぶ。

「旦那……旦那て」

千三が幾度呼びかけても、懐手をした勇太郎は心ここにあらずという風に早足で歩き続ける。

村越勇太郎は、西町奉行所定町廻《じようまちまわ》り同心である。まだ二十歳《はたち》を過ぎたばかりだが、同心だった父柔太郎《じゆうたろう》の病死により彼が跡を継いだのだ。町奉行所の与力《よりき》や同心は、本来一代限りの役目だが、実際には世襲が行われていたので、与力の子は与力、同心の子は同心というのがあたりまえであった。千三と同じくまだ独り者で、母親のすゑ、妹のきぬ、家僕の厳兵衛《げんべえ》の四人で同心町の拝領屋敷に住まいしていた。

「知ってはりますか。近頃、『味盗み』ゆう盗人が出没しとるそうだっせ」

「ふーん……」

空返事《から》である。

「料理屋とか大商人《おおあきんど》、大名家なんぞが世間に隠してる料理の秘伝が、いつのまにか真似されとる、ゆうことが相次いどるそうで、潰れてしもた料理屋もあるて聞いとります」

「ほう……」

「味なんか、どないして盗むのやろ。たまたま似ただけとちがうんかい、とわてみたいな素人は思いますけどなあ。盗まれた側に言わせると、そんなわけがない、何十年かかっても真似のでけん味や、盗まれたに決まってる……とこない言いますのや。けど、奉公人雇うときも、怪しい客にも十分気ぃつけとったらしゅうて、なんで盗まれたのかはわからんそうだす。わての考えでは、盗人やのうて物《も》の怪《け》やないかと思いますねん。屋根のうえにへばりついて、長い舌を伸ばして料理をぺろぺろなめてるんやないかいなあと……」

「…………」

「旦那……聞いてまんのか？　旦那……旦那！」

勇太郎は振り向きもせずまっすぐ歩いている。

「旦那、約束がちがいまっせ！」

「なにがだ」

勇太郎はようやく応えた。

「北浜《きたはま》に入ったら、屋台で一杯飲ましたる、て言うてはりましたがな。その言葉だけを頼りに、寒い寒いなか、こないして文句も言わんとお供してまんのやで」

勇太郎と千三は歳《とし》が近いためか長年の馬合いで、身分は異なれどまるで朋輩《ほうばい》のような間柄であった。

「それが文句なんだ。黙って歩け」

「黙ってたら口が凍ってしまいますのや。始終動かしとかんと……。ああ、熱燗《あつかん》を放り込んだら口も溶けると思うけどなあ」

「飲ましてやりたいが、屋台が見当たらないからしかたあるまい」

「さっき、今橋《いまばし》のたもとにうどん屋が出てましたがな。しっぽくかなんぞでキューッとやったら、寒さも吹っ飛びましたのに」

「橋を渡ったらいつもの湯豆腐屋がいると思っていたのだ。今夜は休みのようだな」

「殺生だっせ。今橋を戻りまひょか」

「そうはいかん。御用の中途だぞ。酒を飲むために後戻りできるか」

「あきまへんか」

「ダメに決まってる。堂島《どうじま》に入ったらなにか出てるだろう。それまで辛抱しろ」

「こんな夜なかに堂島に屋台が出てまっか？　蔵屋敷はどこも門閉めてますさかい、人通りもおまへんやろ。それに、旦那はふところに手ぇ入れてはるからまだましですけど、わては提灯持ってますやろ。手がかじかんでしもてますねん」

勇太郎はもうなにも応えない。歩みを緩めることなく、すたすたと先へ行ってしまった。千三はため息をついた。

「蛸足《たこあし》の千三」は、水茶屋の鑑札と引き換えに西町奉行所から十手を預かる「役木戸《やくきど》」である。普段は道頓堀《どうとんぼり》五座のひとつ「大西《おおにし》の芝居」の木戸番を務めているが、暇さえあれば定町廻り同心である勇太郎の手下《てか》として大坂市中を見回りし、怪しいことがないか目を光らせるのが彼の役目であった。水茶屋の主、芝居の木戸番、お上《かみ》の御用聞き、そして戯作者《げさくしゃ》としての顔も持つという八面六臂《はちめんろっぴ》の活躍に「蛸足」の二つ名がついた……というのだが、口の悪いものは「蛸足やのうて蛸面《たこづら》やろ」とからかうのが常である。皆は千三の顔を見て得心する。つまり、ひょっとこ顔なのだ。

「旦那……旦那」

梅檀木橋《せんだんのきばし》を渡りながら、千三がまた呼びかけた。

「なんだ、まだなにかあるのか」

「旦那の頭にあるのは、つまり、綾音《あやね》はんのことだっしゃろ」

千三が言うと勇太郎は立ち止まり、

「なんのことだ」

「ほれほれ、しらばっくれてもわかりまっせ。綾音はんがあの、柏木剣八郎《かしわぎけんはちろう》とかいう蝦《が》蟇《ま》の油売りの浪人と仲良うなったのが気に入りまへんのやろ」

「な、な、なにを言う。俺は綾音殿とはなんでもない。ただの……その……友だちだ」

　勇太郎のあわてぶりを見て、

（図星やったな……）

　と千三は思った。

「ただの友だちにしてはえろう親しそうでおましたけどな」

　勇太郎は千三の言葉も耳に入っていない様子で、

「だからその友が柏木殿と仲良くなったことはたいへん喜ばしいと思っている。そうだ、喜ばしいのだ。ただ……」

「ただ、なんでおます」

「柏木殿がはたして綾音殿にふさわしいかどうかが気になっている。腕はたしかだ。それは俺も認める。だが……生業《なりわい》は蝦蟇の油売りだというが、どれぐらい儲《もう》かるものなのか。薩摩《さつま》のどこかのご家中を浪人なされたと聞いているが、この先、いずれかへ仕官をするつもりがあるのか、それとも生涯蝦蟇の油売りのつもりなのか……」

　千三は呆《あき》れた。

「旦那、綾音はんを嫁に出す親やないんやから、そんなことほっといたりなはれ」

「そりゃまあ……そうだが……」

勇太郎は憮然《ぶぜん》とした顔つきで橋を渡り終えると、伊達《だて》家の蔵屋敷の横を抜けて、堂島川の川べりまで進んだ。千三は顔を提灯に隠してくすくす笑ったが、

「千三、おまえ、今、笑ったな」

「いいえ、とんでもない」

「いや、笑った」

「笑《わろ》とりまへんて。旦那のつらい胸のうちを察すると、笑うなんてできまへん。どっちかいうたら、泣いてまんのやで」

「お、俺はなにもつらいとかそういう……」

「ああっ！」

千三は突然大声を出した。

「な、なんだ」

「あ、あれ……」

千三が指差した方を勇太郎が見ると、そこには屋台の田楽《でんがく》屋があった。

「おまえなあ……急に大きな声を出すからてっきりなにごとかあったのかと……」

「さ、さ、行きまひょいな。約束だっせ」

「そうだったな」

ふたりは、堂島の東の端、山崎《やまざき》のあたりに店を出している屋台へと急いだ。提灯には「でんがく・やまや」とだけ記してある。愛想のない名前である。

「熱燗で二本。寒いさかい、早幕《はやまく》で頼むで」

飛び込むなり、千三が言った。無精ひげを生やした貧相な親爺《おやじ》が、

「いらっしゃい。寒《さぶ》おまんな」

そう言いながら火を大きくし、湯に燗徳利《かんどくり》を浸けた。

「なにができる？」

「豆腐とコンニャク、あとは大根《だいこ》だすけど」

「ほな、ひとつずつもらおか」

「へえ、おおきに」

千三はカンテキのうえにかざした手を揉《も》みながら、

「こんなとこ、人通りあるんか」

「おまへんなあ」

「なんで店出してるんや」

「いつもは銅座のまえあたりに出してまんのやが、寒うてだれも通らんさかい、こっちに来てみましたんやけど、よけいにあきまへん。昼間は蔵屋敷のお役人やら荷揚げ人足やら船頭やらでえらい賑わいだすけど、夜に通る酔狂もんは犬か猫ぐらいのもんだすわ」

田楽屋はカンテキをはたはたとあおぎながら言った。

「ははは……俺たちは犬猫並みか」

勇太郎は思わず笑ってしまった。酒はぐらぐら沸かしたほどの熱燗だが、こういう晩にはひと肌だのぬる燗だの言ってはおれぬ。ぐい、と喉に流し込むと、腹の底から温《ぬく》もってくる。

「へい、お待たせしました」

皿に、焼いた豆腐と茹《ゆ》でたコンニャク、大根が並べられた。それぞれ串を打たれ、たっぷりの味噌がつけられている。

「これや、これや」

千三が舌なめずりをせんばかりにコンニャクに齧《かじ》りついた途端、

「熱《あつ》っ……あーっちゃっちゃっ……熱つつつつ……」

親爺が笑いながら、

「熱おましたかいな」

「あ……あ……熱いなんてもんやないで。口のなか、大火事や」

それを聞いて勇太郎は苦笑しながら、コンニャクをひと齧りして、

「あ……あああ……あっ……あっ、あっ……」

熱い。ものすごく熱い。しかし、吐き出すわけにはいかぬ。口中で転がしながら、な

んとか冷まそうとしたが、まるで焼けた炭を口に放り込んだような灼熱《しゃくねつ》の熱さだ。酒をがぶっと飲んでなんとか冷まそうとしたが、この酒がまた煮えたぎっている。水をくれ、と言いたかったのだが、

「み、み、みみみみみ……」

店主は、

「ああ、水だっかいな」

汲《く》んでくれた水を一気に飲み、ようやく人心地がついたが、その水のせいで、今度は寒さが身に染みだした。

「ふうふう言いながら、ゆっくり食べとくなはれ」

今度は落ち着いて、先のほうを噛《か》む。きゅっ、きゅっと心地よく歯を押し返してくる。それをぶつん、と噛み切ると、じゅわっと熱い汁が噴き出し、そこへ汁にほどよく溶けた味噌の味が加わり、

「うん、美味い」

すかさず酒を含み、またコンニャクを齧る。

「なんでこんなぷよぷよしたもんがこないに美味いんかいなあ」

千三がしみじみと言った。たしかにそうだ、と勇太郎は思った。見かけは黒くて、どう見ても不味そうだ。しかし、田楽にするとこれが至上の美味に変わるのだ。

「豆腐もいいな。水切りがきちんとできている」

勇太郎はそう言った。たまに水っぽい豆腐田楽があるが、あれはいただけない。重石《おもし》をかけてよく水切りをしてから焼くのだ。

「大根もええなあ。芯までよう煮えてるわ」

大根は焼かずに茹でて供する。これがまた味噌に合うのだ。噛むと、苦みの少しある熱々の汁が噴き出して、口のなかが大根の味に染まる。

「江戸では、田楽を甘辛《あまかろ》う煮込みにする店ができとるゆうけど、わては味噌塗るほうがええな」

千三が言うと、

「おおきに。うちの味噌はよそとは一味ちがいまっせ。コンニャクに塗ってるやつは、辛子を入れておます。豆腐のは生姜《しょうが》を擂《す》って混ぜてまんねん。大根のは柚子《ゆず》を刻み込んどりますのや。つまり、ひとつずつ味を変えとるゆうわけで……」

「えらい！　料理人の鑑《かがみ》やな。こないなきちゃない店でもそこまで気配りをする。えらいやないか」

「きちゃないは余計だすわ」

「道理でこの味噌、美味いはずや。この味噌なめるだけでも五合《ごんごう》ぐらい飲めるわ。贔屓にするで。これから毎日、味噌だけなめに来るわ」

「やめとくなはれ。田楽も食べてもらわんと商売になりまへんがな」

千三と田楽屋のやりとりを聞きながら勇太郎は、

（江戸の煮込み田楽というのも一度食べてみたいな……）

そう思った。勇太郎は、江戸へ行ったことは一度もない。というより、大坂を出たことがほとんどないのだ。御用の筋で京や大津《おおつ》に赴いたことはあるが、用が済んだらすぐに戻らねばならなかったので、名所を観《み》たり、名物を食したり……というわけにはいかなかった。大坂の西町奉行所に勤めているあいだは、この地を離れるわけにはいかぬ。

（江戸の名物もいろいろ食べてみたいな……）

いくら大坂が天下の台所だといっても、将軍家のお膝もとである江戸には美味いものがたくさんあるにちがいない。それを食してみたい。勇太郎がそんな考えを持つようになったのは、西町奉行である大邉久右衛門のせいである。まわりが呆れるほど食にうるさく、また大食漢でもある久右衛門は、

「飲食《おんじき》の道を究めんと欲すれば、よけいなことを考えずに、ひたすら食うべし飲むべし。我、野に山に食い倒れて路傍の骸《むくろ》となろうとも一片の悔いもなし」

日頃からそう豪語してはばからぬ久右衛門は、町奉行職はほったらかしだが、とにかく食について傾ける情熱は半端ではない。久右衛門が西町奉行所に着任し、勇太郎たちの「お頭《かしら》」になったことで、勇太郎の考えは大きく変わった。それまでは、男子たるも

の、武士たるものが食べものや飲みものについてああだこうだ言うのは恥ずかしい、と思っていたのだが、

「一日三度摂《と》る食事が壮健な身体を作り、それによって良き働きができるのだ。おろそかにしてはならないし、食事を楽しむことは罪でも恥でもない」

そう考えるようになってきたのは、久右衛門が美味そうに食いまくり、飲みまくるのを間近で見ているためである。久右衛門の食べっぷりには、少々の論を吹き飛ばすほどの力があった。

「熱燗をもう一本。コンニャクと大根のお代わりをもらおうか」

勇太郎がそう言いながら残りの酒を湯呑《ゆの》みに注ごうとしたとき、彼は手をとめた。

「だんだん温《ぬく》うなってきましたな。やっぱり冬はこれに限るわ」

千三が火照《ほて》った顔で言うのを制した。

「なんだすねん」

「静かに。——聞こえないか」

「なにがです」

「——悲鳴だ」

千三も顔を引き締めて耳を澄ましたが、

「聞こえまへんで。空耳とちがいますか」

「かもしれぬが……」

田楽屋の親爺が、

「このあたりは、川風に乗った犬の鳴き声がひとの声みたいに聞こえることがおますさかい、それやおまへんか」

「そうに決まってますわ。腰すえて、もっと飲みまひょ」

千三はそう言ったが、定町廻りとしては捨ててはおけぬ。勇太郎はふたり分の代を屋台に置くと歩き出した。

「ちょ、ちょっと待っとくなはれ」

千三は勇太郎の湯呑みの酒を飲み干すと、提灯を持ってあとに続いた。道は暗い。月はなく、商家とちがって夜なべをしているものもいないためか、蔵屋敷の窓から明かりが漏れてくることもない。早足で歩きながらもふたりはなにか聞こえぬかと耳をそばだてたが、

「なんも聞こえまへんな」

「そうだな」

「犬が吠えとったのを聞き間違えたのと……」

「待て」

水戸家の蔵屋敷のまえまで来たところで勇太郎は足をとめ、闇を透かし見た。少し先

の川端に数人の男が集まっているように思えたのだ。彼らは、蔵屋敷に雇われている中間《ちゅうげん》たちのようで、足もとにあるなにかを囲むようにして立っている。そのうちのふたりが、「なにか」の両端を持ち上げたとき、だれかが提灯の明かりに気づいた。

「あ、あかん。町方や」

「どうする」

「このままほっとかれへん。早《は》よやってこませ」

ふたりの中間は、莫蓙《ござ》でくるんだものを持ったまま川に近づき、

「一《ひ》の二《ふ》の……みっつ！」

そう叫んで、それを堂島川に放り込んだ。激しい水音とともにしぶきが上がった。千三が川面《かわも》を提灯で照らすと、莫蓙がほどけて、なかからひとの形をしたものがこぼれ出るのが見えた。勇太郎が、千三の方を向くのと同時に、

「こらあっ、待たんかい！」

千三は、走り去る中間たちを追って駆け出していた。勇太郎は川を見た。水面は黒々とうねっている。だが、ためらいは一瞬だった。勇太郎は十手と刀を外して着物を脱ぎ、ざんぶと飛び込んだ。泳ぎは苦手だ。でも、ひとを助けたいという気持ちが勝《まさ》った。流れていくものに、渡辺橋《わたなべばし》の橋げたのあたりで追いついた。それは侍姿の男だった。仰向けになって浮かんでいる。勇太郎は侍をなんとか左腕で抱え、右腕だけで必死に水を掻

いた。ようやく岸に着くと、千三が引っ張り上げてくれた。ずぶ濡《ぬ》れの勇太郎は何度もくしゃみをしながら恨めしそうに千三を見た。千三は目を逸《そ》らし、侍を土手に引き上げると、脈を診た。

「どうだ」

「脈は弱いけど、まだ息がおますわ」

「そ、そうか！」

勇太郎は顔を瀕死《ひんし》の侍に近づけると、大声で言った。

「大坂西町奉行所同心、村越勇太郎と申します。なにごとがあったのですか」

侍はうっすら目を開けた。まだ若い。勇太郎とそれほど変わるまい。

「西……町奉行……大坂……町奉行の……ご配下か……」

「さようです。町奉行になにかご用がおありですか」

「こ……こ……これを……」

若侍はふところに手を突っ込み、なにかを取り出そうとした。しかし、もはや力が残っていないのか、指先をうごめかすばかりだった。そして、ようようびしょ濡れの紙きれを摑み、

「これを……町奉行に……」

「渡せばよろしいのですか」

「さ……さよう……」

「ご貴殿のお名前は？　どこの家中のお方です」

「……バ……ンザ……」

なにを言おうとしたのかはわからない。若侍はまた目をつむってしまったのだ。そして、ふたたび目を開くことは永久になかった。勇太郎は両手を合わせた。

「ちょっとでも話がきけてよろしおましたな」

千三も合掌しながら言った。

「ああ……そうだな」

若侍の着物をはだけさせると、身体のあちこちに青痣《あおあざ》や出血、骨の折れた跡などが目に付いた。殴る蹴るなどの仕打ちを受けたものと思われた。

「ひどいことをしよるで。殺すつもりやったんやろな」

「もう少し、というところに俺たちが行きあわせたから、あわてて川に放り込んで溺れさせようとしたのだろう」

そう言った途端、悪寒が頭のてっぺんからつま先まで走った。身体がガタガタ震え出した。せっかくの熱燗と田楽の温もりがふっ飛んでしまった。鼻水が垂れる。勇太郎は身体を手ぬぐいでざっと拭き、着物に袖を通したが、裏地が肌に触れた途端ぞくぞくっとした。まるで氷でできた肌着を着ているようだ。

「千三、おまえ、俺が泳ぎが苦手だと知っていながら、よくも雪解け水みたいな川に飛び込ませてくれたな」

「なななななにを言うてはりまんねん。わては、あいつらが逃げていくのが見えたさかい、追いかけな！　と思うただけでおます。旦那を飛び込ますためにわざとあの連中を追いかけたやなんて、そんな非道なことができると思いなはるか？」

「できる」

「そんなアホな」

「でも、捕まえられなかったのだろう」

千三が頭を掻いて、

「めちゃくちゃ逃げ足の速いやつらで、その……」

「とにかくこの仏をなんとかしなくてはならん。会所《かいしょ》に行くより奉行所に戻るほうが早かろう。俺はここで見張っている。おまえ、泊番《とまりばん》のものを何人か呼んできてくれ。それと……これを持っていけ」

死んだ若侍から手渡された書状を千三に託す。

「へえ、心得ました」

千三が急ぎ足で去るのを見届けたあと、勇太郎がまたひとしきりくしゃみをしていると、数人の足音が近づいてきた。身なりのきちんとした侍たちだ。どこかの蔵屋敷から出てきたものと思われた。彼らは勇太郎と死体を取り囲み、ひとりが進み出た。眉毛の両端が吊《つ》り上がっていて、癇《かん》の強そうな若侍だ。

「そのほうは町奉行所の同心だな」

甲高い声である。勇太郎が無言でいると、

「我ら、理由《わけ》あって名は申せぬが東国のさる家中のもの。そこで死んでいる男は、我らの同輩だ。死体は当方にて引き取るゆえ、早々に立ち帰れ」

居丈高な物言いである。

「そうはまいりませぬ」

「――なに？」

「このものは、いずれかの蔵屋敷の中間どもによって川中に投げ入れられたのを、それがしが救い上げたのです。なにごとがあったのか、調べが終わるまでは町奉行所にて預からせていただきます」

「町方の分際で出しゃばったことを申すな、この不浄役人めが」

べつのひとりがいきりたつその男を押さえた。なかでは一番年嵩《としかさ》の武士だった。

「その男は、当家の中間同士の喧嘩《けんか》口論に巻き込まれて死んだのだ。死に方にはなんの不審もない。町方の手を煩わせるようなことはなにもないぞ」

「不審があるかどうかは調べたうえでこちらが決めます。――まずは、皆さんがどこのご家中のお方かをお教えくださいますか。でないと、亡くなった御仁がまことに同輩かどうかもわかりませんから」

年嵩の武家は顔をしかめ、

「町奉行所は、町人や百姓、浪人なんぞの相手だけしておればよい。蔵屋敷の内はわれらが家中も同様。首を突っ込まぬほうが身のためぞ」

「殺されたのは路上ですから」

「ほう……では、どうあっても死体を渡さぬと……」

「この御仁、死に際に町奉行のことを口にしておいででした。なにかを西町奉行に伝えたかったのではないかと思うております」

「――なに?」

侍たちの顔色が変わった。

「貴様、ほかになにか聞いたか」

「いいえ、なにも」

「こやつからなにか預かったか」

「いいえ、なにも」

「とぼけたやつだ。――ご家老」

眉毛の吊り上がった侍が、年嵩の侍に目配せすると刀に手をかけた。

「馬鹿もの！」

年嵩の武士が小声で叱ると、甲高い声の侍はハッと口を押さえたが、

「どうせ口を封じるのだ。かまいますまい」

その言葉を合図に、皆が一斉に刀を抜いた。

「斬れ」

それだけ言うと、年嵩の侍は鯉口《こいぐち》に指をかけたまま後ろに下がった。勇太郎は十手を抜いた。濡れた肌着が脚にまとわりついて動きにくいので、尻端折《しりつぱしょ》りをする。その動きに隙を見つけたらしく、いきなり右端のひとりが斬りかかってきた。十手で刀の峰を叩き、切っ先をずらしてから、ふところに飛び込んで、相手の小手をしたたか打った。

「ぎゃっ」

と叫んで相手は刀を取り落とした。

「強いぞ」

「油断するな」

つぎはふたりが同時に斬りかかってきた。目配せをしていたので事前にそのことはわかっていた。勇太郎は半身になり、まず、左側の侍を受け流してから、右からの打ち込みを十手で受けた。みしっ、と十手が呻《うめ》いた。勇太郎は足でその侍の腹を蹴った。それは見事に鳩尾《みぞおち》に入り、向こうが身体を丸めたところを伸びあがって背中を叩いた。侍は

悶絶《もんぜつ》した。眉毛の吊り上がった侍が、

「なにをしておる。奉行所の犬侍ごときに手こずりおって、情けなや」

キイキイ声でそう言うとずいと進み出た。威嚇するかのように、細身の剣に二、三度素振りをくれるのを見て、

（こいつは強いな……）

と勇太郎は思った。十手を帯に差し、刀を抜く。峰をかえして正眼《せいがん》につけた途端、声の高い侍が脚を上げたので、さっきの意趣返しで蹴りにくるのか、と身構えると、顔目がけて雪駄《せつた》が飛んできた。同時に、

「うりゃあああっ！」

若侍は斬りつけてきた。雪駄をかわしていると斬られる。勇太郎は避けることなく、刀を槍のように構えて突進した。雪駄がぴしゃりと目に当たったが、無視して進んだ。相手の刀は空を斬り、勇太郎はその侍の左肩に剣を叩きつけた。峰打ちだが、眉毛の吊り上がった侍は、

「うひーっ」

と情けない声を上げ、その場に尻餅をついた。勇太郎が第二撃を打ち下ろそうとしたとき、なにかが風を切るような音が聞こえた。つぎの瞬間、勇太郎は右肩のすぐ下あたりに激しい痛みを感じた。血がしぶきのように飛ぶ。なにが起きたのかわからなかった

が、勇太郎は右手で刀を支えることができず、左手に持ち替えた。そのときを待っていたかのごとく、ほかの侍たちが襲いかかってきた。多勢に無勢のうえ怪我《けが》もあって、勇太郎はたやすく剣を打ち落とされ、その場に引きずり倒された。

「こやつ、なぶり殺しにしてくれる」

甲高い声の若侍が言うと、年嵩の武士がかぶりを振り、

「だれが聞いておるかわからぬ。ひと思いに始末せよ」

若侍は一礼し、剣を振りかぶった。そのとき、

「あ……旦那！」

千三の声だ。

「こらあ、侍たんかい。旦那になにをさらすのや！」

何人かの足音が近づいてくる。勇太郎が首を曲げると、千三を先頭に泊番の同心ふたりと小者たち、皆で五名ほどが駆けてくるのが見えた。

「どうします」

侍たちは年嵩の武士の方を見た。

「田端《たばた》を担え」

ひとりが、死体を背負うと、武家は苦渋に満ちた顔つきで、

「引け！」

侍たちは、若侍の遺骸とともに田蓑橋《たみのばし》の方に走り去った。

「待て！」

追いかけようとする千三に、

「どこの蔵屋敷に入るか、見届けてくれ」

身体を起こして勇太郎がそう言うと、千三は心配そうに彼を見、小さくうなずくと侍たちを追った。勇太郎は盛大にくしゃみをした。

◇

「奉行所から夜中、火急の呼び出しで、なにごとかと思うたら、おまえだったとはな」

医師の赤壁傘庵は、勇太郎の叔父《おじ》である。西町奉行所の一室に寝かされている勇太郎は苦笑いをして、

「申し訳ありません、叔父上」

「寝酒を飲んで、いい気持ちで布団のなかで温まっていたのがすっかり冷えてしまった。どうしてくれる」

甥《おい》の怪我がさほどでもなかったので、安堵《あんど》しての軽口なのだ。

「大事おまへんか」

治療の様子を横合いからじっと見ていた千三が言った。

「そうだな。さいわい腱《けん》も切れてはおらぬし、骨にも別状ない。清浄な水で毎日洗い、きれいな布を巻いておけば半月ほどで治るだろう」

「ああよかった。えろう血が出てましたんで、どうなることかと思いましたがな。それやったら、ちょっとした怪我ゆうとこだすな」

「それはそうだが、刃物の刺さったところがほんのわずかでもずれておれば、腱が切れて、腕が動かせなくなっていただろう。また、心の臓に及んでいたかもしれぬ。運が良かったのだ」

「旦那を傷つけるやなんて、このわてが許しまへんわ。あの侍連中、今度会《お》うたら有無を言わさずひっくくってやりまっさ。こうなったら今日から毎日、堂島に張り込んで、あいつらを探したろか」

千三の鼻息は荒かった。彼はあのあと、逃げた侍たちを追っていったのだが、本五分《もとごぶ》一町《いちちょう》の、道が三つに分かれるところで見失ってしまい、どこの蔵屋敷に入るのか確かめることができなかったのである。悔しさを露《あら》わにする千三に、傘庵が言った。

「それはやめたほうがいいな、千三さん」

「なんでだす。旦那の仇《かたき》を討ちとうおますがな」

「勇太郎のことを案じてくれるのはありがたいが、どうやら気を付けたほうがよい相手のようだ。毎日、堂島に張り込んだりすると、今度はおまえさんが危ない目にあいそうだ」

「相手が侍やからだすか。そんなん気にしとったらこの浪花《なにわ》の地でお上の御用なんかやっとれまっかいな。死人まで出てまんのやで。どこの国のやつらか知らんけど、どうせどこぞの田舎侍《いなか》だっしゃろ。そんな連中はこの千三が……」

傘庵は、手拭いに包んだものを千三に見せた。

「これ、なんでやす」

「勇太郎の背に刺さっていたものだ」

そう言って傘庵は手拭いを開いた。それは、鉄製の黒い十文字のものだった。先端が尖《とが》り、鈍く光っている。

「こ、これってもしかしたら……」

「そうだ。四方《しほう》手裏剣だ」

「忍びの者の使うやつだすな」

「私もはじめて見たが、そのようだな」

勇太郎もそれをしげしげと見つめ、

「若い侍が『ご家老』と口走って叱られていましたが、とにかくどこかの家中で忍びの者を使うようななにごとかが起きている、ということですね」

三人は顔を見合わせた。しばらくして傘庵が言った。

「そもそも、いまどき忍びの者などいるのか？」
その問いに、だれも答えられなかった。

◇

忍びの者は、乱破《らっぱ》、素破《すっぱ》、草、軒猿《のきざる》、屈《かまり》、夜走り、早道……などと呼ばれ、戦国の世には各大名が争って雇い入れたという。忍びの者をどれだけ多く召し抱えているかによって、戦《いくさ》の勝敗が決まるとまで言われていたのだ。そして、忍びの者をもっとも上手《うま》く使った武将が三河《みかわ》の徳川家康《とくがわいえやす》であった。伊賀《いが》忍び衆の束ねをしていた服部半蔵《はっとりはんぞう》は、家康の家臣として数々の戦功をあげた。本能寺《ほんのうじ》の変のあと、堺《さかい》にいた家康は明智《あけち》勢に囲まれた。自決を覚悟した家康をはげまし、伊賀・甲賀《こうが》の忍び衆を率いてその護衛にあたり、見事に伊賀越えを成し遂げたのも服部半蔵であった。そののちも忍びの者は、関ケ原《せきがはら》の戦いや二度にわたる大坂の役において大いに活躍したが、大坂夏の陣のあと、天下が泰平となってからはその技の見せどころを失った。

服部半蔵をはじめとする上忍《じょうにん》たちは大名や旗本に取り立てられた。ほかの忍びたちは、江戸城の門や大奥警護の任に就いたり、小普請方《こぶしんかた》として城の屋根、外壁の修理を行ったり、鉄砲組の足軽になったりした。

天下が統一されたといっても、はじめのうちは諸大名も心から将軍家に服したわけではない。外様のなかには虎視眈々《こしたんたん》と覇権を狙っているものもいただろうし、また、御三家や譜代だからといって信頼できるともかぎらぬ。公儀は、忍びの者の一部を隠密《おんみつ》として各大名家にひそかに送り込み、その内情を調べさせた。諸家では、公儀隠密を誅《ちゅう》するために忍びの者を雇い入れた。しかし、そのような忍びの者の用い方も、泰平が長く続くうちには不要となっていった。かわって登場したのが、徒目付《かちめつけ》である。大目付や若年寄の配下としてその指図を受け、なにか火種のありそうな大名家の領地に潜入するのが役目である。まだ戦国の遺風の残る時代には、諸家の取り潰しや国替えが相次いだが、それはこうした徒目付の働きによるものだった。紀州《きしゅう》家の主だった吉宗《よしむね》が八代将軍の座に就くと、吉宗はそれら公儀隠密とはべつに「御庭番《おにわばん》」という直属の隠密を置いた。彼らは、吉宗から直《じか》に密命を受けて全国に散ったという。

だが、それもこれももう五、六十年もまえの話である。あの島原の乱以来、国内では百五十年ものあいだ戦は起きていない。大名たちも、それぞれの領地を存続させるために、将軍家の顔色を見るのに必死だ。本来、武芸をもって奉公すべき侍も、いまどき剣術を極めたところでなんの役にも立たぬと割り切って、釣りだ浄瑠璃《じょうるり》だ戯作だ狂歌だ飼い鳥だと趣味に耽溺《たんでき》している。かかる泰平の世に武道の稽古に励む武士がいると、争いを好む荒きものよ、話のわからぬ武辺《ぶへん》ものよ……と、かえって奇異の目で見られるほどだ。ましてや「忍びの者」などという戦国の遺物がいまだに残っていようはずがない、というのが皆の思いだった。家康の天下統一からおよそ二百年。忍びの者は、芝居や読本《よみほん》、講釈などのなかにのみ生きているものだったのだ。

◇

「勇太郎！」

同心町にある役宅に戻り、家に上がろうとしたとき、母親であるすゑの叱声が飛んできた。いつもは呑気《のんき》そうなすゑだが、今日ばかりは真面目《まじめ》な顔で勇太郎をにらんでいる。明け方に近いというのにきちんと着物を着て、四角く座っているのだ。

「はい……」

「さきほどお奉行所からお使いの方がみえはりました。御用のさなかに怪我をしたそうですね」

すゑはため息をつき、

「情けない。あんたは定町廻り同心でしょう。そんなことでいざというときお役に立ちますか」

一応、逆らってみる。

「でも、その……後ろから手裏剣を投げられたのです。背中に目はありません」

「お使いの方から聞きました。あんた、そのすぐまえにお酒をかなり飲んでたとか……」

ぎくっ。

「あんたも千三もほんま困ったもんや。町廻りの途中でお酒を飲むやなんて……帰ってから存分に飲んだらよろし」

「寒かったのです」

「傘庵先生が、少しずれてたら心の臓に刺さってたかもしれんと言うてはったそうですね。死んでしもたら、どうやってご奉公しますのや」

すゑは、かつて難波新地《なんばしんち》一の美妓《びぎ》と呼ばれた芸子《げいこ》だった。今でもはんなりした色気を漂わせている。

「ははははは。俺は滅多なことでは死にませんよ……」

そう言って、ふとすゑの顔を見ると、両頰に涙の筋があった。勇太郎は言葉を失った。

「明日から当分、お酒は飲んだらあきまへんえ。よろしいな！」

そう言って、すゑは奥へ入ってしまった。勇太郎は申し訳なさに頭を下げた。

2

西町奉行所の天井裏に、ひとつの影があった。柿渋色の、いわゆる忍び装束に身を包んだ男だ。頭巾は被《かぶ》っていないが、顔には煤《すす》を塗りつけている。彼が潜んでいるのは、久右衛門の寝所の天井だ。もうかれこれ二刻あまりも微動だにしていない。まるで石のようである。そんな彼が一度だけ動いた。帯のあいだからなにかを取り出して口に含んだのだ。そして、顔をしかめた。よほど不味いのだろうか。

彼の真下では、久右衛門が眠っている。布団からはみ出し、両手を広げて大の字になり、洞穴のような口をぽっかり開けて、ごうごうと大きな鼾《いびき》を立てている。鼾のうるささは、部屋の障子の紙が震えるほどだ。そのさまを天井板の隙間から見つめている男は、久右衛門が息を吸うたびに、天井から吸い込まれそうな気がするのだった。鼻から提灯が出ている。それが引っ込む。また出る。男には、この冬眠中の熊のような親爺が大坂西町奉行とはとうてい思えなかった。

(呆れるのう、まったく……)

男はそう思いながら、久右衛門の隙をうかがっていた。正直、隙だらけといえば隙だらけなのだ。だが、はたして町奉行ほどの人物が、これほど野放図でだらしない寝方をするだろうか。これはなにかの罠《わな》ではないか、という思いが男の頭からは離れなかった。それは、これまでの人生を「忍びの者」として過ごしてきた「用心」の心が働いているからだ。

(このまま、やってしまうか。それとももう少し様子を見るか……)

男はもう二刻もそのことで煩悶していたのである。男の容貌はまるで隼《はやぶさ》のようであった。眼窩《がんか》は落ち込み、目は鋭く、頰もこけている。身体も瘦せ細り、贅肉《ぜいにく》はひとつもない。腕も胸も脚も、鍛え上げられた筋ばかりである。無駄なものをそぎ落とした、まるで鋼《はがね》のようだが、じつは柔らかい体《たい》なのだ。眼下で熟睡している町奉行の、贅肉しかない身体を見ていると、男はしだいに腹が立ってきた。

（ぶくぶく肥え太って……食いたいだけ食って、飲みたいだけ飲むからこうなるのだ。ひとのうえに立つものとしての気概はないのか）

　彼は常日頃から粗食を心掛け、こうして忍び込むときも、「ひと粒飲めば一日動ける」という「兵糧丸《ひょうろうがん》」や、「ひと粒飲めば一日水を飲まずとも過ごせる」という「飢渇《きかつ》丸《がん》」、それに干し飯《いい》だけで何日も過ごす。すこしでも太ったら、身体が重くなり、跳躍や韋駄天《いだてん》走りに差支えが出るのだ。彼とて、ひと並みに美味いものを食いたいという気持ちがないわけではない。しかし、それをすることは忍びとしてのおのれを捨てるに等しい、とみずからを律しているのだ。相撲取りはべつである。彼らは闘うためにあえて太っている。太るのが仕事だ。

（この奉行野郎は、ただ太っているだけだ。おのれを律せぬものに他人が裁けようか。許せぬ……）

　だが、すぐにその怒りを頭から追い出す。怒りや嘆き、悲しみ、笑いといった心の動きは、忍びにとって大敵なのである。そういう喜怒哀楽に踊らされると、うっかりしくじってしまう。

(いつまでもこうしちゃおれぬわい。——やるか)

そう決心した男は、ふところから短い鉄の棒を取り出した。先端が尖っている。棒手裏剣というやつである。天井板をそっとずらし、手裏剣を構えたとき、

「あらっ? 先客がいとるがな」

そんな声が背後から聞こえた。男は大慌てで天井板をもとに戻して振り返った。そこには、褐色の装束を着た小太りの男がいた。

「あんたも味盗みに来たんか? 殺生やで。ここはわての領分やがな」

小太りの男がそう言うのを、瘦せた忍びは目を剝《む》いて制し、

「だ・ま・れ」

と忍び声で言った。忍び声というのは、忍びの者の研ぎ澄まされた耳にしか聞こえぬ、蚊の鳴くほどの小さな声だ。

「わ・し・は・ふ・た・と・き・も・は・り・つ・い・て・い・る。て・だ・し・す・る・な」

「えらそうに言うな。わては、もう三日もここにおるんや」

瘦せた忍びの顔が引き締まった。

「そ・れ・ほ・ど・こ・ろ・し・に・く・い・や・つ・な・の・か」

「殺す？　物騒なこと抜かすな。言うたやろ、わては味盗みや。ここの糠味噌の味を盗《と》りにきたんや」

瘦せた忍びは軽蔑の顔つきになり、

「ぬ・か・み・そ・だ・と？　すっ・こ・ん・で・ろ」

「そうはいかん。これがわての仕事やさかいな。さあ、どけ」

「ど・か・ぬ」

ふたりの忍びは狭い天井裏で摑み合った。

「おどれ、どうしても邪魔だてする気ぃなら、容赦せんで」

瘦せた忍びもつい忍び声を忘れて、

「忍びのくせにぶくぶく太った貴様みたいなやつに、わしが後れをとると思うてか。そんなに肥えては、跳びも走りもできまい」

「なに抜かす。おのれみたいなガリガリやと、跳んでも走っても息切れするやろ。今の忍びはなあ……」

小太りの忍びは突き出た腹を叩き、

「精力じゃ。かかってこんかい」

「なんだと！」

ふたりがくんずほぐれつをはじめたとき、

「ぱちっ」

という音が下の部屋から聞こえた。久右衛門の鼻提灯が破れたのだ。その音に驚いた久右衛門は目を開けた。そして、さすがに天井裏のどたばたに気づいたらしく、しばらく埃《ほこり》が落ちてくる天井を見やっていたが、長押の槍を摑むと、

「ずりゃあっ！」

槍の穂先はあやまたず、ふたりのいるあたりに突き刺さった。忍びたちは顔を見合わせたが、小太りの男が、

「チュウチュウ……」

久右衛門は不快そうに、

「ネズミか……」

そう言うと、天井に槍を突き刺したまま、ふたたび大の字になって眠ってしまった。

ふたりの忍びの者は安堵の息をつくと、

「おまえのせいじゃ」

「お・ま・え・の・せ・い・だ」

罵り合いかけたが、はっと口を閉じ、そのまま天井裏で左右に分かれていった。

◇

「勇太郎さん……」

布団のなかでうつらうつらしていた勇太郎は、女の声にうっすらと目を開けた。怪我の具合は良いのだが、あれから風邪を引いてしまったのだ。薬も傘庵に処方してもらったし、熱もないが、大事をとって今日は家で休んでいた。

「上がってもよろしいか」

それが、綾音の声だと気づいた勇太郎は跳ね起きて、

「どうぞどうぞ。お上がりください」

言いながら居間や台所を見たが、すゑもきぬも出かけているようだ。家僕の厳兵衛もいない。勝手知ったる綾音は、勇太郎の寝所に入ってくると、

「まあまあ、休んどいとくなはれ。すぐにおいとましますさかい」

「いや、すぐにお茶を淹《い》れます。皆、留守のようなので……」

「おかまいなく。――お見舞いに寄っただけだす。えらいお怪我やったそうで」

「たいしたことはありません。もうほとんど治っているのです」

そう言って勇太郎は両腕を回した。綾音の声を聞くと急に元気が出てきたような気がした。

「小糸《こいと》はんは、来はりましたか」

勇太郎はどう答えようかと一瞬迷った。小糸は、勇太郎の剣術の師である岩坂三之助《いわさかさんのすけ》

のひとり娘だ。昨日、すぐに見舞いにきてくれたが、先を越されたと知ったら綾音はよい心持ちがしないかもしれない。だが、まだです、というのも小糸に悪い。そんなことを思っていると、

「小糸はんにちゃんと看病してもらわなあきまへんよ」

勇太郎は、あれ？　と思った。いつもとはやや言い方がちがうような……。

「これ、ことづかってきてますねん」

綾音は持ってきた風呂敷を解き、なかから貝殻のようなものを取り出した。

「それは……？」

「蝦蟇の油だす。勇太郎さんの怪我のこと、剣八郎さんに話したら、これを持っていけ、言われて……」

剣八郎さん、か……その呼び方に勇太郎はなぜかがっかりした。

「金瘡《きんそう》にはよう効くそうだっせ。――ほな、わてはこれで失礼します。どうぞお大事に」

綾音は帰っていった。入れ違いのように小糸が現れた。小糸は、竹刀《しない》を入れた袋を抱えている。

「堂島に出稽古に行った帰りに寄らせていただきました。お加減はいかがですか」

堂島の蔵屋敷には、国許《くにもと》から来た武士たちが大勢いる。小糸はときおり、父の代役として彼らのところに出稽古に行くのだ。師範代として十分な腕のある小糸の指南は、若

侍のあいだでも評判は上々だという。

「かなり良いようです。風邪気も抜けそうなので、明日は出仕するつもりです」

勇太郎は、目のまえに置かれている蝦蟇の油の膏薬《こうやく》を片付ける気にもならなかった。膏薬を見た小糸は、だいたいの出来事を覚《さと》ったらしく、

「綾音さんがいらっしゃったのですね。蝦蟇の油は、私も先日、ひと貝いただいたので打ち身のときにつけてみましたが、よく効くようです」

いつもより朗らかな声でそう言った。

「叔父が処方した薬と合わぬかもしれないので、俺はつけないつもりです」

勇太郎が口を尖らせると、小糸はなぜかくすくすと笑った。そして、かたわらの火鉢にかかっていた薬缶《やかん》の湯で、茶を二杯淹れた。小糸もまたこの家の「勝手知ったる」ひとりなのだ。向き合って熱い茶を啜《すす》り、茶菓子の煎餅《せんべい》をつまむ。小糸は、背筋を伸ばし、醬油《しょうゆ》煎餅をバリッ、バリッと音を立てながら食べる。そのたびに恥ずかしそうな顔をするが、食べるのはやめない。ふたりで煎餅を食べていると、小糸が言った。

「それはそうと、さきほど出稽古に行った先は豊後府内《ぶんごふない》の松平《まつだいら》さまの蔵屋敷なのですが、そこで、妙な話を耳にしました」

「松平……」

豊後の松平家の蔵屋敷といえば、勇太郎が立ち回りをした場所にほど近いではないか。

勇太郎は座り直した。

「松平さまのお隣は、池田《いけだ》さまでです。たいそう大きな敷地で、ご立派な蔵がいくつもああるそうです」

備前《びぜん》の池田家は三十一万五千石、安芸《あき》の浅野《あさの》家とならぶ西国きっての大大名である。

「隣同士ということもあって、松平さまの中間は池田さまの中間と仲が良いようなので
すが、近頃、池田さまの中間の羽振りがやけに良いようなのです」

「ほう……」

聞き捨てならない話ではないか。

「一緒にお酒を飲みに行ってもおごってくれるし、日頃は行かない高い店に行こうと言
い出すし、なにかお金がたくさん入るようなことがあったのかときいても、まあな……

と笑うだけで答えようとしないらしいです」

あのとき侍を襲っていた中間たち、もしかしたら……勇太郎はそう思った。彼の顔つ
きを見て、小糸が言った。

「少しは勇太郎さまのお役に立ちましょうか」

勇太郎は強くうなずき、

「ありがとうございます。これで道が開けそうです」

「ああ、よかった」

小糸は立ち上がると、きびきびと一礼して、帰ろうとした。

「あ……小糸殿」

「はいっ」

小糸は、大きめの声で応えると振り返った。

「唇に煎餅がついてます」

小糸は真っ赤になった。

◇

「なんでございますか、これは！」

用人の佐々木喜内は寝所の天井に刺さった槍を見て叫んだ。

「見てわからぬか。槍じゃ」

「槍はわかっております。なにゆえかかるところに刺さっておるのです」

「天井裏にネズミがおってのう、むかっ腹が立ったからちいと脅かしてやったのじゃ」

「だとしても、抜けばよろしいではございませぬか。これではその……槍っぱなしでございますぞ」

「ははは。槍だけに槍っぱなしか。――喜内、天井に入れるところにすべて板を打ちつけて塞いでしまえ」

「それでは、修繕のときなどに困りますぞ」

「しばらくのあいだだけじゃ。ネズミは食いものの大敵ゆえ、用心せねばならぬ」

「かしこまりました」

逆らわず、なにごともはいはいと聞くのだ。

「本日は、料理方を決める裁定の日であったな」

「さようでございますが……あまり、申し込みがございませぬ」

久右衛門はにわかにぶすっとした顔になり、

「なに？　なぜじゃ」

「それがその……まずひとつは、御前の食への一途《いちず》なる向き合い方が評判となっておりまして、そのような厳しき料理方はとうてい務まらぬと、皆尻込みいたしておりますようで……」

「ふん、臆病ものどもめ。おのれを試し、鍛えてこその修業であろうに」

「もうひとつは、給金があまりに安いことでございまして、ない袖は振れぬというやつで、これはどうにもなりませぬ」

「ふん、銭の亡者どもめ。給金などいらぬゆえ、奉行所の料理方で働かせてくれ、となぜ言えぬ」

言えるわけがない。

「ならば、だれも志願するものはおらぬのか！」

「いえ、それが……三名だけございます」

久右衛門はにたりと笑って、

「三名おれば上々じゃ。料理人はひとりでよいのだからな。いかなる腕のものか、試すのが楽しみだわい」

奉行の機嫌が直ったことに喜内がほっとしたとき、

「岩亀《いわがめ》でございます。お目覚めでございましょうか」

廊下で声がした。定町廻り与力の岩亀三郎兵衛《さぶろべえ》である。勇太郎の上役で、名前のとおりのカタブツである。曲がったことが大嫌いで、床の間の掛け軸が少しでもずれていると、まっすぐに直さずにはおれぬという気性の持ち主だ。賄賂《まいない》や付け届けはおろか、ちょっとした礼金すら毛嫌いするので年中ふところはさびしかったが、大勢の尊敬を集めていた。

「うむ、入れ」

部屋に入った岩亀は、天井に刺さった槍を見てさすがに仰天した様子だったが、咳払《せきばら》いをひとつして、

「先日、堂島にて殺されたという武士が村越に託した書状の件でございますが……」

「なにかわかったか」

「いえ……やはりただの白紙《しらかみ》でございました。あぶり出しなどになっていないかといろいろ調べてみましたが、とりたててなにもなく……」

「ふーむ……死に際に、町奉行に渡してくれと申していたのであれば、なにか子細があるはずだがのう……」

「はい。村越の話では、武士たちは死んだ男のことを『田端』と申していたそうですが、あのあたりにある東国の蔵屋敷に勤める侍にそのような名のものはおりませぬ。国許から出てきて間もないものでございましょうか」

「東国のさる家中のもの、というのは向こうが言うたことであろう。まこととはかぎらぬぞ」

「また、死んだ男が村越に向かって口にした『バンザ』なる言葉も、ようわかりかねます」

「もしかすると番菜のことではないかのう。今宵《こよい》のおかずはなにか、と言いたかったのかもしれぬ」

番菜とは、江戸でいう惣菜《そうざい》で、京ではていねいに「おばんざい」などと言う。

「死に際にでございますか」

久右衛門は憮然として、

「言葉に囚《とら》われるでない。無心で調べよ」

「ははっ」

「若侍が年嵩の武家に『ご家老』と口走っていたそうだが、家老と忍びの者がかかわっておるとすれば、よほどの大事であろう。——村越の怪我の具合はどうじゃ」

「赤壁傘庵殿の診立てでは、まもなく本復するであろうとのことです。若いものは治りも早《はよ》うございますな」

「無理はさせるな」

久右衛門は腕を組み直すと、

「蔵屋敷のなかは他国も同様。よほどのことがないかぎり、われら町方が勝手に踏み込むわけにはいかぬ。死体もない。書状は白紙。これでは手出しのしようがないのう」

「御意」

「しばらくは様子を見るほかないが……その白紙というのをわしに見せてみよ」

「かしこまりました」

岩亀は配下を呼び寄せ、しまってある紙を持ってくるよう命じた。まもなく届けられたそれを手に取り、久右衛門は裏表を検分した。

「ふーむ……」

「なにも書かれていないただの紙でございましょう?」

「紙じゃな。なれど……」

久右衛門は紙の真ん中あたりを指差し、

「これは紐の跡ではないか」

岩亀はぎょっとして身を乗り出した。まさか久右衛門になにかを指摘されるとは思ってもいなかったからだ。そう言われてから見ると、一度水に浸かってから乾いたので判然とはしないが、なるほど紐で縛った跡のようにも思える。久右衛門は、その紙を鼻に近づけ、くんくんと嗅いだ。あまりに長いあいだ嗅いでいるので、つい岩亀が口を挟んだ。

「川に落ちて水を含みましたものゆえ、ほとんど匂いはないかと思いますが」

「いや……さにあらずじゃ。かすかではあるが酢の匂いがする」

「ま、まことでございますか！」

「わしが嘘を申したことがあるか」

ある。何度もある。しかし、食いもののことでは案外真面目なのだ。

「この酢は……おそらく寿司酢《すしず》じゃな。ほのかな酒の香りと、甘さが感じられるわい」

岩亀はその紙を受け取り、みずから嗅いでみたが、なんの匂いもしない。喜内も鼻を近づけたが、かぶりを振った。久右衛門はからからと笑い、

「鼻の利かぬやつらじゃ。――わしが案ずるに、この紙は寿司の折かなんぞを包んでいたものであろう。それを紙紐で縛ってあったのじゃ。うむ、それに相違ない」

もし、正しければ、犬並みの鼻である。だが、証はない。

「死んだものがふところに寿司の折を入れていたのじゃ。川に落ちたのかもしれぬが、もしかするとあのあたりの土手などにあるかもしれぬ。探してみよ」

「では……死んだ侍は、町奉行に寿司を届けてくれと申したのでございましょうか」

たとえ食い道楽奉行の令名を耳にしていたとしても、死ぬ間際に寿司を進呈、とは酔狂がすぎる。久右衛門の言が当たっているならば、なにかあるにちがいない。しかし、岩亀はまだ信じかねていた。なにしろ、彼にはまるでなんの匂いも感じられぬのだ。

「この一件、このあとも調べを続けよ」

岩亀は、久右衛門が珍しく真面目にやる気を見せていることに感銘を受けた。

「お頭、我ら一同、かならずやそのものの無念を晴らし……」

「食うてみたいのう」

「——は？　寿司を、でございますか」

「ちがう！　忍びの者じゃ」

「忍者を食う？」

「そうではない。——絵草子では見たことがあるが、わしは忍びの者なるものがまことにおるとは思わなんだ。そやつらに一度会うて、日頃なにを食うておるのか知りたいのじゃ。一日四十里を駆け、幾日も水のなかに隠れるという精力の源を食うてみたい。さぞかし美味いものを食うておるにちがいない」

　岩亀が、

「忍びの者は、苦き丸薬や野草、干し飯なぞまずいものばかりを食らって心身を保つ術を心得ており、美食などしておらぬと思いますが……」

「なんの！　ひとと生まれて不味いものばかり食うておるわけがない。少しでも美味いものを食いたいというのが人情じゃ。忍びといえど、かならず美味いものを食う工夫をしておるとわしは思うぞ」

　呆れる岩亀と喜内に向かって久右衛門は、口で「しゅしゅしゅっ！」と言いながら手裏剣を飛ばす真似をした。

◇

「たった今、国許から報《しら》せが来た。――目付役の桑内八郎《くわうちはちろう》が田端喜左衛門《きざえもん》出奔の件で大坂に向かったらしい。横山《よこやま》や数田《かずた》が気づいてとどめようとしたが、大立ち回りのすえ、追手を振り切ってそのまま姿を消したそうだ」

「まずいな。まもなく着くころだぞ」

「いや、もう着いておるかもしれぬ」

「探せ。草の根をわけても探すのだ」

「街道と三十石の船着き場にはひとを張り付けてある。それらしき武士を見たとの報せは来ておらぬが……」

「町人にまぎれておるとすれば、わからぬぞ」

「田端のときは運がよかった。江戸においでの殿のところに向かう途上、船着き場でたまたま拙者が見かけて、うまく捕えることができたのだ」

「息の根をとめるのを、中間どもに任したのがしくじりであった。あのようなときに定町廻りが現れようとは……」

「大坂町奉行所の同心が関わり合いになったのはまずかった。町奉行の大邉久右衛門の耳にはすでに届いておるだろう。奉行が大坂城代や老中に報せると、やっかいなことになる」

「老中に企てが知れては困る。なんとしても阻むのだ」

「心配するな。『名張《なばり》の寸二《すんじ》』の話では、西町奉行所にはすでに下忍《げにん》の『猿《ましら》の権平《ごんぺい》』とやらを送り込み、奉行の口を塞ぐ段取りになっておるそうだ」

「田端が同心になにかを渡していたかもしれぬからだな。あの折、そのようなゆとりがあったとは思えぬが……」

「念には念を入れろ、だ」

「奉行が殺されたら大騒ぎになりはせぬか」

「食うことにしか関心のない町奉行がひとり死んだとて、だれも気にもとめぬわ」

「なるほど」

「わしらがどこの家中のものかもまだ奉行所には知られておるまい。中間どもには金を渡して、ほとぼりがさめるまで当分のあいだ旅に出よ、と申しつけてある。あとは、目付を見つけて、人知れず成敗すればよい。余計なことを考えず、ことの成就を願うのだ。よいな」

「わかった。——近藤《こんどう》、おぬし、なにを考えておる」

「いや、な……蕃山《ばんざん》先生ならかかるときになにをしたか、とふと思うてな」

「…………」

◇

「お奉行の御前である。顔を上げよ」

喜内が声をかけた。平伏した三名の町人がおずおずと頭をもたげた。正面にでんと座った久右衛門は、三名の顔をしげしげと見つめた。ひとりは小太り、もうひとりは痩せこけ、今ひとりは中肉中背だが、いずれも歳はおなじぐらいだ。ほかのふたりは落ち着いているが、中肉中背の男はおどおどとまわりを見回している。

「そのほうらが当奉行所の料理方にて働くことを望んだものたちか。ひとりずつ、名と住まい、生国と請け人、それに修業先を申せ」

久右衛門が言うと、小太りのほうが、

「へい、忠介《ちゆうすけ》と申します。松屋表町《まつやおもてまち》の源兵衛店《げんべえだな》に住んどります。生国は大坂で請け人は瓦屋町信濃屋衆七《かわらやまちしなのやしゆうしち》でおます。道頓堀の喜楽屋《きらくや》で板前をしとりました。得意料理は鯛の真薯《しんじよ》だす」

瘦せたほうが、

「権六《ごんろく》と申します。古金町《ふるかねまち》の長屋に住んどります。生国は大坂で請け人は松屋表町麒麟屋《きりんや》当七《とうしち》でおます。阿波座堀《あわざぼり》の赤舌屋《あかしたや》で修業させてもらいました。得意料理は、鯉こくです」

いまひとりが、

「八作《はつさく》と申します。住まいは、その……天王寺《てんのうじ》です。生国は大坂で請け人はおりませぬ」

「請け人はおらぬ？　それでは雇えぬ。帰れ」

喜内の言葉に、

「いえ……間違いでした。請け人は……受野屋受吉《うけのやうけきち》。あちこちの店を転々として修業いたしました。得意料理は、えーと……刺身です」

「刺身が得意料理だと？」

「あ、いや……鯛の真薯です」

久右衛門は拍子抜けしたような顔で、

「まあよい。三名のうちだれを召し抱えるか、今から試させてもらうが、給金は安いぞ。それでもよいのだな」

忠介が、

「へえ、ご用人さまから聞いとります。わてはまだまだ修業中の身やさかい、食い道楽で名の高いお奉行さまの召し上がる料理を作らせてもらえるだけで幸せでおます」

「ほう、うれしいことを申すやつじゃのう」

権六が忠介をにらみ、

「わてもお奉行さまのためなら給金はいらぬ覚悟でおます。ぜひともわてを使《つこ》うとくなはれ」

「なに、給金はいらぬ？　ならばタダでよいと申すか。ならばおまえに決め……」

言いかける久右衛門に忠介が、

「ちょ、ちょっと待っとくなはれ。わてもタダでよろし。ここで働かしてもらえるんやったら、タダどころか、こっちから給金を差し上げてもええと思とりまんのや。ぜひともわてに決めとくなはれ」

「なに、給金をおまえがくれると申すか。そこまでしてわしの食するものをこしらえたいとは天晴《あっぱ》れじゃ。ならばおまえに決めた」

「おまえ、言い過ぎやぞ」

「おまえこそ」

ふたりの板前が揉めているあいだも、八作という男は口を開かず、まえを向いて久右衛門を見つめたままだ。

喜内が、

「まあまあ、御前。給金よりも料理の腕が肝心でございましょう。まずは腕試しをお申しつけなさいませ」

「そうであった。——では、三名のもの、湯豆腐を作ってみよ」

ふたりは驚いた様子で、

「湯豆腐でございますか」

「そうじゃ。豆腐や昆布《こんぶ》、醬油なんぞは台所にあるゆえ、なんでも惜しまず勝手に使え。うちが仕入れておるのは為吉《ためきち》の豆腐じゃ」

為吉というのは、かつて奉行所で雇っていたことのある男で、今は豆腐屋を営んでいる。

「四半刻したらここへ持ってまいれ。それを食して、いずれを雇うかを決める。——行け」

忠介と権六は部屋を去ったが、八作は居残ったままだ。

「なんじゃ、おまえも行かぬか」

久右衛門に言われても動かない。

「あの……その……じつは……」

「なにをぐずぐず申しておる。とっとと湯豆腐をこしらえろ、どたわけめ！」

久右衛門が大きな雷を落とすと、

「ひえっ」

八作はあわててふたりのあとを追った。

「湯豆腐でよろしいのでございますか」

喜内が言った。

「いかぬか」

「昆布を敷いて、豆腐を入れて煮立てるだけではございませぬか。私でも作れますぞ」

「ふん！　素人はこれだから困る。たかが湯豆腐、されど湯豆腐。あれで奥深いものなのじゃ」

「そのようなものでございますかな」

喜内は首をひねった。

そのころ、台所ではふたりの男がにらみあっていた。

「おい、貴様、なにを考えている。わしが料理方に雇われるのだ。貴様は引っ込んでいろ」

「なに言うとんねん。料理方になるのはわてや。下手な浪花言葉使いよって、おまえこそ引っ込んどれ」

「わしには大事の役目がある。忍びは、与えられた仕事をどんな手を用いても果たさねばならん。それができなかったときは死あるのみだ。貴様のような味盗人とはちがうのだ」

「味盗人のどこが悪いねん。わては誇りをもってやっとるで。なんちゅうたかて、鍛えに鍛えたこの舌がものを言うのや。日頃、兵糧丸やら飢渇丸みたいな丸子《がんじ》しか食うてないようなやつに味のことがわかるかい。どうせおまえは落ちるやろからええけど、わての邪魔だけはせんとってや」

「ふん、どんな手を用いてでも仕事を果たすのが忍びだと言っただろう。さいわい、料理は湯豆腐だ。わしが料理方の座を射止めてみせる」

「おまえが忍びならわても忍びや。ここは一番、料理勝負といこか」

「心得た」

そこへ八作が遅れて現れたので口を閉ざし、おたがいそっぽを向くとあわただしく料理をはじめた。八作は、忠介と権六が作っている様子を後ろからのぞきこもうとしたが、ふたりににらみつけられ、すごすごと台所の端に行き、鍋と豆腐をぼんやりと見つめている。

　そして、

「できたか」

　喜内が呼びに来た。ふたりはうなずいたが八作だけは下を向いている。

「うむ。では、三人同時に持っていくようにいたせ」

　やがて、久右衛門の部屋に三人は湯豆腐の入った鍋を運び込んだ。久右衛門の隣には源治郎も座っていた。忠介と権六と八作は、鍋を久右衛門のまえに置き、蓋を取った。湯気が立ちのぼり、よい香りが漂った。久右衛門はまず、八作の鍋を見た。

「なんじゃ、これは?」

　久右衛門は顔をしかめた。鍋のなかに豆腐が一丁と湯が入っている。それだけだ。昆布もネギもない。

「あの……その……湯豆腐とおっしゃいましたので、湯に豆腐を入れました」

　久右衛門は目を三倍ほどに見開いて、

「馬っ鹿ものめ!」

「い、いえ、私は料……」

「やかましい!　わしは暇ではないのじゃ。出て失《う》せよ」

「お願いですから話を聞い……」

久右衛門の太い右腕が突き出され、八作の喉を絞め上げていた。

「ぐぐぐるじい……」

久右衛門は八作を廊下に叩きつけた。八作は、

「無茶苦茶だっ！」

そう叫びながら転がるように走り去った。

「とんだど素人が交じっておったわい」

久右衛門は、忠介の鍋を見た。これまた豆腐が一丁、切らずにまるごと入れてあるだけだ。ネギもなにもない。喜内が顔をしかめ、

「またしても、というやつですな。――貴様も今の男と同じではないか。御前を愚弄しておるのか。こんなものは料理とはいえぬぞ」

「まあ、待て」

久右衛門は、じっと鍋のなかを見つめ、

「濃い出汁じゃ。昆布をよほど使うてあるな。並の湯豆腐の倍ほどか」

「いえいえ、惜しまず使えと申されましたので、その……五倍ほど」

「五倍！」

「べつの鍋でどろどろになるまで煮てから、漉《こ》してございます。鰹節《かつおぶし》も張り込んで、十倍ほど」

「十倍！」

「惜しまず使えと……」

「わかっておる。それで？」

「酒塩で味を調えておます。あとは食べてのお楽しみ。匙《さじ》で崩して、こちらをつけて食べとくなはれ」

つけ汁もほどよく温められていた。久右衛門は匙で豆腐を割り、つけ汁に浸して口に入れた。

「美味い。醬油にかぼすを絞ったか」

「へえ。ようおわかりで」

「醬油につけた途端、豆腐を包んでいた昆布と鰹の濃い旨味《うまみ》がすーっと溶け出して、口に入るころには頃合いのよい味になる。これなら、豆腐だけでも満足できるというものじゃ。一丁丸ごと切らずに出したるは、豆腐は金気《かなけ》を嫌うからであろう」

「さようでございます」

「それと、この鍋にはもうひとつ仕掛けがあるのう」

「お気づきだすか」

「うむ。はじめは、湯通ししてから細う切った油揚げ、それにネギが入っていたはずじゃ。それを取り去って、豆腐を入れてさっと煮る。豆腐に油揚げの油と旨味、ネギの香りをかすかにまとわせておる。手の込んだことをしたのう」

「えへへへ……お奉行さまは濃い味がお好みやと聞きましたんで、ただの湯豆腐では物足らんやろ、と思て、あっさりしたなかにもこってりした味を隠しておますのや」

「味を隠したか。野に隠れ、山に隠れ、里に隠れる忍びの者のようなものだな」

忠介も権六も、びくっと震えた。

「つぎに権六のものを食すとしよう」

権六の鍋の蓋を取ったとき、久右衛門は訝《いぶか》しげな顔つきになり、

「ふーむ……これは……」

とつぶやいた。喜内と源治郎は顔をしかめた。

鍋のなかには、四角く切った豆腐と大根が煮えていた。しかし、久右衛門が訝しんだのはそこから香る異臭であった。これまで嗅いだことのない匂いだ。臭いかと問われれば臭いと答えるしかないが、どことなく魅《ひ》かれるものがある。そして、その匂いはおそらく、鍋の底で煮えている変わったネギのようなものから発せられていると思われた。つけ汁は、醤油に煮切り酒を合わせたものでなんの変哲もない。久右衛門はまず、豆腐を食うてみた。

「なるほどのう……」

権六はその顔を上目遣いで見つめている。

「これは……ノビルか」

「似ておりますが、ギョウジャニンニクと申すものでおます。利尿、健胃、駆虫に効があり、味噌をつけて生齧りにしたり、醤油漬けにするほか、茹でて酢味噌で食うのもよし、細かく刻んでもよしやけど、こうして出汁に使うとまた格別ですのや。匂いを嫌うものもいてますけど、お奉行さまに精をつけてさしあげようと思て、使うてみました」

「うむ、美味い。わしは好きじゃ。ノビル、ニンニク、ネギ、ラッキョウ、ニラなどは、慣れればこの匂いがたまらぬようになるが、ギョウジャニンニクははじめて食うた。よう、これで出汁を取ろうと思いついたのう。昆布や鰹節とちごうて珍しい。天晴れじゃ」

「過分なお言葉、おそれいります」

「なれど……豆腐が少し煮えすぎじゃな。すが入っておるぞ。豆腐は煮えばなと申してな、熱い湯のなかで、ぶるっ、ぶるっと二度ほど震えたあたりで食うのがもっとも舌触りがよいぞ」

　権六は赤面して、

「も、申し訳ございません」

「もっとも、わしはよう煮込んですの入った豆腐も、それはそれで美味いと思うがのう。まあ、その分、大根はちょうど食べごろじゃ。大根をあの短いあいだにここまでとろとろにするとは、米のとぎ汁で煮たか」

　すると、隣で食べていた源治郎が、

「これはそやおまへんわ。米のとぎ汁で煮ると、どうしても米糠の味が少し残ります。けど、これは隠し包丁を入れてますのや」

　隠し包丁という言葉に、権六がまたびくっとした。今度は権六だけだ。忠介は、ははあん……というような顔つきで権六を横目で見ている。しかし、源治郎はそれには気づかず、

「大根を煮るとき、裏側に十文字に包丁を入れます。かなり深《ふこ》う入れても、表まで抜けへんかったらわかりまへん。せやさかい隠し包丁と申します。これをすると、早う煮えますし、味がなかまで染み込みますのや。忍び包丁とも申しまして、コンニャクやなすび、焼き魚なんぞにも入れることがおます。コンニャクは、ぷりぷりと歯触りもようなりますわな」

「ほほう……」

　久右衛門は面白そうな顔で権六を見ている。権六の顔は真っ青である。

「御前、いかがでございます」

　喜内が膝を進めた。久右衛門は腕を組み、

「む……どちらかを選ばねばならぬのじゃな。――源治郎、おまえはどう思う」

「そうだんなあ。腕だけやったら忠介はんに軍配を上げますけど……ギョウジャニンニクはわても食うたことおまへんでした。どうだす、もう一品《ひとしな》こさえてもらいまひょか」

久右衛門はかぶりを振り、

「いや、もうよい。わしの腹は決まったぞ」

忠介と権六が、こわばった面持ちで久右衛門を見やる。

「両名とも召し抱えることとする。今日より住み込み、励むがよい。詳しい勤めの中身は喜内と源治郎にきけ」

ふたりは平伏した。源治郎が忠介と権六を連れていったあと、喜内が言った。

「忠介はともかく、あの権六と申すものはいかがでございましょう」

「よい。昆布も鰹節も使わず、ギョウジャニンニクで出汁を取るとは思い切ったことをするやつよ。これからも妙な料理を食わせてくれそうじゃ」

「ではございますが……どうも気になります」

「よいではないか。給金も安うてすむ。これは安い買い物をしたかもしれぬぞ」

久右衛門はかんらかんらと笑った。

一方、忠介と権六は、住み込みのものにあてがわれた長屋の部屋で眼《がん》を飛ばし合っていた。

「卑怯《ひきよう》やないか、ギョウジャニンニク使うやなんて……っ　あれは忍びだけの内緒の食いもんやで」

深山に自生するギョウジャニンニクは、忍びの者が山越えのときや山中に潜むときなどに疲れを瞬時に癒すためのとっておきの薬草である。

「召し抱えられるのはわてひとりでよかったんや。脇からでしゃばりよって」

「どんな手を使ってでも、勝てばいいのだ。わしも、包丁には自信があるが、まともなやり方では貴様に勝てぬと思うたから奥の手を出したのだ。珍しもの好きのあの奉行、まんまと引っかかったわい」

「おまえの正体、読めたで。そら、『包丁に自信あり』やろなあ。——そうやったんか、おまえは……」

「おっと、その先は言うんじゃない。こうやって首尾よく奉行所に入り込めたからは、おたがいおのれの務めを果たそうではないか」

「わかっとるわい。わても忍びのはしくれや。仁義は守るで。けどな……」

忠介は声をひそめ、

「わては味を盗みに来ただけやが、おまえはあの殿さんの命取りに来たのやろ。あの殿さん、さっきの味見の判じ方でもわかるけど、舌の肥えた、たいしたお方やないかと思う。だれに頼まれたんか知らんけど、あんまりええかげんな仕事は受けんほうがええと思うで」

「いくら泰平の世に働き口のない忍びの者とて、わしは下卑たる仕事には手を出したことはない。此度《こたび》の話は、わが上忍よりたしかなることとして持ちかけられた。あの奉行は能無しで、なんの働きもせず、ただ食っては寝るだけのぼんくらだと聞いたぞ。そのうえ家臣に無理難題を申し付け、金に汚く、賄賂をねだり、大坂の町人どもは迷惑しておると聞いたぞ。わしらの給金をケチったのがなによりの証ではないか」

「まあ、飲み食いに意地汚いのは認めるけど、そないに悪いお方やとは……」

「うるさい！　貴様は貴様の務めを果たせ。わしのやることにケチをつけるな」

「ま……ええけどな」

忠介は肩をすくめた。

◇

「む……」

突然、喜内が箸をとめた。顔色が悪い。茶を飲む。眉根を寄せ、もう一度茶を含んでうがいをしたが、顔には脂汗が滲《にじ》んでいる。

「どうなさいました」

給仕をしていたおかねという下女がたずねた途端、おのれの腹を押さえ、

「痛《い》たたたた……」

立ち上がって厠《かわや》へ飛び込んだが、そのまま出てこない。おかねは、喜内が食べていた昼餉の膳を見た。コンニャクと里芋の煮物と味噌汁、漬けものというありきたりの献立である。喜内はしばらくしてげっそりした顔で厠から戻ってきた。

「食あたりですか」

「わからぬ……急に……口のなかが……燃えるように熱うなり……刃物で突き刺したような痛みが……うがいをしても消えぬ。そのうちに……胃の腑《ふ》が痛《いと》うなってきて……厠へまいったが……ううむ、まだ痛い……痛たたたた……」

喜内は、畳のうえにうつ伏せになった。

「どういたしましょう」

おろおろするおかねに、

「傘庵先生を……呼んできてくれ。——あ、待て」

「はい?」

「おまえの言うように……食あたりかもしれぬ。同じものを……御前にも差し上げておるはずだ……まだ……箸をつけておられぬなら……決して食うてはならぬと……かよう申し上げてくれ……」

「か、かしこまりました!」

おかねは転がるようにして久右衛門の居間に向かった。

「御前さま……！」

「なんじゃ、騒々しいのう。いかがした」

久右衛門はまさにコンニャクを口に運ぼうとしているところだった。

「御前！　それ食べてはあきまへん！」

「む……？」

久右衛門はコンニャクを口中に放り込み、二、三度噛んで嚥下《えんげ》すると、

「なぜじゃ」

「なぜって、その……」

下女は久右衛門をしげしげと見つめ、

「なんともおまへんか」

「なんのことじゃ」

久右衛門はつづいて里芋を口にした。

「うむ、よう煮えておる。ただ、味付けが濃すぎるのう。いかにわしが濃い味が好きというて、これでは濃すぎるわい」

啞然《あぜん》としているおかねをまえに、久右衛門は悠然として昼餉を食べ終えると、

「なんの話であったかな」

「御前さま、口のなかが痛うなったり、お腹《なか》がおかしなったりしてまへんか」

「なにごともないぞ」

「ほな、ご用人の勘違いやろか……」

「ただ……」

久右衛門は少し言葉を切り、

「今日の料理はだれが作った」

「真吉どんだす」

「またあやつか。真吉に申し伝えよ。コンニャクのあく抜きがまるでできておらぬ、とな。わしだからよいが、並のものなら唇にかゆみを発したり、口中が爛《ただ》れたりすることもある。気をつけよ、と伝えい」

「へえ……」

おかねは首をかしげながら喜内のところに戻った。

「どうであった……」

まだ苦しげに顔を歪《ゆが》めている喜内に、

「御前はお食事をみな平らげはりましたけど、なんともないそうだす。けど、コンニャクのあく抜きがまるでできてない、言うてはりました」

「それだけか」

「それだけだす。ご用人さまのは食あたりやのうて、お腹に来る風邪かなんかとちゃいますか」

「うーむ……」

だが、そうではなかった。喜内のほか、四、五人の奉公人が同じような口中の痛みや腹痛に苦しんだ。いずれも、真吉が作った昼餉を食べたものたちだった。赤壁傘庵の療治が早かったためか、大事にいたるものはいなかった。傘庵の診立ては、「あく抜きが十分でないコンニャクを食したため」というものだった。

「生のコンニャクには毒が含まれておる。ネズミなら、食うたら死ぬほどの猛毒だ。細かい棘《とげ》が口のなかに刺さるような痛みを生じ、喉が腫れ上がり、胃の腑も爛れて、ときには死に至ることもある。あく抜きをすれば無害となるはずだが、その毒が少し多めに残っておったのだろうな」

「では、なにゆえ御前のお身体にはなにごともなかったのであろうか」

喜内が問うたが、

「わかりませぬな。おそらくお奉行さまは、ひとより胃の腑や口のなか、喉などが丈夫なのでございましょう。そうとしか考えられぬ」

真吉は平謝りに謝った。

「すんまへーん！　わしの下ごしらえが行き届かんばかりにご用人はじめ皆さんに迷惑かけて……」

「アホンダラ！　謝ってすむかい！」

隣に座った源治郎は真吉の頭を張り飛ばしたが、久右衛門はまるで怒ることなく、

「以後、気をつけよ」

そう言っただけであった。真吉はくびをひねりながら小声で、

「けど、おかしいなあ……。いつものコンニャク屋から仕入れたやつで、あく抜きもきちんとしたんやけど……」

源治郎はかんかんになり、

「なに抜かす、このドアホ！　おまえのせいで、どえらいことになるとこやったんやぞ。御前さまはああ言うてくれはったけど、わては許さんで！」

「まあ、よいではないか。わしはなんともなかったのじゃ」

おのれさえよければいいのか。

「でも、ほんまにおかしおますのや。わては、あれほど濃い味にしたつもりはおまへん。どちらかゆうたら薄味に……」

「まだ言うか！」

癇を立てた源治郎は思わず、痛めたほうの手で真吉を叩いてしまい、

「痛っ！」

そんなやりとりを聞きながら、久右衛門はなにごとかを考えている風であった。

その夜の献立は、塩ブリの焼きもの、わらび、山ウド、蕗《ふき》など山菜の煮付け、ワカメのすまし汁に蕪の浅漬けだった。久右衛門の部屋に運ぶまえ、喜内は幾度となく、

「山菜のあく抜きはしたであろうな」

と真吉に念を押した。

「沸かした湯で十分にやりました」

「ならばよい」

運ばれてきた夕餉を久右衛門はぱくぱくと食べ、酒をたらふく飲んだ。

「いかがでございます」

喜内がたずねると、

「山菜の下ごしらえが足りぬな。まあ、あくも味のうちだが、エグ味がある。それに、味が濃すぎる。これも真吉か」

「はい。本人はちゃんとやったと申しておりましたが……」

「早う源治郎に戻ってもらわねばならぬのう。それより、おまえはどうじゃ。腹痛は治ったのか」

「はい、傘庵殿の薬でなんとか……」

喜内は、久右衛門が食べ終えたのを見届けると、自室で同じ料理を食べた。そして、

「う……ううう……痛たたたた……」

またしても腹痛を起こしたのである。コンニャクによる身体の不具合がまだ本復していなかったのかと思ったが、そうではないようだ。身体がだるく、頭痛がする。そして、同じような目にあっている奉公人が数人いた。残りのものは、口に入れた途端、苦みやしびれがあったので吐き出してことなきを得たという。申し訳ないとは思ったが、傘庵を呼び、療治してもらう。

「ワラビのなかに、生のものが交じっていたようですな。生のワラビを牛馬が食うと具合が悪くなり、下手をすると命を落とす。ひとも同じです」

傘庵は声を落とすと、

「一度ならば料理人のしくじりかもしれませぬが、二度、というのはおかしい。これはなにかありますな」

喜内は肩で息をしながら、

「料理人をふたり、新しく雇い入れたのです」

「そのどちらかが怪しい。もしや……お奉行の命を狙《ねろ》うておるのではございませぬか」

「私もそう思うたのですが……ふたりとも夕餉を食うて腹痛を起こし、寝ておるのです」

「食べるふりをしただけかもしれませぬぞ」

「朋輩にもたしかめたのですが、両名がその料理を食べたことはまことのようです。横で見ていたものがおりますので」

「ふーむ……」

「なれど、我々ばかりがひどい目におうて、肝心の御前が無事というのはどういうことでしょう」

「私も不思議なのです。あのお方は生まれつき、身体の作りが我々とは違《ちご》うておるのではないかと思います」

　喜内は、久右衛門のところに行き、傘庵の言葉を伝えた。

「あのふたりを吟味いたしましょう。どちらかが此度のことの下手人ではないかと……」

「ふたりとも夕餉にあたって寝ておるそうではないか。無実のものに疑いをかけられるか。吟味は無用じゃ」

「では、ふたりとも辞めさせましょう」

「そうはいかぬ。わしが直々に試して雇うたものどもじゃ。軽々しく首は切れぬ」

「ならば、せめて毒見役を置いてくださりませ」

「なに？　毒見役じゃと？」

　久右衛門は立ち上がると吠えた。

「この大邉久右衛門が食事を怖《おそ》れて毒見役など置いたと知れたら、世間の笑いものではないか！　そのような恥ずかしいことができるか」

なにが恥ずかしいのかよくわからない。

「なれど、このままでは御前のお命が……」

「わしが毒見役じゃ！　わしが食べる物はわしが毒見する。それが一番じゃ！」

むちゃくちゃである。まことは喜内たち家臣や奉公人の命が心配なのだが、それを言うと怒りが増すだろう。言い出すとテコでも譲らぬのを知っている喜内は、やむなく折れることにした。

「承知いたしました。いずれにいたしましても、くれぐれもお気を付けくだされ」

「わかっておる。──喜内、わしには曲者《くせもの》がなにを狙うておるのかわかっておる」

「え？　それはいったい……」

久右衛門は声を低めて、

「糠味噌じゃ」

「──は？」

「糠味噌を厳しく見張れ。鍵を付け替えよ。──よいな」

喜内はとりあえず頭を下げた。

◇

「おい……困るやないか！」

忠介は台所で権六に詰め寄った。

「おまえのせいで、わての仕事がやりにくうなってしもた。どないしてくれるんじゃ」

「知ったことか」

権六は冷たく言い放った。

「それに、おまえ、やりすぎやぞ。殿さんだけやのうて、まわりも巻き込んどる。やるんやったら殿さんひとりに絞らんかい」

「そうしたいところだが、なかなか都合よくは運ばぬ。だが、つぎはかならずやる。そろそろ用心がきつくなってきておるからな」

「なにをするつもりや」

権六はにやりと笑い、

「キノコや」

忠介の顔色が変わった。

「おまえ、それ……皆殺しにする気か」

「さあな。——貴様も食うなら、ちゃんと毒消しを飲んでからにしろよ」

権六はうそぶいた。

3

その日の夕餉は、サバの塩焼きにブリの刺身、カボチャとゴボウ、キノコなどの煮物という献立であった。久右衛門は、サバの塩焼きに箸をつけて、満足そうに言った。

「うむ、脂が乗っておって美味いのう。塩加減も頃合いじゃ」

がぶり、と湯呑みの酒を飲む。つづいて刺身をたっぷりの醬油に浸す。

「ブリは脂気が強いゆえ、こうしても醬油をはじいてしまうのう」

炊き立て熱々の飯にのせ、大口を開いて頰張る。

「うむ……うむ……」

嚙まずに飲み下しているらしい。丼ほどの大きな茶碗《ちゃわん》の飯を、ほんの数口で平らげ、

「代わりをよそえ」

給仕の下女にそれを突きつける。

「カボチャもほくほくして、美味である。今日の料理はだれがこしらえた？」

「権六でございます」

下女が答えた。

「上出来じゃ。真吉より腕はうえだのう。よい板前が来てくれたものじゃ」

「へえ。権六どんはなにをやらせても上手にこさえまっせ。立派なもんだす」

「ほめてとらせるゆえ、呼んでまいれ」

ほどなくして下女が権六を連れてきた。権六は廊下で平伏している。

「苦しゅうない。部屋に入るがよい」

「へえ……」

「このサバの焼きの加減といい、ブリの切り方といい、カボチャの煮具合といい、なんとも上塩梅《じょうあんばい》である。なかなかの腕だのう」

「恐れ入ります」

「たいしたものじゃ。並の修業ではこうはいかぬ。——だがのう……」

久右衛門はぼりぼりと顎を掻きながら、

「料理としては、ひとつだけ欠けたるところがある。なんだかわかるか」

「い、いえ……」

「聞きたいか」

「へえ……聞きとおます」

「おまえの料理には、ひとに食べさせて喜ばせようという心がない。上手く作ることはできるが、その底にはひとを害する気持ちが潜んでおる」

「——えっ」

「下手くそでも、なんとか美味しく食べさせようと心を砕いておる分、真吉のほうがましじゃ。真吉が作ったコンニャクの煮物に生のコンニャクをすりおろして入れ、ワラビも生のものとすり替えて、そのエグ味をごまかすために味付けを濃く変えたのは貴様の仕業じゃな。おかげで、せっかくの料理が台無しになった。貴様の罪は重いぞ」

「な、なんのことだか……」

「とぼけるならば、そのキノコを食ろうてみよ。それとも、また此度も毒消しを事前に服しておるのか」

権六は苦虫を嚙み潰したような顔つきになり、

「わかっていたのか」

「あたりまえじゃ。わしははじめから貴様らふたりを怪しいと思うておった。毒があるかどうかは、少しなめてみればだいたいわかる。そういうものは避けて食うておったのじゃ」

「それでなんともなかったのか……」

「うわっはっはっ……わしの腹を炭焼き窯《がま》とでも思うておったか。いくらわしでも、生のコンニャクを食うたら腹痛を起こすわい」

「いや、あんたなら材木でも岩でも食うてしまうだろうよ。ふたりのうち、わしのほうが怪しいと思うたのはなぜだ」

「わしの眼力をなめるなよ……と言いたいが、じつはこのような投げ文があったのじゃ」

久右衛門は一枚の紙を権六に示した。そこには金釘流《かなくぎりゅう》で、

「こんろくかとくいれた」

と書かれていた。濁りが打っていないが「権六が毒入れた」ということであろう。権六は頬を歪め、

「用人や奉公人が苦しんでいた、あれも芝居だったのか」

「あれはまことじゃ。先に教えておくと、わしが疑《うたご》うておることがバレてしまうではないか。貴様らが聞き耳を立てておるであろうし、傘庵先生もおられるゆえ、ま、死にはすまい、と思うてのう」

奥の襖《ふすま》が開いて、赤壁傘庵が顔を出した。

「そのキノコは、ハツタケに似ているが、猛毒のドクササコであろう。漢方のほうでも使うことがある」

権六は舌打ちをして、

「あんたを殺すつもりで忍び込んだが、妙ないきさつで天井裏に入れなくされてしまった。しかたがないから料理人として入り込んだのだが……あんたの舌にはわしも参った。降参だ。わしも長年修業して、毒になる料理をこしらえてきたが、あんたは殺せぬ。どうやら年貢の納めどきらしい。露見してしまったうえは、さあ……ばっさりやってくれ」

権六はおのれの首筋を叩いた。

「貴様は忍びの者であろう。食いものが本来持っている毒を上手く使うて、気づかれぬようひとを害する技に長《た》けておるようだな。だがのう、権六、よう考えよ。生のコンニャクには毒があるが、きちんとあく抜きをすれば、コンニャクは美味き食いものとなる。しかも、腸《はらわた》の砂払いとして薬効もある。また、ウナギはたいそうな美味であり、また、滋養のある魚じゃが、その血には毒がある。フグも同じじゃ。野草やキノコには毒のあるものも多いが、その毒を薬として用いる術もあろう。――のう、傘庵」

「さよう。医術で使う薬のほとんどは、多く服せば毒となります。逆もまたしかり。仏法のほうに、『変毒為薬《へんどくいやく》』という言葉がございますが、まさにそのことでしょう。『碧巌録《へきがんろく》』という禅の書物に、文殊菩薩《もんじゅぼさつ》が弟子に『薬にならぬものを採ってくるように』と命じたところ、その弟子はこの世のあらゆるところを探したあげく、薬にならないものはございませんでしたと告げた、と書かれてございます」

久右衛門はうなずいて、

「権六、それだけ食べものの毒に詳しい貴様じゃ。心を入れ替えて、毒を薬にする道を歩まぬか」

「毒を薬に……」

「サバの塩焼き、良い味であった。貴様も、美味いものを腹いっぱい、気兼ねのう食うてみたいのではないか」

「忍びが飽食すると身体が重うなる」

「それゆえ貴様は、おのれに厳しく、これまで大食を戒めてきたと申すか。忍びの者でも、ときには美味いものを食いたかろうに」

権六はかぶりを振って、

「忍びは、丸薬ひとつでこと足りるようにしておかねばならぬ。美食に慣れたら堕落する。野草を茹でて食い、木の根を齧り、池の水を飲むのが日常だ。わしは仕事のために料理の腕は磨いてきたが、おのれは粗食を通してきたのだ」

「それゆえ、ひとを喜ばせる料理になっておらぬのじゃ。料理人が『美味い』と感じておらぬ料理は不味い。世には美味いものがたんとあるぞ。ウナギの蒲焼《かばや》き、フグ鍋、鯛の粗炊《あらだ》き、鴨《かも》のつけ焼き、ねぎま、鰹の刺身、スッポン鍋、かまぼこ、つけ揚げ……」

聞いているうちに権六はよだれを垂らしそうな顔つきになっていった。

「おのれの務めに徹するのも立派だが、そういう美味きものの味、知らずに過ごす一生はさびしいとは思わぬか。食うてみとうはないのか。どうじゃ」

「食べたい……」

権六の口から知らずにその言葉が漏れていた。権六は、ハッとして口を押さえたが、久右衛門は莞爾《かんじ》としてうなずき、

「わしも貴様らの忍び飯が食べたい。おあいこではないか」

「物好きなお方だ。忍び飯など美味いものではない」

「それでも食うてみたい。――持っておるなら、出してみよ」

権六はふところから油紙に包んだものを出してそこに広げた。さまざまなものが並んでいる。

「美食に慣れた殿さまの口に合おうはずもないが……」

「これはなんじゃ」

久右衛門はそのうちのひとつを指差した。

「スルメでございます」

「食うてもよいか」

「どうぞ」

久右衛門はスルメの一片を口に入れた。

「なんとも硬いのう。いつも食うスルメに比べると石のようじゃ」

権六はにやりとして、

「かちかちになるまで十分乾かしてございます。これを噛むことで顎を鍛えます。また、腹持ちもよく、ひとつ食せば当分空腹になりませぬ」

「ふーむ……なれど噛んでおるうちに美味い汁が滲み出てくるわ。や、これは珍味じゃ。

酒が欲しゅうなるのう。――これはなんじゃ」

「堅焼きでございます。うどん粉を水で溶いて焼き、これもかちかちにしてございます」

「美味そうではないか」

つまもうとするのを、

「おやめなされ。歯が折れますぞ」

「大事ない」

久右衛門は堅焼きを手で小さく割ろうとしたが、これがとてつもなく硬い。顔を真っ赤にして、なんとか割ろうとしたものの、みしりとも言わぬ。

「硬《かと》うございましょう。われらも、これは茶でふやかして用います」

「それを早う言え。――これは？」

「納豆を乾かしたものでございます。納豆は滋養もあり、腹具合も整い、疲れも取れます」

久右衛門は干し納豆を口に入れ、ばりばりと嚙むと、

「ほほう、塩加減も良い。嚙んでいると、ねばねばが出てきて、うむ……これも酒が進みそうじゃ。――これは？」

「干し飯と味噌玉でございます」

「このまま齧ればよいのか」

「いえ、これも硬うございます。熱い湯をちょうだいできますか」

権六は、椀に干し飯と味噌玉を入れ、湯を注いだ。

「よい香りじゃのう」

久右衛門は、ふうふう口でさましながらさらさらとそれを食し、

「美味い。雑炊のようじゃな。固めた飯が湯でほどけると、炊き立ての飯とはまた違った美味さがある。味噌玉には、鰹節、海苔、干しエビ、切り干し大根、すった生姜、刻み昆布、ゴマ、唐辛子などを練り込んであるのう。これだけで十分一食になるわい」

「殿さまならば、三十玉は食べねば無理でしょう」

権六も軽口《がんじ》を叩くほどに打ち解けてきたようである。

「こちらの丸子はなんじゃ」

「これは兵糧丸。ソバ粉、はと麦、きな粉、ゴマ、蜂蜜などを丸めて、乾かしたものでございます。四粒ほど食せば一日身体が持つと言われております」

「ふむ……」

久右衛門は一粒を口に放り込み、

「美味くはないが……甘いのう。——これは？」

「飢渇丸と申し、朝鮮人参、ユキノシタ、甘草《かんぞう》、山芋などを酒で練り、固めたものです。古来、一日三粒飲めば心力衰えることなしと言われておりますが……かなり不味いので

お覚悟あれ」

丸薬を指でつまんだ久右衛門に喜内が、

「おやめなされませ。不味い、と忍びの者が申しておるのです。よほどの不味さでございましょう」

「よい」

久右衛門はそのまま口に入れた。喜内は、うわあ……とつぶやき、おのれが食べたかのように顔をしかめた。久右衛門はかりかりと嚙むと、

「苦みはあるが、不味うはないぞ。いや……美味いと言うてよかろう。なんともいえぬ滋味がある。たしかに心身を保つにはよいかもしれぬ」

権六は目を丸くして、

「忍びのほかでこの丸子を食うて、美味いと言うた方ははじめてでございます」

「こうしてみると、忍びの者の食うておるものも、けっして不味うはない。古人の知恵だのう」

「殿さまは、話せるお方だ」

「うはははは。――どうじゃ、忍び飯を食わせてもろうた礼に、ウナギとフグでも馳走しようか」

権六はごくりと喉を鳴らしたが、しばらく考えてから、

「やめておきます」

「なぜじゃ。遠慮せずともよいぞ」

「わしはまだ、忍びを続けていきとうございますゆえ、耐え忍ぼうと思うております」

「はははは……そうか。ならば無理にとは言わぬ。だが、食いとうなったらいつでも奉行所を訪ねてまいれ。いつかまた会おうぞ」

「え……？」

権六は呆れたような顔で、

「わしは、このまま行ってもよろしいのですか」

「よい」

権六はなにか言おうとしたが、口をへの字に結び、そのまま姿を消した。喜内が、

「御前を殺《あや》めよとあのものに頼んだ相手の名を明かさせずともようございましたか」

「それが忍びの者の掟《おきて》であろう。どうせ言わぬなら、きいてもしかたない」

喜内はため息をついた。

久右衛門の居間でそのような大騒ぎがあった、まさにちょうどそのときである。台所をひとつの影が進んでいた。足音はまったく聞こえない。忍びは、猫の歩き方を真似て、どんなに軋む床でも足音が立たない方法を身につけている。たとえば、帯を床に敷いてそのうえを歩いたり、四つん這いになっておのれの手の甲を踏みながら進んだりする。

台所を横切った影はひたひたと糠味噌蔵に近づく。蔵の鍵をそっと触る。鍵は、大型でより頑丈なものに付け替えられていた。影は、トイカキや歯曲がりといった道具を取り出し、しばらくその鍵を開けようと格闘していたが、途中であきらめ、クナイと呼ばれる幅広の壊器《かいき》を手にした。鍵そのものを壊そうというのだ。はじめは静かに行っていたが、しだいに力が入り、がっ、がっ……という音が聞こえだす。そのとき、大きな足音が台所に近づいてきた。影は、びきーん！　と固まったあと、

「チュウ……チュウ……」

足音は台所のまえで止まり、

「なんじゃ、ネズミか」

そう呟《つぶや》いて、行き過ぎていった。安堵のあまり、影が溜《た》めていた息を吐き出したとき、

「そんなわけはなかろう！」

どすどすと足音が引き返してきた。逃げようとしたが、二カ所から龕灯《がんどう》で照らされた。壁に背中をつけてすくんでいるところに、

「ネズミ退治じゃ！」

怒声とともに槍の穂先が飛んできた。

「ひえっ！」

横っ跳びにかわしたが、槍は幾度も繰り出される。しかも、でたらめでめちゃくちゃ

に振り回されるので、どこに来るのかわからない。困憊《こんぱい》して尻餅をついた影の胸もとに槍はぴたりと突きつけられた。

「忠介、やはり貴様であったか」

久右衛門は今にもその槍をぐいと一押ししそうなほど、腕に力を込めていた。その後ろで龕灯を持っているのは佐々木喜内と真吉である。源治郎も控えている。

「糠味噌を狙うておると思い、待っておったのじゃ。味盗みめ。串刺しにしてくれる」

久右衛門は槍を一旦、後ろに引いた。横で喜内が、

「食事に毒を盛った権六も貴様の仲間であろう。きりきり白状いたせ」

「ち、ち、ち……」

「なんじゃ、またチュウと鳴くのか」

「ち、ち、ちゃいます！　毒の件にわては関わりおまへん。あのガキひとりの仕業でおます」

久右衛門が笑いながら、

「わかっておる。ただ、権六が毒を盛ったという投げ文をしたのは貴様じゃな。権六をわれらが捕えて吟味するあいだの騒動にまぎれて、糠味噌の味を盗もうとしたのであろう」

「うへへへ……露見しましたか。かなわんなあ」

「悪びれぬやつじゃな。貴様も忍びの者か」

「へえ、忍び崩れでおます」

忠介は、腹をくくったのかなにもかもしゃべった。彼は伊賀藤堂《とうどう》家に仕える「無足《むそく》」という身分の忍びの家に生まれ、幼いころから厳しい修業を課せられた。

「忍びの者など、絵空事だと思うておったが、いまだに伊賀のほうではそのようにして忍びの者を育てておるのか」

「戦国のころに手柄を立てはったかつての忍びの衆は皆、士分に取り立てられて偉《えろ》うなってしもた。今ではみずから忍びの技を会得するようなことはおまへん。けど、仕えてる藤堂家の殿さまから、いつ『忍びの者を何人登城させよ』と言いつけられるかわからへんさかい、日頃は百姓しとる郷士《ごうし》に捨て扶持《ぶち》を与えて、忍びの修業をさせてますのや。ほとんどのものが、一度もその技を披露することなく死んでいきます。わてとこもそういう家だした」

「それが、なにゆえ味盗みになった」

「わてはこどもの時分から美味いもん、脂っこいもんが好きで、そのうえ大食いときとる。忍びは太ったらおしまいやさかい、しょうもないもんをちょっとだけしか食わせてもらえんし、そもそも忍びの者の家なんて貧乏なもんだす。ろくな食いものは出してもらえん。それが嫌で、美味いもんを腹いっぱい食うためにとうとう家出しましたんや。

食いものといえばなんちゅうたかて天下の台所……それで十四のときに大坂に出てきましてん」

「それで大坂言葉なのじゃな」

「大坂の料理屋で板前になるために修業しながらいろんなとこの美味いもんを食べ歩きました。だんだん舌が肥えてきましてな、そのうちにどんな料理でも、いっぺん食べたらなにを使てどんな風に作っとるか、すぐにわかるようになりました。勤めてた店の主もわてに、よその店に食べにいって味を盗んでこい、て言うもんやさかい、言われるがままにあちこちの店からそこの味を盗ませてもらいました」

「たいしたものじゃな」

「へへへ……殿さんもそうだすがな。わてのおかぶを奪う舌を持ってはりまっせ」

「おだてるな」

「あるとき、わての舌の評判を聞きつけたある料理屋が、話を持ちかけてきましたんや。高麗橋《こうらいばし》にある『鮒右衛門《ふなえもん》』の鯉こくの味を盗んできたら十両やる、ゆうて。十両いうたら大金だす。そのときわてのもろてた給金が年一両。金に目がくらんで、引き受けました。身につけた忍びの技が役に立ち、闇に乗じてまんまと『鮒右衛門』に忍び込み、味を盗ませてもらいました。それがきっかけで、いろんな料理屋や食にうるさい旦那衆から仕事をもらうようになって、ときには食い道楽のお武家さまやお大名からも声がかかりました。一度もしくじったことはおまへんが、今度ばかりは目ぇすりました。お縄をいただきまっさ」

「だれに頼まれたか申せ」

「それは言えまへん。忍びの仁義ですさかい」

「言わずともわかっておる。富士屋紋左衛門であろう」

「あははは、わかりまっか」

「わかるわい。——富士屋に伝えよ。糠味噌は、置くところや混ぜるものを替えるだけで味の変わるもの。富士屋に持っていけば、ここの味にはならぬ。それよりもおのれの家の味を作り出したほうがよい、とな」

「ほ、ほな、わてはお咎《とが》めなしだっか?」

「権六を咎めなかったのじゃ。貴様だけ召し捕るわけにはいくまい」

忠介の両眼《りょうめ》がみるみる潤み出した。彼は、がばとその場に伏すと、

「おおけにありがとうございます。西町奉行の大鍋食う衛門は大食らいの能無しのアホやて聞いとりましたけど、聞くと見るとは大違いだすなあ」

「アホはよけいじゃ」

「ほな、最後にひとつだけお教えいたします。——あの権六、ほんまは権六ゆう名前やおまへん。猿の権平ゆう『隠し包丁』でおます」

「隠し包丁？　それは大根やコンニャクの裏に入れる切れ目のことではないか」

「そうやおまへん。戦国のころから続く、そういう一党がございますのや。隠し包丁は、武器で敵を倒すのやのうて、食べものに元来含まれとる毒分だけでひそかに相手を殺すという忍法を身につけた連中でおまして、手裏剣投げたり、地雷火伏せたり、飛んだり跳ねたりしとった忍びは泰平の世になると役割を終えましたが、隠し包丁は消えずに残っとります」

「なんと……隠し包丁とは忍びの党の名であったか！」

「わてもよう知りまへんのやが、どこかに頭目がおって、手下を指図しとるらしゅうおますけど、その正体はだれも知らんそうでおます。あの権平は一番下の下忍で、中忍《ちゆうにん》の指図でお殿さまの命を狙いに来よったんだすわ。わてみたいな一匹オオカミはともかく、ああいう一党で育ってきた連中は、役目をしくじったら殺されますさかい……」

「なにい？」

　久右衛門は目を剝いた。

「殺されるとは聞き捨てならぬな」

「へえ、抜け忍になって逃げるしかおまへん。あいつ、今時分、どこにおるやろか。お殿さまの命を狙たんやさかい自業自得でおますけどな……短いつきあいやったけど肩を並べて料理した間柄やさかい、どうしても情が移ります。無事に逃げ切ってほしいもんだすわ」

「うーむ……忍びとは非情なものよのう」

久右衛門は嘆息した。

◇

玉水町《たまみずちょう》の居酒屋で、中間が三人、飲んでいた。かなりへべれけになっており、あたりは零《こぼ》した酒でびしょ濡れだ。足もとには割れた湯呑み茶碗や徳利が転がっている。

「……というわけや。なかなかおもろいやろ」

「そやなあ。兄貴はたいしたもんや」

「へへへへ……まあ、飲め。金はなんぼでもあるねん」

表に聞こえるほどの大声だ。ほかに客はいない。皆、関わり合いを怖れて帰ってしまったのだろう。店のものたちが困り顔で離れたところから見ている。早く帰ってほしいと思っていることは明らかだが、中間たちは意に介した様子はない。

「さあ、もっと飲め。今日は朝までいくで」

「兄貴、ほんまに銭あるんか」

「あたりまえや。ふところにうなっとる」

「けど、近頃毎晩飲み続けやで。大丈夫か」

「のうなったら、うちの留守居の旦那に言うたらすぐに出してくれるわ」

「ふーん、池田さまは金持ちやな。うちはしぶちんでな、余分な銭はびた一文も出さんわ」

「へへへ……わしはちょっと、うちの旦那方の尻尾《しっぽ》を握っとるさかいな、まあ、振ったら銭の出る打ち出の小槌《こづち》みたいなもんや」

「どんな尻尾を握ってまんねん」

「それは言えんわ。言うたらわしの首が飛ぶ。ほんまは、わしの仲間、旦那からそれなりの当座金をもろうてな、あちこちへ高飛びしとるのや」

「兄貴は、なんで居残ってますのや」

「へへへへへ……毎晩飲んでるうちに旅立つ銭がのうなってしもたんや。つまりは、おまえらのせいやな」

「人聞きの悪いこと……けど、それやったらこんなところで飲んでる場合やないがな。なんとか銭の工面して、高飛びせんと……」

「せやから言うとるやろ。明日、留守居の旦那のとこ行って、打ち出の小槌を振ってくるわ。ちょっと強めに振ったろかいな」

「大丈夫か。はじめにもろた銭、使い込んでしもたことで叱られるんやないのか。いつまでぐずぐずしとんのや、ちゅうて……」

「言うたやろ。わしは尻尾を握っとるんや。しっかり握っとるさかい、ちょっとやそっとのことでは離さへんでえ……あっ！」

中間は、入ってきた男に手を摑まれ、ひねり上げられた。

「痛いっ……痛ててて。なにするんじゃ！」

「ずいぶんと羽振りが良いようだな。俺にもその打ち出の小槌とやらを振らせてほしいものだ」

男は勇太郎だった。

「な、なんや、おのれは」

勇太郎は十手を出すと、

「そこの会所まで来てもらおうか」

会所というのは江戸でいう番所である。中間はいきなり逃げようとした。勇太郎はためらわずその男の背中に十手を振り下ろした。

「幾日も探して、やっと見つけたのだ。逃げられてたまるか」

十手をよろめく中間の喉に突きつけ、ぐい、とひと押しした。中間は、げっ、とえずいて、

「や、や、やり過ぎやないか」

「人殺しのくせに一丁前のことを言うな。――さあ、来い」

「わ、わしはなんもしてへんで」

「嘘をつけ。田端という侍を殺しただろう」

「知らん。やったのは旦那方や。わしらは川へ放り込め、て言われただけや」

「まだ息のあるものをあんな寒い川に放り込んだら死ぬとわかっていたはずだ」

「旦那方から渡されたとき、もう死んどるもんやと思とってましたんや。殺したわけやないんだす。信じとくなはれ」

「言い訳は会所で聞こうか。行くぞ」

勇太郎は手際よく中間に縄を打つと、ほかのふたりのほうをじろっと見て、

「おまえたちも、兄貴分についてくるか」

「とととんでもない」

ふたりの中間は強くかぶりを振り、

「そんなやつ、兄貴でもなんでもおまへん。おごってくれるさかい、おだてとっただけです。——ほな、わてらはこれで……」

「こらあ、薄情もん！」

縄をかけられた中間は怒鳴ったが、もうどうにもならなかった。

◇

「『名張の寸二』から報せがあった。西町奉行所に入り込ませていた下忍が奉行の始末をしくじり、逃亡したらしい」

「困ったことになったな。これで町奉行はあれこれ用心しはじめるだろう」

「だから申したのだ。騒動になってはまずい、と……」

「今更言うてもしかたあるまい」

「もうひとつ……金を渡して高飛びさせていたはずの中間のひとりが、町奉行所の同心に召し捕られたらしい。さっき会所に連れて行かれたそうだ」

「なんだと？　そ、それはいかん。われらの素性が露見してしまうぞ」

「と申して、会所におるあいだは手出しができぬ」

「どうすればよい」

「おまえたち、なにをぐずぐずしておる！」

「あ、これはご家老」

「このままではわれらは破滅だ。ただちに会所に向かい、中間とその同心を捕えて、ここへ連れてまいり、口を封じてしまうのだ」

「ではございますが、会所に踏み込むというのはいささか乱暴かと……。世間の目もございます」

「ならば、ほかにやりようがあると申すか！」

「い、いえ……それは……」

「たわけどもめ。ことは一刻を争う。すぐに参れ」

「は、はい。かしこまりました」

◇

同じころ、千三は堂島川の土手にいた。五、六人の手下たちも一緒だ。明かりをたずさえ、皆、泥だらけになって草むらのなかでなにかを探している。もう二刻もこんなことをしているのだ。それもほぼ毎晩である。

「どや、そっちは」

「ないわ。芥《ごもく》か犬の糞《くそ》ばっかりや」

「わてとこもなにもないわ。こら、川浚《かわざら》えせなあかんやろか。この寒いのに川へ入るのはきっついなあ……」

ため息をついていた千三だが、気を取り直して腰を曲げ、冷たい水のなかを棒きれでつついていたが、疲れ果てて草むらに座った。そのとき、

「おっ……」

ぐしゃっ、という音がした。なにかのうえに尻を置いたらしい。立ち上がってあらためてみると、そこにあったのは小さな折詰である。すでにややや腐りかけているようだが、

寿司のようだ。寿司飯のうえにさまざまな具を敷いた、いわゆるちらし寿司である。

「こ、これや……！」

千三は立ち上がり、

「おおい、あったぞ」

「あったか！」

「ああ、これでやっと村越の旦那に顔向けがでけるわ」

「よかったなあ、千三どん」

「おおきに、おおきに……皆のおかげや！」

千三はその腐りかけた折詰を宝物《ほうもつ》のように目のうえに捧《ささ》げ持つと、一散に西町奉行所目指して走り出した。

◇

「臭いっ！」

喜内は鼻をつまんで顔をねじった。

「御前のお部屋になんというものを持ち込むのだ。早うどこぞへ持ち去れ！」

「そんな……この寒いなかを、今の今まで皆で探してましたんや。ようよう見つけましたんやで。それも、もとはと言えばお奉行さまのお言いつけだっせ」

「それはそうかもしれぬが……場所をわきまえよ。よその部屋で吟味いたせ」

「す、すんまへん」

その折詰を持ち上げようとした千三に、久右衛門は言った。

「待て。わしがここでとくと調べてつかわす」

そう言うと、割り箸で飯とそのうえの具を分けたり、ほじくったりしはじめた。そのたびに酸っぱい臭いが立ちのぼるので、とうとう喜内は、

「用事を思い出しました。ちょっと失礼……」

そう言うと部屋から出ていった。しかし、久右衛門は気にすることもなく、ひとつずつ具を吟味していたが、

「わかった。これはバラ寿司じゃ」

「バラ寿司と申しますと……？」

「知らぬのか。備前岡山城下の名物じゃ。シイタケ、カンピョウが切り込まれた酢飯に、錦糸卵《きんしたまご》が敷き詰めてある。そこに、レンコン、カマボコ、高野豆腐《こうや》、湯がきダコ、焼きアナゴ、海老《えび》なぞが載せられておる。大坂にもバラ寿司やちらし寿司はあるが、岡山のものは具の数がはるかに多い」

「ああ、ほんまや」

「かつて池田光政《みつまさ》公、領民の奢侈《しゃし》を禁じ、食事は一汁一菜に限るべしとの触れを出した

るところ、民は知恵を絞って触れの裏を掻き、ひとつの寿司桶《おけ》に多数の具をやたらと投じて、これでも一菜でございます、とうそぶいたが、光政公は笑ってそれを見逃したと申す。死んだ侍は、このバラ寿司の折をだれかに渡すつもりで懐中していたが、中間どもに運ばれているときに折詰は土手に落ち、包み紙だけがふところに残ったのであろう」

「ということは……これは備前池田家の……」

「そういうことになるな」

「おました！　わてらが死体を見つけたあたりに、ちょうど池田さまの蔵屋敷がおましたわ！」

久右衛門は大きくうなずき、

「一件の裏側が見えてきたのう。なれど、このバラ寿司、なんの理由《わけ》もなく、奉行所に渡すはずもない」

久右衛門は箸を置き、指で寿司飯をひっくり返しはじめた。

「汚《きたの》うおまっせ」

「なにを申す。おまえたちが村越の役に立とうと、この寒空を探し回って見つけたものではないか。野良犬に食われずに残っていただけでも幸いじゃ。なんぞ汚いことがある」

「ありがとうございます……」

「それに……バラ寿司と申すものは、酢が効いておるうえ、生ものをほとんど使わぬゆ

え、あまり腐ることはない。わしにはそれほど悪い匂いには思えぬぞ。喜内は大げさ

……お、見つけたぞ、千三！」

久右衛門の指は酢や具から出た汁が染み込んだくしゃくしゃの紙をつまみ上げていた。久右衛門はそこに書かれている文を穴の開くほど見つめていたが、

「千三、これはなかなか……天下の大事であるぞ」

「ほな、池田さまの蔵屋敷に乗り込みまっか！」

久右衛門はぶすっとした顔で、

「そうはいかぬ」

「なんでだんねん」

「それが天下の法だからじゃ。町奉行所は、大名家に手を出せぬ。大坂市中とはいえ、蔵屋敷のなかは他国も同然だからのう」

千三はしばらく下を向いていたが、なにかを決した風に顔を上げ、

「天下の大事やっちゅうのに、お奉行さまも存外小心だすなあ。日頃はえらそうなことを言うとるくせに、肝心のときは天下の法だすか。天下の大事と天下の法とどっちが大切ですのや」

久右衛門は茹でダコのように顔を真っ赤にし、

「貴様、奉行に向かって無礼千万……」

そう言うと、右脚をどしんと立てた。部屋が大きく揺れた。千三も蒼白になったが、あえて久右衛門をぐいと見返したそのとき、

「御前……御前、一大事でございます！」

喜内が大声を上げながら戻ってきた。

「なんじゃ、おまえも一大事か。一大事流行《ばや》りだのう」

喜内は久右衛門の軽口にも取り合わず、

「たった今、報せがございました。江戸堀町《えどぼりまち》の会所に七、八人の覆面の侍が押し入り、吟味中であった同心村越と池田家中間を連れ去ったそうでございますぞ！」

「なにい！」

立ち上がった久右衛門は、奉行所がびりびりと震えるほどの怒声を発した。

「蔵屋敷が大名の領国であるならば、会所はわれら町奉行所が支配国にも等しい。そこに押し入るとあらば……これは戦じゃ。喜内、馬引けい！」

「かしこまりました！」

喜内の声もはずんでいる。

「先祖伝来の鎧《よろい》兜《かぶと》を支度いたせ。手の空いておる与力・同心、長吏《ちょうり》、小頭《こがしら》、若いもの、役木戸、目明かし、下聞き、暇なるものは槍持ち、草履取り、荷駄担ぎ、小者、中間、下女、下男にいたるまで、皆、それぞれに武具身につけよ」

「そう来んと嘘や」

千三は手を叩いて喜んでいる。

皆は奉行所のまえに出た。馬にまたがった久右衛門はまわりを見渡し、

「なんじゃ、これだけか」

そこにいたのは、与力、同心、その他合わせても十名ほどであった。喜内が頭を下げ、

「急なこととて、これだけしか集まりませなんだ」

久右衛門は一瞬、落胆の顔つきになったが、すぐに気を取り直し、

「皆のもの、出陣じゃ。目指すは堂島、池田家蔵屋敷。――喜内、法螺貝《ほらがい》を吹け」

「ほ、法螺貝など当家にございませぬ。大坂城代から借りてまいりましょうか」

「それでは間にあわぬ。ならば口で真似をせよ」

「私が、でございますか」

「他にだれがおる。早ういたせ！」

喜内は目を白黒させながら、

「ぼおお、ぼおおお……こうでございますか」

「ちがう。もっと大きくじゃ」

「ぶおおお、ぶおおおお」

「そんな音で合戦の気運が盛り上がるか！」

「ぼうおおお……ぼおお……ごほっ、ごほっ」

喜内は息もたえだえになっている。

「たわけ！　わしがやる」

久右衛門は胸を張り、両手を口もとに当て、腹いっぱいに息を吸い込んでから、

「ブーオオオオオ、ブーオオオン、ブオオオーン！」

喜内は目を丸くした。それはまさしく法螺貝の朗々たる響きにそっくりだった。喜内は感心した様子で、

「御前にかかる隠し芸があったとは……」

その音で一同は活気づいた。

「いざ、行かん。押し出せ、押し出せ。村越と中間を奪い返すのじゃ！」

えい、えい、おう……と鬨《とき》の声を上げながら、一同は西町奉行所から堂島に向かって行軍をはじめた。寒風が四方から鎌のように彼らを切り裂こうと吹きすさんだが、意気軒昂《けんこう》な一行には少しの難儀も与えなかった。

◇

池田家蔵屋敷の敷地の奥に、小さな道場がある。ここに勤める侍たちが心身の鍛錬をするために建てられたもの……といえば聞こえはよいが、もう長いあいだだれも使った

ことがないらしく、床板は割れ、壁にはひびが入り、天井や廊下は蜘蛛の巣と埃だらけだった。そんな道場にめずらしく明かりが灯《とも》っていた。五、六名の侍に取り囲まれているのは勇太郎だった。床に座らされ、柱に身体を縛りつけられている。その横には、中間がぐるぐる巻きに縄で巻かれ、手拭いで猿ぐつわをされて転がされていた。

「会所に押し入り、同心をかどわかすとは、少しやり過ぎではないのか。町奉行所とことを構えるつもりか」

侍たちを見上げて勇太郎がそう言うと、眉毛の吊り上がった若侍が刀を抜き、その腹でぴしゃぴしゃと勇太郎の首筋を叩いた。うなじの毛が切れて、床に落ちた。

「やり過ぎだと？　そのようなことはない。われらの大望を果たすためならば、もっと大胆なこともやってのける覚悟だ」

「ご立派なことだな。その大望とやらを聞かせてもらおうか。どうせつまらぬ目論見《もくろみ》だろうがな」

「なに？」

若侍は甲高い声を立て、刀の切っ先を勇太郎の頰に当て、つーっと下方に引いた。赤い筋が浮かび、そこから血が垂れた。だが、勇太郎はなぜか肝が据わっていた。縛られているのでどうせ逃げることはできないのだ。じたばたしても始まらない。

「町方の犬同心ごときにわれらの宿願がわかろうはずもないが、聞かせてやろう。我らの望みは……」

横合いの侍が肘で突いて、

「おい、近藤……軽々しく密事をしゃべるな」

彼もまた、先日、顔を見たものの一人《いちにん》だ。

「よいではないか。どうせこやつらはわが刀の錆《さび》と消えるのだ。冥途《めいど》のみやげに教えてやってもバチは当たらぬ」

「ならぬ、すぐに斬れ。千里の堤も蟻《あり》の穴から崩れると言うぞ。われらの素性を町方に知られてはいかんと思うての忠言だ」

「斬ってしまうのだから、かまうまい。われらが大望を、つまらぬ目論見などと言われては不快ではないか」

勇太郎は内心ほくそえんだ。うまく持っていけば、仲間割れを起こすかもしれない。

「俺はもう、おまえたちの素性を知っているぞ。池田家家中の侍で、熊沢《くまざわ》蕃山の教えに感化されたものだろう」

侍たちは顔を見合わせ、

「なぜわかった」

「その近藤という男が……」

勇太郎は、声の高い侍に顔を突き出し、

「俺を運んでくるときに、『蕃山先生が……』というようなことを口にしていたのでな」

まことは、死んだ侍が口にした「バンザ……」という言葉が、たった今、池田家と頭のなかでつながって、熊沢蕃山のことを思いつき、鎌をかけてみたのだ。見事に当たったらしい。

「わ、わしはそのようなことを申しておらぬ」

「言い訳を申すな。だいたい貴公はなんでもしゃべりたがっていかん。ご家老にも叱られたばかりではないか」

「なに？　わしがいつなんでもしゃべりたがった？　無礼を申すと、おぬしから先に斬ってもよいのだぞ」

「血の気の多いやつだな。貴様のようなやつがおると一党の迷惑だ」

「おぬしこそ迷惑だ。党の固い結束を乱す輩《やから》には辞めてもらいたい」

「なにを揉めておる」

道場に入ってきたのは、先日「ご家老」と呼ばれていた年嵩の武家であった。口論していた侍たちは、頭を下げた。

「いよいよ決行のときが来た。喧嘩口論をしているときではないぞ」

「申し訳ございませぬ。近藤が、この同心にわれらの大望を洩《も》らそうといたしましたので……」

「まだ生かしておったのか。早う斬り捨てよ。このまえのようなことにならぬよう、死んだかどうかをよう確かめて、中間などに任せず、おまえたちの手で川に捨てるか、埋めるかいたせ。よいな」

勇太郎はその武士に向かって、

「池田家の家老職といえば、いずれも大名並みの方々ばかりとお聞きしております。それがなにゆえ、外道じみたふるまいをなさるのです」

池田家は三十一万五千石の石高を誇っている。それゆえ家老たちのうち六家が一万石を超える格式である。

「外道だと?」

武士はムッとしたようだった。

「わしらは、池田家の政《まつりごと》を正しくしようとしておるだけだ」

しめた、食いついた。

「それならばなぜ、家中の若い士を殺害したり、忍びの者を雇ったり、中間の口を封じようとしたりするのですか。そのようなやり方ではとても正しい政はできますまい」

「大事のまえの小事だ。貴様のような犬同心になにがわかる」

「わかるかどうか、お話しください。あなた方がやろうとしておられることを……」

「よかろう。そこまで申すなら教えてつかわす。——われらは熊沢蕃山先生の教えを奉じるものだ」

　熊沢蕃山は、高名な陽明学者《ようめいがくしゃ》である。池田光政（例のバラ寿司が岡山名物になるきっかけを作った仁である）に仕え、光政公をはじめ家中の士たちはこぞって蕃山に入門してその考えに帰依《きえ》した。蕃山は百姓を手厚く扱い、治水・治山を行って池田家の礎を築いた。また、飢饉《ききん》の際は岡山城米蔵の米や大坂蔵屋敷の米を残らず領民に分け与えるよう光政に進言し、それによって大勢が命を救われた。しかし、百姓を重んじ、武士を軽んずる蕃山の考えは、身分の上下を狂わせることにつながりかねず、公儀からは剣呑《けんのん》なものと見られるようになった。領主や多くの若侍が彼を信奉していることも「徒党」とみなされ、光政までが「池田家に謀反の疑いあり」と公儀から注視されるはめになった。あの由井正雪《ゆいしょうせつ》の「慶安《けいあん》の変」も光政の差し金との噂が江戸城内ではまことしやかにささやかれていたという。

「そのころより、池田家には公儀に抗《あらが》う気運があった。それが岡山武士の気概でもあった」

　公儀からにらまれることとなった蕃山は、池田家のなかからも悪評をこうむるようになった。憤慨した蕃山は、池田家を致仕して寺口村《てらくちむら》に隠遁《いんとん》し、公儀の政や池田家に対して堂々と非難を浴びせた。いまだ謀反の疑い晴れぬ池田家は、もはや蕃山を領内にとどめておくことができなかった。やむなく蕃山は京に居宅を移し、公家衆や武士、文人たちに薫陶を与えたが、これもまた公儀に目をつけられる因となった。京をも去らざるをえなくなった蕃山は大和国《やまとのくに》、山城国《やましろ》へと居を変えたが、公儀の命を受けた播磨国松平家に幽閉蟄居《ちつきよ》させられた。そののちも大和国、下総国《しもうさ》とたらいまわしのように各地を転々とさせられながらも、参勤交代などの政を難じる文章を記し続け、元禄《げんろく》四年七十三歳で死去した。

「蕃山先生が岡山を離れたるのちも、われらは代々、その志を受け継いだ。公儀を太らせることが岡山の民を貧窮させるのではなにもならぬ。岡山の民を太らせることが池田家を太らせ、ひいては天下を太らせる。政はその順でなくてはならぬはずだ」

勇太郎もわからぬではなかったが、公儀が国学と定めている朱子《しゆし》学とは逆の考え方である。

「公儀は今、諸大名を屈服させ、おのれの意のままに操ろうとしておる。逆らえば取り潰しだ。なれど、先代の池田治政《はるまさ》公は蕃山先生の教えを守り、公儀に屈服せぬ姿勢を保ち続けた。もちろん謀反を起こそうなどというのではない。ただ、岡山には岡山のやり方があるということを守りたいだけなのだ。治政公は、老中松平定信《さだのぶ》の倹約令に抗い、豪奢《ごうしや》な行列を率いて江戸に向かった。そのことを咎められ、数年まえ、老中からむりやり家督をご長男の斉政《なりまさ》公に譲らされ、隠居を命じられたのだ。われらは、今の殿、斉政公にご隠居いただき、ふたたび治政公に池田家当主になっていただき、岡山武士の気概を天下に知らしめたい……その一心で働いておるものなのだ」

　やっと勇太郎にもわかってきた。池田家に内紛があり、前領主を返り咲かせようという一味と現領主を奉じる側が対立しているのだ。そして、この一味はもともと熊沢蕃山の信奉者の集まりなのだ。

「なるほど……そうでしたか。でも、なにゆえ蔵屋敷に集っているのです」

「岡山は米どころゆえ、この蔵屋敷に膨大な米が集まる。それを売り払《はろ》うて軍資金を作るには、まず蔵屋敷を手中に収めねばならぬ。そのためひそかに蔵役人をわれらの党のものに入れ替えていった……と、まあそういうわけだ。今、この蔵屋敷の蔵は米のかわりに火縄銃や弾薬などで満ちておる。われらは買い揃えたそれらの武器を持って岡山へ立ち戻るのだ」

「どう考えても、それが熊沢蕃山の教えに添うこととは思えませんね」

「――なに？」

　家老は勇太郎をねめつけた。

「武力でもって領内に争いを起こせば、一番困るのは百姓、町人などの領民でしょう。だれも揉めごとなど望んでいないはずです。民は飢えて、どちらの党の方々も領民の恨みを受けるだけ。それが蕃山の教えですか？」

「言うな！　公儀に飼いならされた同心風情になにがわかろう」

「同心風情だからわかることもあります」

近藤という侍が、

「ご家老、このようなやつと論じても無駄でございます」

「うむ……そうだな。斬れ」

近藤が刀を振りかぶったとき、

ブーオオオオン、ブーオオオ、ブオオオオーン！


遠くからそんな音が聞こえてきた。家老たちは耳を疑った。

「あれは……まさか法螺の音《ね》……」

「そんな馬鹿な。ここは大坂市中でございますぞ」

「な、なれど……」

道場にひとりの中間が走り込んできた。

「お、お、表に西町奉行大邉久右衛門が、大人数を引き連れて押し寄せてございます！奉行は鎧兜を身につけ、槍を持ち、ぼうぼうと法螺貝の真似をしておりまして……いかがいたしましょう」

「なかには入れるな。門前で食い止めよ！」

「で、ですが……向こうは大槌《おおづち》や梯子《はしご》を持参しております。門が破られるのもまもなくかと……」

「なにい！」

勇太郎を囲んでいた侍たちは道場から走り出ていった。勇太郎は必死になって身をよじったが、柱に巻きつけられた縄はびくともしない。

「くそっ……！」

勇太郎は舌打ちをした。そのうちに、
ブーオオオオオン……オンオン！

という音が、明らかに法螺貝ではなく久右衛門の声であるとわかるまでに近くなってきた。しかも、剣戟《けんげき》の響きや怒声、掛け声、叱咤《しった》の声、大勢が走り回る足音なども聞こえはじめた。勇太郎が身体を揺すっていると、足もとに転がっていた中間が顔を彼のほうに向けた。

「旦那……旦那」

「おまえ、猿ぐつわが外れていたのか」

「かなりまえからや。けど、声出したら殺される、思て黙ってましたんや。わしが旦那の縄を、歯で嚙み切りますわ」

「そんなことができるのか」

「やってみます。——旦那はご立派や。あのアホ家老とは大違いや。あいつらは偉そうなこと言うとるけど、金遣いが荒かった先代の殿さんは、その金を大坂の大商人からなんも考えんとどんどん借り入れたさかい、ものすごい借金がありまんのや。あいつらはそのころの景気のええ時分に戻りたいゆうだけの、能無しのアホですわ。なんかあったらすぐに蕃山先生は……言うてわけのわからん話持ち出して煙《けむ》に巻くし、それにわしら中間がちょっとしくじったらすぐに殺そうとしやがって、あの近藤のボケ！　旦那は、あいつらに正々堂々と文句を言いはった。偉いわ……」

「わかったわかった。わかったから早く嚙み切ってくれ」

「まかしといとくなはれ」

中間はグルグル巻きになった身体を芋虫のように動かして勇太郎に近寄ると、歯を剝き出しにした。そして、猛烈な勢いで太い縄を嚙みはじめた。はじめのうちは、とても無理だろうと思われたが、そのうちに切れ目が入り、しばらくするとブチッという音とともに縄は切れた。

「よくやってくれた。礼を言うぞ」

勇太郎が中間の縄もほどこうとすると、

「わしはあとでよろし。早うお奉行さんに加勢したっとくなはれ」

「うむ。すまん」

勇太郎は道場から外に出た。そこでは十数名の家老一味が、久右衛門率いる西町奉行所の与力・同心・捕り方たちと対峙《たいじ》していた。久右衛門は軍配を家老に向け、

「池田家国家老戸木忠興《とぎただおき》！　天下法度《はっと》の武器弾薬を大坂市中に備蓄したる段、その罪軽からず。おとなしく縛《ばく》につけ」

「町奉行ごときに召し捕られる覚えはない」

「本来、ご老中に裁定を仰ぐべきことではあるが、今は一刻を争う場合である。大坂市中の安寧を保つため、西町奉行のこのわしがすべての責めを負う。すでに大坂城代を通じて、ご老中と池田公には書状を送ってある」

「われらにはなんの咎もない。おとなしく蔵屋敷から出ていけばよし、さもなくば池田家に対する無礼とみなし、家中をあげて抗戦いたすぞ」

そのとき、ひとりの男が脇からおっかなびっくりの足取りでまえに出た。

「おお、貴様はうちの料理方を志願しておった下手くそな板前の八作ではないか。こんなところでなにをしておる」

久右衛門が言うと、

「私は板前ではありませぬ。池田家の目付役を務める桑内八郎と申すもの。田端喜左衛

門出奔の件を調べるために領主より遣わされたのでございます。田端が死ぬ間際に西町奉行所同心と接したことを知り、その件について大邉さまに話をうかがいたく、板前を募っていることにかこつけて奉行所に入り込もうとしたのです」

「ならば、なぜ話をせんかったのじゃ」

「するまえに怒鳴られて追い出され……いや、そんなことは今どうでもよろしゅうござる。すでに現領主池田斉政から、家老戸木一派は当家とは関わりなし、町奉行所が召し捕るのは随意、との許しを得てございます。また、領内にいる一味のものも今頃は捕えられているはずでございます」

家老は蒼《あお》ざめて、よろよろと数歩退いたが、桑内は重ねて言い放った。

「なお、ご先代治政さまも、戸木一党の所業は蕃山先生と池田光政公の考えに反するものにして許し難し、とおっしゃっておられる。神妙に町奉行所の下知《げち》に従うがよい」

「そんなはずはない。そんなはずは……」

家老は下を向き、ほかの侍たちはその言を待った。しばらくして、

「このままでは皆、腹を切らねばあいならぬ。このものどもは池田家蔵屋敷に闖入《ちんにゅう》したる無頼の輩。ことごとく斬り捨てれば、なんとか逃れようもある。——斬れっ、斬れ斬れ斬れっ！」

ふたたび死闘がはじまった。勇太郎は、そこに落ちていた刀を拾うと、斬り合いの場

に突入しようとした。そのときだ。なにかが風を切るような音……まえに耳にしたことのある音が聞こえたかと思うと、勇太郎の利き腕に痛みが走った。二の腕に突き刺さっているのは、あの四方手裏剣だった。

「しまった……」

剣を左腕に持ち替えたとき、屋根のうえから黒い影が彼の背後に音もなく降り立った。気配を感じて振り返ろうとしたが、それより早く影は短刀を勇太郎の喉に押し当てていた。それを見て、家老が哄笑《こうしょう》した。

「見よ、この同心の命が惜しくば刀を引け！」

そして、勇太郎の後ろにいる影に向かって、

「でかしたぞ、名張の寸二。そのものを人質にして、岡山まで逃げようぞ」

「かしこまりました」

勇太郎が歯嚙みしたとき、彼の背後の影はひらりと飛びのいた。寸二がいた地面には、三、四枚の手裏剣が突き刺さっていた。勇太郎はにわかに解き放たれてたたらを踏んだが、かろうじて振り返ると、

「おまえは……田楽屋！」

寸二はにやりと笑い、

「よう覚えてはりますなあ。さすが定町廻りの同心さんだすわ」

あのとき、勇太郎に手裏剣を放ったのは田楽屋だったのだ。寸二はふたたび勇太郎に襲いかかろうとしたが、そのあいだに割り込んで、寸二の両腕を摑んだものがいた。久右衛門が言った。

「おお、権六ではないか！」

権六は久右衛門をちらと見て、にっと白い歯を剝いた。

そして、忍び刀を抜き、寸二と激しく闘いはじめた。もはや目にもとまらぬほどの速さでふたりの忍びは走り、飛び、宙で斬り合う。

「猿の権平、貴様……抜け忍になったくせになぜ戻ってきた。われら『隠し包丁』の掟をわかっておろう。殺されるのを承知のうえか」

「久右衛門の殿さまに恩を返すために戻ってきたのだ」

「ふん、下忍のくせに中忍に逆らうとは、よい度胸だ」

「時代は変わった。下忍も中忍も上忍もない。どうせ忍びは生きられぬ世の中なのだ」

話をしながらもふたりは攻め、守る手を休めない。忍び刀で斬りつけるあいまに、手裏剣を放ち、マキビシを撒《ま》き、殴り、蹴り、とんぼを切り、離れてはまた絡み合う。そのたびに、カツッ、カツッ、カツッ……という音が響き、火花が闇に散る。しかし、その派手な闘いにも決着がつくときがきた。権六が投げた棒手裏剣のうち、五つ目までをかわしていた寸二だったが、同時に投げられた六本目と七本目を避けることができず、右太ももに傷を負った。西町奉行所の捕り方たちが一斉に飛びかかろうとしたとき、寸二はふところから黒い玉のようなものを取り出した。

「猿の権平……このままでは済まされぬ。どこへ逃げようと地の果てまで追いかけて、かならずや報復してくれるぞ。——覚えておれ」

権六が、

「危ないっ！」

そう叫んで、久右衛門に身体ごと体当たりした。

「ふはっ……！」

虚を突かれた久右衛門はその場に尻餅をついたが、その直後、閃光《せんこう》と激しい爆発音が起こり、一帯は黒煙に閉ざされた。煙が晴れたとき、そこに寸二の姿はなく、彼の立っていた地面に大きな穴が開いていた。爆風で土が吹き飛んだものと思われた。

「それっ、家老一味を召し捕れ！」

岩亀与力の下知により、池田家の侍たちはつぎつぎと捕縛されていった。近藤という眉毛の吊り上がった武士も、捨て身の一撃を勇太郎に見舞おうとしたが、左手で剣を持った勇太郎にたやすく剣をはねとばされた。勇太郎は、頬に傷をつけられた恨みを晴らそうかと、一瞬思ったが、ほう……とため息をつき、始末を捕り方たちにゆだねた。

「さあ、きりきり歩め！」

縄をかけられ、連れて行かれる家老一味を見送りながら、久右衛門が痛そうに腰をさすっていると、権六がそのまえで片膝を突いた。

「権六よ、よう戻ってきた」

「これで恩返しも済みました。では、ごめん……」

「まあ待て。——貴様、抜け忍とやらになり、追われる身なのであろう。ならばいっそのこと、わしのもとで働かぬか」

「忍びとしてでしょうか」

久右衛門はかぶりを振り、

「板前としてじゃ。源治郎が本復しても、真吉だけでは頼りない。源治郎を助けて、わしらの日々の食をこさえてもらえぬか」

「よ、よろしいのでございますか」

「ときには忍びとしての務めも果たしてくれれば、なおのこと良い。隠し包丁というのはな、元来、目立たぬところにわからぬように入れて、料理を引き立たせるものじゃ。おまえもこれから、裏方として奉行所を支えてくれい」

「あ、あ、ありがとうございます」

権六の目から熱いものが溢《あふ》れ出た。

◇

西町奉行所の小書院で、ささやかな宴《うたげ》が開かれていた。源治郎と勇太郎の本復祝いをかねての宴席なのである。久右衛門のほかに、喜内、岩亀、勇太郎、小糸、千三、それに傘庵などが顔を揃えている。

「さあ、今宵は祝いじゃや。源治郎と権六がさぞかし美味きものをこしらえてくれておるであろう。たんと食うてたんと飲んでくれ」

久右衛門がはしゃいだ声を出した。

「御前が一番、たんと食うてたんと飲まれるのでしょうな」

喜内が皮肉を言ったが、久右衛門は聞こえぬ体《てい》で両手を叩き合わせ、

「料理を運び込め!」

すぐに襖が開けられ、源治郎と真吉、権六が膳をそれぞれのまえに置いた。

「な、な、なんじゃこれは!」

久右衛門は頓狂な声を出した。膳のうえの皿には、黒く小さな丸子が数粒載っていた。

権六が笑いながら、

「殿さまが、忍び飯が美味かったとおっしゃいましたので、わしが腕を振るいました。いつもより出来がようございます」

「ばばば馬鹿もの！　こんなもので宴ができるか！」

　すると源治郎が、

「嘘でございます。ちゃんとブリの鍋、コンニャクと里芋の田楽、鯛の真薯、高野豆腐の煮付けなんぞも支度ができております」

　久右衛門は汗を拭き、

「な、なんじゃ、あるのか。——こら、権六、悪い冗談《てんご》じゃ！」

　一同は笑い、それから賑やかな宴となった。

「勇太郎さま、お怪我の具合はいかがですか」

　隣に座った小糸が小声で言った。

「はい、もうなんともありません」

「それはようございました」

　口ではそう言っているが、やや気落ちした声だったので、

「どうかいたしましたか」

「父に申しましたら、怪我が治るまでおまえが毎日うかがって世話をしてさしあげなさい、と……」

「え……？　岩坂先生に俺の怪我のことを申されたのですか」

「いけませんでしたか」

「一度ならず二度までも同じ相手にしてやられるとは油断が過ぎる……とお叱りだったのでは？」

小糸はくすくす笑い、

「はい。――今、勇太郎さまがおっしゃったのとまるで同じことを申しておりました」

「やっぱりな……」

久右衛門は上機嫌で片端から料理を食らい、酒を飲み干している。池田家は、老中と密談のうえ、国家老戸木の一党をひそかに切腹させ、大坂蔵屋敷にあった武器類もすべて大坂城代に差し出した。売られてしまった蔵米も借金をして買い戻した。なにもかも闇に葬られたため、三十一万五千石に傷はつかずに済んだ。もし、ことが明るみに出ていたら、領主の池田斉政公はじめ大勢が罰を受け、下手をすると改易になっていたかもしれない。

（これでよかったのだ……）

勇太郎はそう思った。池田家は当面、公儀の言いなりになるほかないが、それで三十一万五千石が保てるならばしかたないだろう。

「いやあ、愉快愉快。此度の件で一番得をしたのはこのわしじゃな」

久右衛門がコンニャクと鍋の豆腐をふうふうしながら言った。

「なぜでございます」

ないか」

喜内が問うと、

「良き料理人兼忍びの者を得られて、かかる美味いものが食べられることとなったではないか」

「それを言われるならば、一番の得はわしでございましょう」

権六が言った。

「長年の『隠し包丁』を抜けて、こうしてひとさまのために料理ができることになったのですからな」

「仲間から追われる身になったのではないのか」

「食べていただける料理を作る喜びに比べればたいしたことではありません」

「うむ、よう言うた。天晴れじゃ！」

そう言うと、久右衛門は扇子を広げた。そこには、「世の中に不味いものなし。にんにん」と書かれていた。

「もとはといえば、京の富士屋が源治郎の糠床を盗まんとして、あの男……忠介を送り込んできたことからはじまったのじゃ。思えば、一番損をしたのはあの忠介という忍びかもしれぬな。役目はしくじり、礼金ももらえず、この美味い料理も食えぬのだからのう。せめてコンニャクの一切れなど食わしてやりたいものだが……今頃どこにおるのやら」

久右衛門がそう言ったとき、天井裏で「チュウ……チュウ……」という声がした。

第二話

太《たい》閤《こう》さんと鍋《なべ》奉《ぶ》行《ぎょう》

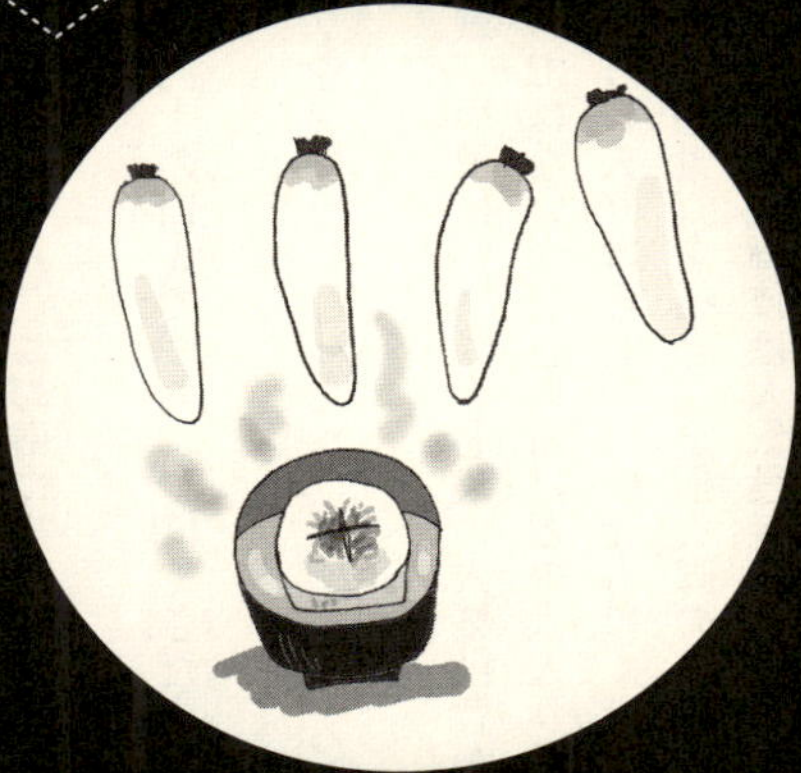

1

「今にもあれ、小太郎《こたろう》が母親、迎いに来たらばなんとせん。この儀に当惑、さしあたったはこの難儀」

「いや、そのことは気遣いさしゃんすな。女子同士《おなごどし》の口先で、ちよっぽくさだましてみようわいなあ」

「いや、その手では行くまい。大事は小事よりあらわるる。ことによったら母もろとも」

「ひえええ……」

舞台では「寺子屋」が上演されていた。源蔵《げんぞう》、戸浪《となみ》はいずれも名代の人気役者が務め、場内は道頓堀中の老若男女が皆集まっているのではないかと思えるほどの大入りである。歌舞伎興行の人気が衰えつつある昨今、これだけの入りは珍しい。座元もほくほく顔だ。松平定信の「寛政《かんせい》の改革」による過度な倹約策が悪景気を招き、定信失脚ののちもいまだに興行ごとは不入りが続いている。しかも、ことに歌舞伎は人気役者の多くが大坂から京に移ってしまったこともあり、道頓堀五座のいずれもが集客に苦しんでいる。そこで、「大西の芝居」ではこういうときこそ攻めねばならぬ、と数年まえに通し狂言で大当たりをとった「菅原伝授手習鑑《すがわらでんじゅてならいかがみ》」をふたたび持ち出した。「道明寺《どうみようじ》」「賀《が》の祝《いわい》」「車《くるま》曳《びき》」「寺子屋」と人気のある場を並べ、菅丞相《かんしようじよう》に藤原時平《ふじわらのしへい》などは京と江戸から人気役者を招き、松王《まつおう》、梅王《うめおう》、桜丸《さくらまる》は大坂の名代が固め、満を持しての興行なのである。

「弟子《でし》子《ご》といえば、わが子も同然」

「さあ……今日に限って寺入りした、あの子が業か、母御の因果か」

「報いはこっちが火の車」

「おっつけまわって来ましょうわいなあ」

源蔵と戸浪夫婦による嘆きの場の熱演は客をひきつけ、

「せまじきものは……宮仕えじゃなあ」

の決まり台詞《ぜりふ》に大向こうから声がかかったとき、

「かかるところへ春藤玄蕃《しゆんどうげんば》、首見る役は松王丸……」

太夫《たゆう》が声を張り上げた。松王とともに現れたのは時平の手下春藤玄蕃である。敵役《かたき》ではあるが、重い役どころだ。

「やあ、かしましい蠅虫《はえむし》めら！」

出てくるなり怒声を張り上げる。

「うぬらがガキのことまで身どもが知ったことかい。勝手しだいに連れ失《う》しょう！」

張りのある声で源蔵を叱りつける。憎まれ役登場で引き締まるはずの場面である。しかし、客席のそこここからはくすくすと忍び笑いが聞こえてくる。松王役がよろよろと駕籠《かご》から降り、

「はばかりながら彼らとても油断はならぬ。病中ながら拙者めが、検分の役勤むるも、ほかに菅秀才《しゅうさい》の顔見知りしものなきゆえ……」

と長台詞をはじめても笑い声は静まるどころか大きくなっていく。

「似てるなあ……」

「似てる」

「噂《うわさ》には聞いてたけど……」

「そっくりやがな」

皆の目は、春藤玄蕃役の初老の役者嵐三十郎《あらしさんじゅうろう》に注がれている。三十郎が、赤い顔をますます赤く染めながら、

「やあ源蔵、この玄蕃が目の前で、討って渡そと請け合《お》うた菅秀才が首、さあ受け取ろう、早く渡せ！」

そのとき大向こうから、

「猿……！」

と声がかかった。辛抱たまらぬように客たちの笑いが爆発した。客席は、哄笑《こうしょう》に包まれた。

「あははは……うまいうまい」

「ほんまに猿や。三十郎やのうて嵐猿十郎や」

そう、嵐三十郎の顔は猿に似ていた。鼻がぺちゃんこで、鼻の下から上唇までがやけに長く、人中《にんちゅう》が深い。額が狭く、横じわがある。まぶたが分厚く、目はどんぐりのように丸く、眉毛は縮れている。しかも、腕や手の甲はやたら毛深いのである。

「わっははは……ひとの役者のなかに一匹だけ猿の役者が交じっとるで」

「猿やったら台詞しゃべられへんやろ」

「かしこい猿はしゃべれるのや。なあ、猿十郎さん」

あまりのことに猿十郎、いや、三十郎は芝居途中だというのに客席に向き直り、

「お静かに……お静かに願いまする。どうぞお客さま、狂言を続けさせてくださりませ」

しかし、客たちは、

「猿がなんか言うとるで」

「猿やさかい、キッキキッ言うだけで聞きとれんなあ」

「猿は、キッキッやのうてキャッキャッとちがうか」

「どっちが合うてるか猿にきいてみよ。こらあ、猿、キッキッかキャッキャッか、どっ

ちやねん」

たまりかねた三十郎がその客に向かって数歩歩み寄ると、

「うわあ、猿が怒りよった！」

その客は食べていた弁当のなかの栗《くり》を三十郎に投げつけた。それを避けようとして身をひねったとき、重い衣装が邪魔をして、三十郎は舞台のうえで転んでしまった。客席はまたしても笑いに包まれた。

「猿も木から落ちるとはこのことやな」

「猿がすべりよった。猿すべりや」

たいへんな騒ぎである。松王役が舞台袖に、

「幕や。幕引け」

引幕が引かれ、芝居はしばらくのあいだ休みとなった。

◇

その日は朝から強い風が市中を吹き荒れていた。

「道竜《どうりゅう》先生、なにとぞ……なにとぞ娘をお救いくだされ」

恵比寿屋治平《えびすやじへい》は畳の目に額をこすりつけた。かたわらには布団が敷かれ、十歳ばかりの娘が寝ている。顔が赤く、いかにも熱がありそうだ。汗をかいており、息も苦しげだ。

治平のまえには四十がらみの総髪の男がいる。四角い顔で、鼻が大きいが、目は細い。唐桟《とうざん》の十徳《じっとく》を着、腕組みをしてなにごとか考え込んでいるようだ。

「お願いします。先生は大坂一の名医だと聞いております。その先生に見放されたら、娘はおしまいでございます」

「恵比寿屋さん、娘御の病はわしの手に余るようだ」

「そんな……先生は、わしに治せぬ病はないとおっしゃっておいででした。そのお言葉を信じて、申し上げにくいことながら、これまでにかなりの……うちの身代と照らして不相応なる額のお金をお渡ししてきたつもりでございます。それなのに娘の病は一向に良うなりませぬ。この期におよんで、手に余るとは……あまりに情けのうございます」

「それがだな、恵比寿屋さん……娘御の病がまことの病ならばわしはいかようにも治してしんぜよう。ところがのう、どうやら娘御は……病ではないようなのだ」

「え……それはどういうことでございます」

「わしの診立《みた》てでは、娘御にはなにかいかがわしき憑《つ》きものがしておるようだ。娘御を救うには、いくら薬を与えてもだめだ。その憑きものを祓《はら》わねば、本復《ほんぶく》はおぼつかぬ」

恵比寿屋は蒼白《そうはく》になった。

「そのいかがわしき憑きものとはいったい……」

「狐《きつね》か狸《たぬき》か貉《むじな》かイタチか蛇かカワウソか……娘御の具合が悪うなるまえあたりに、この店のだれぞが狐をいじめたとか蛇を殺したとか、そういうことがなかったかな」

「さあ……わたくしに心当たりはございませぬが、店のものにたずねてみます。――で、娘の憑きものとやらはどうすれば落ちるのでございましょう」

「わしは医者だ。病のことなら熟知しておるが、相手が憑きものとなると、これは法師の法力に頼らねばならぬ」

「そのようなお方がおられますでしょうか」

「長屋に住まう祓い給《たま》え屋や山伏《やまぶし》、巫女《みこ》のたぐいはおしなべて、なんの修行もしておらぬイカサマものばかりで信がおけぬが、さいわいわしが懇意にしておるお上人《しょうにん》で、金泥《こんでい》院星洞《いんせいどう》と申す徳の高いお方がおられる。諸大名や京の公家《くげ》衆が帰依《きえ》されておられるようなお方ゆえ、本来ならばかかる町方の憑きもの落としなどには手を染めることはないのだが、そこはわしがお願いすれば、ご来駕《らいが》いただくこともできる。――どうなさるかな」

「そ、それはもちろん、そのようなお方にお越し願えればそれに過ぎたることはございません」

「ただし……お布施がちと高《たこ》うつくが、それでもよいかな。なにしろ諸大名や公家衆……」

「みなまでおっしゃいますな。いくらお渡しすれば、その星洞上人さまに来ていただけるのでしょう」

「まずは、千両だな。大名家なら二千両というところだが、わしが口利きをすればそれが半値ですむ」

「せ、千両！」

「いやならよいのだぞ。このわしが匙《さじ》を投げた病人とあっては、大坂の医者どももはだれも療治を引き受けまい。星洞上人に頼むほか、娘御を救う道はない」

「そのお上人は、まことに霊験のあるお方なのでございましょうか」

「わしがかく申しておるのだ。疑うならばやめておけ」

恵比寿屋治平はしばし瞑目《めいもく》していたがやがて目を開き、

「よろしゅうございます。この恵比寿屋、親として娘にはできるかぎりの手を尽くしてやりたいと思うております。そして、うちには千両の金がございます。この金を惜しんで娘になにかあったら、それこそ悔やみきれませぬ。——そのお上人をどうかこちらへお呼びくだされ」

「うむ、よう言うた。それでこそひとの親だ。恵比寿屋、おまえは運が良い。星洞上人さまは今、たまたまこの近くの寺に逗留《とうりゅう》しておられる。わしが使いを出して、こちらへお呼びいたそう」

「おお、それはありがたい」

道竜は弟子のひとりを呼び、なにごとかささやいた。にきび面《づら》のその弟子は幾度もうなずくと部屋を出ていった。

「恵比寿屋さんは千両の支度をお願いいたします」

「こころえました」

恵比寿屋治平はあたふたとその場を去った。そして、四半刻《しはんとき》ほどしたころ、金泥院星洞が恵比寿屋の店先に現れた。錦の袈裟《けさ》を着て、頭には焙烙《ほうろく》頭巾をかぶり、手には払子《ほっす》を持ち、若い僧をひとり従えている。六十の坂を上ったころで、恰幅《かっぷく》もよく、堂々たる押し出しである。

「こちらに医者の道竜殿がおいでと聞く。星洞坊主が参ったとお伝えくだされ」

番頭がへこへこと頭を下げ、

「主《あるじ》からうかがっております。どうぞこちらへ」

背を反らせて廊下を歩き、病人の寝所へと案内された。

「おお、これはお上人、お忙しいところをよう来てくだされた」

道竜がそう言って上座をすすめた。

「道竜殿のお頼みゆえ、久々にかかる俗人の住まいへ足を踏み入れましたわい。して、拙僧になんのご用かな」

恵比寿屋が平身低頭して、

「この家《や》の主、恵比寿屋治平と申します。ここにいる娘が病に倒れ、大坂一の名医と評判高い道竜先生に療治をお願いいたしましたところ、これは病ではなく、憑きものだとおっしゃいます。そこで、先生に仲立ちいただき、お上人さまに娘の憑きものを祓っていただきたいとご足労願ったようなわけで……」

「ふむ、ことの次第はあいわかったが……」

僧は、恵比寿屋の顔をじっと見つめ、

「恵比寿屋とやら、そなたは拙僧のことを信じておられぬようじゃ」

「と、とんでもございません。娘の命を助けたい一心でおすがりしております。こちらに……千両もお支度してございます」

星洞は三方《さんぽう》に載せた千両の包みをちらと見て、

「俗気にまみれた金子《きんす》でわが法力を使わせんとするのか。愚かな……」

「も、申し訳ございませぬ！」

「拙僧は、そなたが我に本心から帰依するならば、なんの見返りもなく、娘御の憑きものを祓《はろ》うてつかわす。なれど……そなたはわしを見たとき、この坊主、まことに力があるのか、と思うたであろう。そのような心映えのものにわが力を下すことできようか。——道竜殿、お手前には悪いが、これにて失礼……」

そう言うと立ち上がりかけた。

「これはしたり。お上人さま、わしに免じてどうぞご機嫌をお直しくだされ。——恵比てておりまする」

「うへえ……私は爪の先ほども疑心はございませぬ。心からお上人さまを信心申しあげておりまする」

　星洞はため息をついて座り直すと、

「物欲にまみれた俗世の商人はともかく、道竜殿の顔を潰すわけにはまいりませぬな。──恵比寿屋とやら、そなたの家には稲荷《いなり》の祠《ほこら》があろう」

「はい、庭の隅にございます。うちの先代がやたらと信心深く、昔から当家はお稲荷さまなどの神さまをお祀《まつ》りしておりまして……」

「そのお稲荷さまがお怒りなのじゃ。近頃、信心を怠っておるのではないか」

「そのようなことはないと心得ますが……」

「年に一度の祭をしなかったり、日々の供物《くもつ》を忘れていたり、といったことはなかったか」

「きちんといたしておるとは存じますが……信心ごとは番頭や手代に任せておりますので、もしかすると怠りがあったかもしれません。それに、丁稚《でっち》などが粗相をしたかも……」

「信心ごとはひとまかせにせず、主みずからが行わねばならぬ。そうではないか」

「へへーっ、申し訳ございませぬ。ということは、娘に憑いたのはそのお稲荷さまで……」

「稲荷の御使いたる狐が、そなたに訴えるために憑いたのではないかと思う。今から、その証《あかし》を見せてやろう」

「証、と申しますと?」

星洞は、両手を組み合わせて印《いん》を結ぶと、目をつむり、

「えーいっ!」

すぐに目を開けて、

「見えたぞ」

「なにが、でございます」

「丁稚でもだれでもよい。その祠のなかを探らせてみよ。かならずや稲荷神からのご神託があるはずじゃ」

「どのようなものでございましょう」

「それはわからぬ。とにかく行かせてみなされ」

恵比寿屋は丁稚のひとりに、稲荷の祠のなかを調べるように命じた。星洞と道竜はひそかに目を合わせてほくそえんだ。しばらくして丁稚が戻ってきた。

「おお、定吉《さだきち》、どうやった」

勢い込んで恵比寿屋がたずねたが、丁稚は首を横に振って、

「なんにも見当たりまへん」

道竜が眉根を寄せて、

「そんなはずはない！　わしはたしかに……あ、いや……もう一度よう調べてみよ！」

主をさしおいて、丁稚を怒鳴りつけた。

「けど、祠のなか、あっちゃこっちゃ見ましたで。もっぺん見たかて同じだす」

恵比寿屋が苛立《いらだ》って、

「なんでおまえはお医者の先生に口答えするのや。そんな行儀をだれが教えた。ぐずぐず言うとらんと、とっとと見にいきなはれ！」

道竜が、

「祠の扉を開けて、なかに手を差し込んで、よう探ってみよ」

「へーい」

丁稚は飛び出していき、道竜と星洞は顔を見合わせた。まもなく戻ってきた丁稚は、

「旦さん、やっぱりお稲荷さんにはなにもあらしまへん」

「もっときちんと探し……」

「せやけど、隣にあるお日吉《ひよし》さんの祠にこんなもんがおました」

そう言って丁稚は一枚の紙を恵比寿屋に差し出し、

「お日吉さんの祠に猿がいてまっしゃろ。右側の猿の頭にこれが刺さってたんだす」

　恵比寿屋が急いでそれを広げると、そこには、

ことづてあるによりて
このやのむすめにとりつきたり
われをはらひたくば
せいどふにたずねよ

とあった。恵比寿屋は大声で、

「おお……まさしくご神託！　しかも、お上人さまのお名前が書いてございます！　うちのものはだれも、星洞上人さまが来られるとは知らぬのにこれは……」

　恵比寿屋は星洞のまえにひれ伏して、

「当家には、お稲荷さまのほかにも、先代が勧請《かんじょう》してまいりました日吉神社がございます。まさかそちらにご神託が下っていようとは……お上人さまのご法力、身に染みましてございます。このうえはなにとぞうちの娘をお助けくださいませ！」

「わかればよいのじゃ」

　星洞はそう言うと、道竜に目配せをした。道竜は安堵《あんど》の顔つきになった。

「ですが、お上人さま……お稲荷さまではなくお日吉さまの祠にご神託があったという

ことは、娘に憑いておられるのは狐ではないのでございましょうか」

星洞は大きく咳払《せきばら》いをすると、

「さ、さよう。拙僧も、ここの庭になにか神託のようなものがあるとまではわかったが、商家のことゆえ稲荷を祀られておられるのではと推量したのじゃ。日吉神社であれば、憑いたのは狐ではないな。猿、であろう。猿は日吉神社のお遣わしであるゆえ、な」

「猿でございますか！」

「うむ。娘御の苦しむさまをさきほどより眺めておったが、身悶《みもだ》えする動きが猿に似ておろう」

「そう言われればそうかと……」

「拙僧が祓うてつかわすが、狐ではのうて猿とは、ちとやっかいだのう」

「なにゆえでございます」

「猿のほうが呪力が強いのだ。――ま、やってみよう」

金泥院星洞は、娘の枕もとに座して払子を左右に振りながら祈った。

「念彼観音力《ねんぴかんのんりき》、念彼観音力、念彼観音力、念彼観音力……汝《なんじ》、日吉の神の遣わしなれど、畜類の分際で人に取り憑くとはもってのほかなる所業。我、観音の力をもって汝を祓わん。安寧を欲すならばこの娘から疾《と》く離れ、日吉の山へ立ち帰れ！　念彼観音力、念彼観音力、念彼観音力、念彼観音力……喝《か》ーっ！」

払子の毛がちぎれるほどに打ち振ったあと、星洞は汗を拭って、恵比寿屋に向き直ると、

「ううむ、手ごわいのう……これでしばらくは保てようが……」

「猿は離れましたか」

「一旦は離れたが、部屋の隅で様子を窺《うかご》うておる。ほれ、そこにおるぞ」

星洞が払子の先で壁を指すと、恵比寿屋は気味悪そうにそちらを見た。

「隙をみて、また取り憑かんと狙《ねろ》うておるわい。このままでは、拙僧が帰ったあと、同じことを繰り返すであろう」

恵比寿屋はぶるっと震えたあと、

「これからどうすればよろしいのでございましょうか」

「取り憑いたらまた拙僧を呼びなされ。幾度でも祓うてさしあげるゆえ」

道竜が横合いから、

「もちろん、千両はそのたびにお渡しするのだぞ」

そう釘《くぎ》を刺した。

「それはありがたきことではございますが……それでは私どもが心落ち着きませぬ。ご両所のお力で、猿が二度と憑かぬようにすることはできぬものでございましょうか」

「そうだのう……」

星洞は道竜となにやらぼそぼそと話し合っていたが、

「恵比寿屋殿……じつは猿が二度と憑かぬようにするにはひとつだけ効き目の優れたる薬があるのだ」

道竜が言った。

「そ、それはいったい……」

「なれど、なかなか手に入れるのはむずかしかろう」

「その薬が手に入るならばどんなことでもいたします。なんぼ高うてもええ。この店を手放してもよろしゅおます。なんという薬でおますのや」

道竜は声を落として、

「――猿の生肝《いきぎも》だ。猿を捕まえて、生きたままその肝を抜き取らぬと薬としての効き目はない。これは道修町《どしょうまち》の薬問屋を端から端まで探しても見つからぬ。それゆえ今日《こんにち》まで黙っておったのだ。あきらめるよりなかろう」

「猿の生肝だすか。――わかりました」

恵比寿屋がうなずいたので道竜は少しあわてたように、

「なにがわかったのだ」

「知り合いの山猟師がおります。そのものに頼んで猿を捕まえてもらいます」

「い、いや、ただの猿ではいかんのだぞ。比叡山《ひえいざん》の山中に棲《す》む猿でないとな」

「かましまへん。猿を殺さんように鉄砲で撃ち、生きたまま大坂へ運ばせます」

「馬鹿を申せ。比叡山の猿は日吉神社の神猿だ。それを鉄砲で撃つなどしたら、たちまち神罰が下るぞ。ことが露見したら、その山猟師もおまえも神主たちに捕えられ、殺されてしまうかもしれぬぞ」

「山猟師には大金を渡して文句の言えんようにします。私は……娘のためやったらたとえ磔《はりつけ》になったかてかましまへん。さっそく今から大津へ……」

そのやりとりをじっと聞いていた星洞が口を挟んだ。

「道竜殿、それはあたりまえの猿が取り憑いたときのこと。此度《こたび》はそうは参りませぬぞ」

「――と申されると？」

「この娘に憑いたのは、そのへんにおる駄猿ではなく、日吉神社のお遣わしじゃ。並の薬では落ちぬ。猿の生肝ごときでは験《しるし》はなかろう。もっときつい薬でないとな」

「もっときつい薬とは……」

星洞は、恵比寿屋治平の耳に口をつけて、なにごとかをささやいた。恵比寿屋の顔色が変わった。その場に突っ伏して泣き崩れると、

「それは……それはさすがに無理でおます……」

星洞と道竜はにやりと笑った。

◇

「道竜さん、此度もうまいこと行ったのう」

酒食のあと、恵比寿屋が駕籠を呼ぶというのを断って、ふたりは肩を並べて帰路についていた。まだ昼間だというのに、星洞のほうはかなり酔っていて千鳥足である。その後ろに弟子たちが付き従っている。

「ああ、あの娘の病が治らぬかぎり、これで当分、千両ずつ搾り取れる」

「死んでしもうたらどうするのじゃ」

「そのときはそのとき。猿のかわりに狒狒《ひひ》が憑いたとでも言えばよろしかろう」

「それにしても、稲荷の祠に神託がなかったときは驚いたわい」

「恵比寿屋が千両を支度するために中座したとき、庭へ下りて、そこにあった祠に紙を突っ込んだのだが、風で飛んだのだろうて」

「たまたま日吉神社の猿にひっかかってくれたおかげでうまく行ったのう。わしらの悪運いまだ尽きず、というところだわい。狐ではないのでは、と恵比寿屋に言われたとき、日吉神社なら猿だろうと申した拙僧の機転はどうじゃ」

「思わず笑いそうになったわい。——ただ、あやつが、猿の生肝を礫になっても手に入れると言い出すとは思わなんだ」

「あれも拙僧の機転じゃ。ちいと取り分を多くしてもらいたいもんだのう」

「あの一言で恵比寿屋もあきらめたようだ。あとは、身代限りになるまでじわじわ搾り取るだけだ」

ふたりはけたけたと笑い合った。

「では、道竜さん、拙僧はこれで……」

「寺に戻るならば道がちがうぞ」

「ふふふ……久々にふところが温《ぬく》いゆえ、ちと新地のコレのところに顔を出そうかと思うてな」

星洞は小指を立てた。

「曾根崎《そねざき》か。昼遊びとは良いご身分だ。わしは今から患家に行かねばならぬ」

「儲《もう》かってしかたないのう。よきかなよきかな」

「皮肉を言うな。わしが儲かればあんたも儲かる仕組みではないか。わしが働いておるのに、あんたが新地で愉快に遊んでおると思うと腹が立つ」

「そう申されるな。道竜さんはあんなお屋敷にお住まいだからよいが、わしはうちの貧乏寺には帰りとうないのじゃ」

「はっはっはっ……なるほど。たしかにあの寺には帰りとうなかろうて」

曾根崎新地へ行くという星洞を見送ったあと、道竜は弟子たちを引き連れて道の真ん中を闊歩《かつぽ》しはじめた。

◇

「ううむ……」

牛が唸《うな》るような声を上げているのは、大坂西町奉行大邉久右衛門であった。敷布団のうえに寝間着姿で胡坐《じよら》を組み、頭には鉢巻きを締めている。どこからどう見ても病人の姿である。

「鬼の霍乱《かくらん》というやつでございますな」

医師の赤壁傘庵が冷ややかな声で言いながら、湯呑《ゆの》みに入れた煎じ薬を手渡した。久右衛門はぶすっとした顔つきで、傘庵の方を見ずにそれを受け取った。

「鬼ではない。仏の霍乱じゃ」

「仏さまになられては困りますので、ご養生くだされ」

「なにを申す。もう治っておる。胃の腑《ふ》も下腹もどうもない。薬はいらぬ」

「そうは参りませぬ。お飲みください」

「どうあってもか」

「どうあってもでございます」

そう言われて久右衛門は薬を飲み、顔をしかめた。

「苦い」

「良薬は口に苦し。あと五日はこの薬を服していただきますよう……」

「あと四日もか！」

「五日、でございます。都合良く聞き間違えぬようお願いいたします。それと、食事は粥《かゆ》と梅干、味噌《みそ》などにしてくだされ」

「粥など食えるか。腹が空いては戦《いくさ》ができぬぞ」

「戦はなさらずともようございます。今はご養生のとき。治ってから存分に戦なされませ」

「だから、もう治っておるというのだ。せめて、漬けものと魚の干物ぐらいは食わせてくれ」

傘庵は怖い顔でかぶりを振った。

「漬けものはこなれが悪うございますし、魚は脂がきついのでまだ早うございます。粥と梅干、粥と梅干、粥と……」

「わかったわかった。粥と梅干じゃな。まあ、そういうことにしておこう」

「でないと、腹痛がぶり返しますぞ」

「もともと腹痛など起こしておらぬ。ちいと腹を下しただけじゃ」

久右衛門は、昨日、久方ぶりに鰯雲《いわしぐも》部屋の朝稽古を見物したあと、鰯雲頭取や部屋の力士たちと飯を食った。これは、前頭だった鶲鳥《ひわどり》が小結に昇進した祝いを兼ねての宴《うたげ》でもあった。久右衛門は頭取に薦被《こもかぶ》りを手渡したあと、真ん中にどっかと座り、鱈《たら》の身と白子などに野菜をふんだんに入れた味噌仕立ての鍋をたらふく食べた。

「いやあ、めでたい。めでたいのう……」

上機嫌で大酒を飲み、祝いの品として持ってきた酒樽《さかだる》を空にしてしまった。そのあと、丼によそった飯に鍋の汁をかけて、すぐきの漬けもので美味《うま》い美味いと十二杯も食べた。そこまではよかったのだが、餅が大好物の鶲鳥が、

「お奉行さまと餅勝負をしたい」

と言い出した。鰯雲部屋が窮状にあったとき、姫路酒井公《ひめじさかい》お抱え力士荒狼《あらおおかみ》との遺恨相撲の前夜に、鶲鳥はまわりが止めたにもかかわらず久右衛門と餅の食べ比べをした。そして、翌日、荒狼に見事勝利したのである。

「お奉行さまと餅勝負をするとゲンがよい。小結昇進にはずみをつけるためにもぜひ……」

と懇願され、うかうかとその気になった久右衛門はそれから餅を食いまくった。焼き上がるのを片っ端から両手で手摑《てづか》みにし、鶲鳥と並んで食べに食べた。ひとりで食べていると、腹がくちくなったらやめるが、勝負となるとそれを越えて食べることになる。鶲鳥が百個を過ぎたあたりで、

「わしはもう食えぬ。さすがはお奉行さまや」

と音《ね》を上げたあとも、ほかの力士が、

「兄弟子の仇討《あだう》ちじゃ」

「お奉行さま、わしにもゲンをつけてほしいでごんす」

そう言いながら挑んでくるので、

「よし、いくらでもかかってくるがよい。残らず返り討ちじゃ」

と調子に乗って受けて立っているうちに、とうとう餅がなくなってしまった。機嫌よく奉行所に帰宅したが、その夜からどうも腹具合がおかしい。そのうちに、ゴロゴロゴロゴロと雷のような音が腹中から聞こえはじめたかと思うと、たいへんな腹下しがはじまった。幾度か厠《かわや》に立ったが、どうにも治らぬ。朝になって、

「どうも厠からピーゴロピーゴロとうるさい音がするわい。家鳴りかなにかか？」

と用人の佐々木喜内が様子を見にきたところ、げっそりした久右衛門がなかから出てきたので、あわてて赤壁傘庵のところに使いを走らせた……というわけなのだ。

日頃から「わしの腹は鉄でも溶かす」とか「生まれてから一度も腹痛とやらになったことがない」と豪語していた（また、まわりもそれを信じていた）だけに、奉行所に勤める皆はひそかに、

「お奉行さまもお歳《とし》かもしれんな……」

と思ったのである。ことに喜内などは内心の落胆著しく、

「そろそろ隠居する頃合いか。ご老中に申し上げて……」

とまで考えたのである。役目ではなく、腹の塩梅《あんばい》で隠居を決めると言うのもおかしいが、久右衛門についてはだれからも異論は出ないと思われた。久右衛門はしつこいぐらい、

「もう治った」

を連発しているが、まるで信用できぬ。喜内はとにかく当面のあいだ、いくら当人が泣こうが喚《わめ》こうが、粥と梅干のみの献立にしようと心に決めていた。

「本日は風の強いなかをご足労いただき、ありがとうございました」

奉行所の外まで見送りに出た喜内は、傘庵に深々と頭を下げた。そして、大宝寺町の傘庵の家まで薬箱を持って同道する、と言い張った。本来は、中間《ちゅうげん》や小者の役目であるが、主人久右衛門を往診してもらった感謝の念をどうしてもおのれが示したいのである。ついていくというのを追い払うわけにもいかず、傘庵は年上の侍に薬箱を持たせて往来を歩くことになった。きまり悪いことこのうえない。

「傘庵殿……」

途中で、喜内はおずおずと言った。

「御前《ごぜん》の具合はいかがでございますか」

「さきほども申しましたが、たいしたことはないと思います。三日ほど大食や油もの、酒などを控えて食養生をし、お渡しした薬をきちんと飲めばご本復なさるでしょう」

喜内はしばらく無言でいたが、つ……と傘庵のまえに回り、

「傘庵殿、私にだけはまことのことをお話しくだされ」

面食らって立ち止まった傘庵が、

「まことのこと、と申されますと……？」

「御前の病についてでございます。それがし、長年御前に仕えておりますが、これまで一度として身体《からだ》がすぐれぬということはございませなんだ。それも、腹具合が悪いなどということは……」

「はあ。――それで？」

「おそらく御前はよほどの重き病に罹《かか》っておいでかと。もし、さようであるならば、私にだけこっそりとお教えくだされ。用人として、私は大邉家の先行きのことどもも考えねばなりませぬ。なにとぞよろしくお願いいたします」

そう言うとまたしても深く頭を下げた。傘庵ははじめきょとんとしていたが、やがてくすくす笑いはじめた。

「なにがおかしゅうございます」

「いや……ご用人さまの主人を思う熱き心に打たれまして、つい笑《わろ》うてしまいました」

心に打たれて笑うというのはいかがなものか。

「と申されますと」

「佐々木さま、お奉行さまの病はまことにたいしたことではありませぬ。正直申して、私も、あれだけ食べて飲んで、よくもまあ達者でおられると呆《あき》れた思いではありますが……とにかく若いものよりもはるかにご壮健でございます」

「では、ただの腹下しだと……」

「はい」

傘庵が大きくうなずくと、喜内ははらはらと涙をこぼし、

「よかった……よかった」

「食べ過ぎ飲み過ぎが続き、胃の腑をはじめ五臓六腑が疲れておられるのでしょう。私の診立てではすでにほぼ治っておいでですが、その疲れを除くためにも、五日ほどは粥と梅干がよろしかろうと思います。まあ、少しならばほかのものも……」

「いや……」

喜内は決然とかぶりを振り、髭《ひげ》を震わせた。

「なにがあろうと御前には五日のあいだ、粥と梅干だけで過ごしてもらいます」

「ならば、料理方にもよう申しておかれたほうがよろしいでしょう」

「なにゆえです」

「あの御仁のこと、ひそかにご用人さまの目を盗み、料理方になにかこしらえさせぬともかぎりませんぞ」

「なるほど……いや、いかにも御前のやりそうなこと。ご忠言、かたじけなく存ずる。御前に命じられてもなにも作るなと、源治郎に釘を刺しておかねばならぬ。そうだ、つまみ食いなどもやりかねぬゆえ、台所の入り口に鍵をかけさせるといたそう」

「それも、たまには良い薬でしょう。五日間、粗食で過ごし、ご公務からも離れてゆっくりお休みになられれば、たちまちもとどおりのお身体になられましょう」

公務などは、日頃も離れているに等しい、と喜内が言おうとしたとき、

「あ……」

なにかを見つけたらしく、傘庵が顔をしかめた。

「なにごとでございます」

「嫌なやつが来た。——ご用人さま、申し訳ないが道を変えてもよろしゅうございますか」

「あ、はあ……」

呑み込めぬまま喜内は、傘庵とともに醬油《しょうゆ》屋の角を曲がった。しばらく歩いたところで、喜内は言った。

「傘庵殿が嫌うというのですから、よほど嫌なやつなのでしょうな」

「ははは……」

　傘庵は笑って、

「正面から、道の真ん中を我がもの顔でやってきた男がいたでしょう」

「ああ、あの総髪の……」

　そう言えば四十がらみの、身なりのりゅうとした人物が四、五人の供を引き連れて歩いてきた。顔が赤かったのは、酔っていたからだろう。

「あれは、米沢《よねざわ》道竜という医者です。常珍町《じょうちんまち》にある御殿のような家に住んでおります。金持ちの患者のところへはくしゃみひとつしただけで飛んでいくが、貧乏人のところへは土下座されても行かぬ。診てもらうにはとんでもない金がかかります。銭のない相手には薬も与えぬ。こどもが罹病《りびょう》して、近くの医者では診立てがつかぬので来てほしいと懇願されて患家に行ったが、金がないとわかると苦しんでいるこどもの治療を中途でやめたそうです。あとで工面するからと泣いて頼む父親を足で蹴りつけてそのまま帰り、父親はあばらを折って、今、私のところに通っております」

　珍しく怒気を露《あら》わにする傘庵に、

（このひとの気質ならば怒るのも無理はない）

　と喜内は思った。傘庵は、貧家からは金を取らぬ。大根やかぼちゃなどを代の替わりにすることもあるし、相手がたとえば大工なら家を修繕してもらうことですましたりもする。

「薬代が払えぬ家へ行って、寝ている病人の布団や着物を剝ぎ取ったりと、金貸しまがいのこともしておるとか。そのせいで娘を売ったり、首をくくったものもいると聞いております」

「医者の風上にも置けぬやつでございますな」

「さよう。ああいう手合いはお上《かみ》のほうでなんとかしてもらいたいものです」

そうはいくまい。医者になるのに免状はいらぬ。それゆえその免状を取り上げるというわけにもいかぬ。

「あの男を見かけると、その日一日気分が悪いのです。ああ、むかむかする」

そう言って傘庵は大げさに震えてみせた。

◇

その日、勇太郎は御堂筋《みどうすじ》を北に向かっていた。今月、西町は非番だが、それは公事の受付がないというだけで、日々の務めは普段どおり行わねばならぬ。とはいえ、当番月よりも少しは暇である。ほぼいつも町廻《まちまわ》りをともにしている千三は、

「めちゃくちゃ忙しゅうて……すんまへん」

とのことで、今日は繁太《しげた》という手下《てか》を連れている。繁太は、江戸から来てまもない男

で、歳は勇太郎よりふたつ下だった。普段は雑喉場《ざこば》の、鯛《たい》だけを扱う魚問屋で仲買いをしている。今から御用の数を重ね、ゆくゆくは雑喉場で幅を利かせたいと、やる気に満ちている。

「千三の兄貴は、忙しいんですねえ。御用のほかに木戸番に水茶屋、戯作《げさく》まで手掛けてるんだから無理もねえや」

まだ江戸言葉が抜けていない。

「そうらしいな。来月、大西の芝居でかける狂言のことで、いろいろ走り回っているみたいだ。『町廻りどころやおまへん』と言われてしまったよ」

「ただの木戸番じゃあなくて、芝居の中身までかかわるなんざ、さすがは兄貴だねえ。もっともそのせいで、こちとらこうして旦那のお供ができやすんで、兄貴にはもうしばらくばたついててもらいてえもんです」

大西の芝居は道頓堀五座のひとつで、五座のなかではもっとも西にある。かつては竹《たけ》本座《もとざ》という人形浄瑠璃《じょうるり》の小屋として一世を風靡《ふうび》したが、二十年ばかりまえに歌舞伎の小屋になったのだ。

「それはそうと、今日、貸本屋でこんなものを見つけました。どう思います」

歩きながら繁太はふところから一冊の本を取り出した。読本《よみほん》のようだが、表紙には『絵本太閤記《たいこうき》』という書名が記されている。受け取ってぱらぱらとめくると、やはり文字が主となった読本だが、挿絵も絵草子なみにふんだんに入っており、それゆえ「絵本」という言葉を冠したのだとわかった。

「読んでくだせえ。中身がひでえんだ。なんとあの豊臣秀吉《とよとみひでよし》の一代記ですぜ」

「それがどうかしたか」

「豊臣家といやあ、徳川さまに最後まで逆らって滅ぼされた、いわば逆賊でござんしょう。その豊臣家の親玉の一代記なんてえものを出すとは、ふてえ本屋じゃあねえですか。その秀吉がオギャーと生まれて日吉丸《ひよしまる》と名付けられ、野武士の頭領蜂須賀小六《はちすかころく》に拾われて、木下藤吉郎《きのしたとうきちろう》という名でお侍の仲間入りをし、織田信長《おだのぶなが》の家来となって猿に似た面構えから猿面冠者《さるめんかじゃ》とあだ名もついたが、持ち前の度胸と知恵でめきめき頭角を現して、ついには羽柴筑前守《はしばちくぜんのかみ》秀吉として城持ち大名となり、御大将織田信長が逆臣明智光秀《みつひで》に殺された仇《かたき》を討ってとうとう天下を統一、帝《みかど》より太閤の位をちょうだいする……なんて話、徳川さまの御世《みよ》にとってても許されるもんじゃねえ。——あっしが引っくくっちまいましょうか」

勇太郎はため息をつき、

「繁太、おまえはもう少し大坂の地に慣れたほうがいいな」

「なんのことです」

「将軍家お膝もとの江戸ではどうか知らぬが、大坂ではいまだ秀吉公の人気が高いのだ。

大坂という町を作ったお方だからな。それに、江戸に比べて大坂は侍の数がよほど少ない。大坂城代や町奉行などは江戸から来た旗本だが、その下で働くものは、俺も含めて大坂の地侍だ。それゆえ、徳川の恩恵を被《こうむ》っているという気持ちが薄い。かわりに、江戸なにするものぞという心根がある。だから、秀吉公の本が売れるのだろう。本屋や作者を召し捕ったりしたら、たいへんなことになるぞ」

『絵本太閤記』は、大坂の武内確斎《たけうちかくさい》という戯作者が著した読本である。数年まえに初編が出されるやいなや大人気を博し、続編がつぎつぎと刊行された。今出ているのは第五編の半ばまでだが、まだまだ終わる気配はない。もともとは講釈として読まれていたさまざまなタネを集めたもので、豊臣秀吉をはじめとする戦国の英雄たちが実名で活躍する。

「なーるほど。そういうもんですかい」

「絶版の沙汰《さた》もないのに勝手なことはできないぞ。――おい、繁太、おまえ、やけに中身に詳しいな」

「え……？」

「ここにあるのは一冊だけだが、おまえ、初編から全部読んだだろう」

「あ、いや、その……御用の筋として、読みたくもねえのに無理して読んだてえわけで……」

「面白かったか」

「――へ？」

「面白かったかどうかきいているのだ」

「そりゃあもう胸がすーっと……いや、その……」

「ははは。こういうものにはあまり目くじらを立てぬほうがいいと思うぞ。ご老中からのお指図があれば別だがな」

そんなことを言いながら、ふたりが北御堂《きたみどう》の裏手、津村南町《つむらみなみのまち》にさしかかったときである。勇太郎もなじみの菓子屋「玄徳堂《げんとくどう》」から、若い男女が出てくるのが見えた。繁太が、

「おっ……ありゃあ……」

と言い掛けるのを「しっ」と黙らせ、商家の陰に隠れた。男女の片方は、千三だったのである。

「噂をすれば影ってえやつですね」

「そのようだな」

縞《しま》の振袖を着たその女はまだ若く、歳は十五、六の町娘と思われた。丸顔で、鼻がつんとうえを向いた愛嬌《あいきょう》のある顔立ちだった。

「千ちゃん、ちょっとなにしてんの！」

娘は千三の背中を強く叩《たた》いた。

「なにしてんの、て……みたらし団子買《こ》うたったやろ」

「うち、今日は『淀《よど》の柳《やなぎ》』が欲しかったんや。なあなあ、『淀の柳』買うてえな」

娘は、千三の袖を摑んで左右にぶんぶん振った。

「無茶言うな。あれ、なんぼすると思とんねん。それにこないだも食べたやろ」

「また食べたいんや。千ちゃんと一緒に」

「そ、そうか……それやったら……」

千三はにやけた顔になり、ふたたび店に入っていった。

「なんだ、あれは……」

勇太郎は呆れ顔で、

「芝居のほうが忙しいと聞いていたが……こういうことだったのか。なにが千ちゃんだ」

「あっしも呆れました。兄貴が女にうつつを抜かしてたとは……ああ、情けねえ。どうします？」

「そうだなあ……」

ここは武士の情け、と見過ごしにすることも考えたが、それでは腹の虫がおさまらぬ。一言ぐらいからかってやりたいではないか。そう思っているところに千三が店から出てきた。

「買うたで。これでもう財布すっからかんや。——どこで食べる？」

「そやなあ。今日は天神橋《てんじんばし》のほうに行ってみよかなあ」

「あかんあかん！　あのあたりはお奉行所に近いやないか。怖いおひとがうろうろしとるで」

「あかんのん？　ほな、御堂さんで食べよか」

「そうしよそうしよ。怖いひとらに見つからんように……」

ふたりが北御堂に向かって歩き出そうとしたとき、勇太郎はそのまえに立ちはだかった。

「仲がよさそうでなによりだな、千三」

千三は、ぴょーん！　と一尺ほど跳び上がった。勇太郎は、驚いて跳び上がった人間をはじめて見た。千三は蒼白な顔で、

「こここここれは旦那、たいそうご無沙汰しとります。また、お屋敷の方にもご挨拶にうかがいますよって、今日のところはこれにして失礼をば……。さ、行こか」

「御堂さんに？」

「ちがう！　道頓堀や」

「なに言うてんの。今の今、御堂さんで食べよか、て……」

「ええから！　ほな、旦那、わてはこれで……」

娘は勇太郎をじろりと見て、

「だれ、このおっさん」

お、おっさん！　勇太郎は絶句した。千三は大汗を掻《か》きながら、

「おじさんやないやろ。よう見てみ」

「けど、おっさんやん」

「頼むから黙っててくれ。この御仁は村越の旦那ゆうて、わてがえろう世話になってるお方なんや」

「旦那？　どう見ても旦那ゆう柄やないな。どっちかいうたら『なんだ』ゆう顔しとるわ」

「おまえ、なんちゅうことを……」

千三は米つきバッタのように勇太郎に向かって謝った。

「口は悪おますけど、心根はええ娘《こ》ですのや。すんまへんすんまへん」

「なに謝ってるの？　あ、わかった。こいつが奉行所におる怖いやつやな。——おっさん、だれか知らんけど、千ちゃんいじめたらうちが承知せえへんからな！」

娘は勇太郎をぐいとひとにらみすると、そのまま先に立って歩いていった。千三は半泣きになり、勇太郎に向かって拝むように手を合わせると、なにも言わずに娘のあとを

追っていった。勇太郎は憮然《ぶぜん》とした顔で、

「繁太……」

「へい」

「俺が、おっさんに見えるか」

「旦那はその……おっさ……」

そこで繁太はたまらずぷーっと噴き出してしゃがみ込み、地べたを叩いて笑い出した。

勇太郎は腕組みをして、玄徳堂に入っていった。

「太吉《たきち》、久しぶりだな」

「村越の旦那でやすか、ようお越し。今日はみたらし団子がおすすめだすけどな……」

「菓子を買いにきたのではない。ちと、ききたいことがあって来たのだ」

主の太吉はびくりとして、

「御用の筋でやすか。いったいなにごとだすのや」

勇太郎は苦笑いして、

「そうではない。――今、千三が若い娘と来ていただろう。近頃、よく一緒に来るのか」

太吉は笑って、

「そちらのご詮議だすか。それやったら、ちょいちょい来てくれはりまっせ。あの女子のほうがきゃんきゃん言うて引っ張り回しとる感じだすなあ」

「どこの娘だ」

「さあ、そこまでは……けど、たしか『おしのちゃん』て呼んではりましたわ」

聞いたことのない名だった。千三のことならなんでも心得ていると思っていた勇太郎は、少しばかり気落ちした。

（あいつ……俺に見せていない顔があったのか……）

そう思ったが、「千ちゃん」と呼ばれたときの千三のにやけた顔を思い出し、笑いがこみ上げてきた。

（あいつめ……）

勇太郎は家づとにみたらし団子を買い求め、同じものを繁太にも買ってやった。代を払おうとしたとき、ふと、

「太吉、俺のことをおっさんだと思うか」

「な、なんでやす？　藪《やぶ》から棒だすなあ」

「いや……いいんだ」

勇太郎は顎を撫《な》でながら玄徳堂を出た。

◇

「暇じゃ……」

久右衛門は、布団のうえでぽつりと言った。

「暇ならば、お仕事をなさいますか」

喜内が言うと、

「嫌じゃ」

「では、寝ておられませ」

「それも嫌じゃ」

「はあ……」

「ああ、暇じゃ暇じゃ。こう暇では身体がなまる。傘庵も、一日中布団のなかでごろごろしておるのはよろしくないと申しておったぞ」

「そんな話は聞いておりませぬが」

「あああああ、暇じゃ暇じゃ暇じゃ暇じゃ。あまり暇ゆえ、ちと他出してこようかのう」

「なりませぬ」

「なぜじゃ。暇つぶしにそのあたりを少し散歩するだけだぞ。それすらいかんのか」

「散歩がてら、近くの飯屋や煮売り屋に入って、なんぞ食するつもりでございましょう」

「わかるか」

「わかりますとも。傘庵殿が、しばらくは粥と梅干だけで過ごすように、と厳しくおっしゃっておいででしたぞ」

「粥だけでは腹が減ってたまらぬ。握り飯ぐらいならばよかろう」

「なりませぬ」

「では、うどんならば……」

「なりませぬ」

「そうめんならば……」

「なりませぬ」

「せめて、菓子ぐらい……」

「なりませぬ！　いくら小児のように駄々をこねても無駄でございます。もし、散歩に行きたくば、この私を斬ってからお出かけなさいませ！」

もちろん、それほどのことではないので、久右衛門はぶすっとして布団に寝転がった。

「ご安堵なさいませ。奉行所界隈《かいわい》の料理屋や一膳飯屋などは私が触れを回して、もし御前がお忍びで来られてもけっして料理を出してはならぬと申しつけてございます」

「いらぬことを……なにがご安堵なさいませじゃ」

「しばらく胃の腑を休めねばならぬのです。ご辛抱なさいませ」

「ならばじゃ……」

久右衛門はなにごとか思いついたらしく、

「わしが粥と梅干で過ごしているあいだは、おまえたちもわしにならって粥と梅干のみといたせ。食いたきものを食えぬつらさ、味おうてみよ。——どうじゃ」

　どうやら、さすがにそれはいたしかねますと喜内が言うと思ったようだが、

「けっこうでございます。われら奉行所に勤めるもの一同、御前にならって粥と梅干のみ食しましょう」

「な、なに……？」

「皆が御前のお身体を案じておるという証を見せとうございます。十日でも二十日でも、粥と梅干、おつき合いいたします」

「貴様ら、用人や中間、小者、下女だけではないぞ。与力《よりき》や同心どもも同罪じゃ！　それでもよいのか！」

　なにが同罪なのかわからないが、久右衛門の頭のなかでは、思うままにものが食えぬことは「罰を受けている」と解釈しているらしい。

「もちろんでございます。与力・同心衆も喜んで御前に合わせると心得ます」

「奉行所におるときだけではないぞ。各々の屋敷に帰っても、粥だけで過ごすと申すか」

「はい」

　久右衛門はため息をつき、

「わかったわかった。——健やかなものまでつき合わせることはない。おまえたちは好きなものを食せ」

「ありがとうございます」

久右衛門は太い腕を組み合わせると、

「退屈じゃ……退屈しのぎに公務でもいたそうかと申すと、骨休めをせよと働かせてくれぬ。なにもすることがないと、かくも退屈なものかのう」

日頃、よほど働いているようなことを口にしたが、公務を退屈しのぎにされてはたまらぬ。

「ならば、こうなさいましたらいかがでしょう。ひとりで他出されるのは困りますが、お供を連れてならばよろしゅうございます」

「なに？　そ、そうか、それならばよいのか。では、陣作《じんさく》か多平《たへい》を供にして……」

「駄目でございます。なんでも御前の言いつけに従うような中間どもでは目付役になりませぬ」

「ならば、だれを連れていくならよいのじゃ」

「私でございます」

「なんじゃと？　喜内、おまえとふたりで出かけよと申すのか。——ううむ、わしのことをそこまで信じられぬか」

「はい。まったく信じられませぬ」

久右衛門は苦虫を嚙《か》み潰したような顔になった。

「いけませぬか。まことに退屈しのぎのための散歩ならば私と参ってもよろしいでしょう。それともなにかほかに魂胆でも？」

「な、なにを申す。魂胆などないわ。ただ……おまえも多忙であろうから、わしにつき合わせるのは悪いと思うたまでじゃ。もし、忙しいなら、陣作でも多平でも……」

「いいえ、私が参ります！」

佐々木喜内の言葉に久右衛門は少し引っ込んだ腹を撫でた。

◇

「美味《おい》しいわあ、このみたらし」

すゑは目を細めながら、餡《あん》を啜《すす》った。

「やはり、玄徳堂のものは同じみたらし団子でも一味ちがいますね」

小糸もそう言いながら、串を横にして団子を歯で器用に抜き取った。

「焦げ目の具合がちょうどよろしいなあ。よそのは焦げすぎてたり、生やったりするけど、香ばしいてええわ」

「それに餡が甘すぎず、醬油風味のコクがありますね。とろりとした塩梅がなんともいえません」

「餅も、よう搗《つ》き込んであるわ。みたらし団子の餅ゆうたら頼りないのも多いけど、このは……」

「はい、歯をぎゅっと押し返してきます」

勇太郎が、玄徳堂で買ったみたらしを持ち帰ると、小糸が遊びに来ていた。勇太郎の留守にもときどき来ているらしい。すゑと小糸は「熱いうちが美味しいから」などと言いながらさっそく食べはじめた。

「きぬにも食べさせてやりたかったわあ」

すゑはそう言った。勇太郎の妹きぬは、家僕の厳兵衛を供に、習いごとに行ってしまったらしい。勇太郎は、

「あんたもひとつおあがり」

と言われるのを待っていたが、どうやらそういう声はかからないようだ。十本の団子が、美味しい美味しいとふたりの女の腹に収まっていく様子を勇太郎は見守っていた。

「みたらしゆうのはな……」

食べ終えたあと茶を飲みながらすゑが言った。

「もともと京の下鴨《しもがも》神社の境内で売られてたもんや。下鴨神社に御手洗池《みたらしいけ》がおましてな、昔その池でときの帝が手を洗うたら、ぽこぽこと水の泡が上がってきたさかい、その様

子を真似《まね》して作ったのがこの団子や、て聞いたことがおます」

「なるほど、それでみたらし団子と呼ぶのですね。いつもながらすゑさまのお話はためになります」

「おほほほほ……もとが芸子《げいこ》やさかい、お酒の席でいろいろと耳学問してるだけだす」

「いえ、ご謙遜を……とても博学でいらっしゃいます」

「ほめてもなんにも出まへんで。——そうそう、ほめられついでにもうひとつ、みたらし団子がこないに名が知られるようになったのはなんでやと思いなはる？」

「さあ……私にはわかりかねます」

「勇太郎、あんたはどう思う？」

いきなり話を振られて、勇太郎はあわてて、

「え、えーと……それはその……おそらくは……」

「なーんにも知らん子やなあ。そんなんでは小糸はんに愛想つかされるで」

「すゑさま、私はなにも……」

「みたらし団子はな、太閤さんが北野《きたの》の大茶会を開いたときに、下鴨神社のみたらし屋はんが献上しはったのや」

「太閤というと、秀吉ですか」

すゑはうなずいて、

「太閤さんはそれをお茶菓子によばれはって、えろう気にいりはったのや。それで一気に名前が広まった、ちゅうこっちゃ。太閤さんは食い道楽やけど、ちょっとしたお菓子も大好きで、北野の大茶会のときは、ほかにも真盛豆《しんせいまめ》とか長五郎餅《ちょうごろうもち》もほめてはるのやで」

これには勇太郎も感心した。たしかに物知りだ。

「母上、どこでこういう話のタネを拾ってくるのですか」

「内緒……と言いたいけどな、こないだ講釈場へ行きましたんや。御霊《ごりょう》神社の近くにある奈良村亭《ならむらてい》ゆう席でな、後藤百山《ごとうひゃくさん》ゆう先生が『太閤記』を読んではって、そのとき太閤さんの好物の薀蓄《うんちく》を言うてはるのの聞き覚え」

「ああ、なるほど……」

すゑは昔から講釈が好きなのだ。芸子だったころ、お座敷に招かれた講釈師の芸を聴いて関心を持ったらしい。今でもときどきひとりで講釈場に行くそうだが、勇太郎は誘われたことはない。武家の女房がひとりで講釈場や寄席に通うというのも珍しいが、元芸子だけにすゑは気楽にどこへでも足を運ぶ。入ってみると、存外、女客は多いらしい。

「後藤百山先生も上手やったけど、そのあとトリに出て『義士伝』読みはった吉田天馬《よしだてんま》ゆう先生はびっくりするぐらいお上手やったわ。でっぷりと太ってて怖い顔やけど、ぐいぐい引き込むような力がありますのや。顔立ちといい、雰囲気といい、ちょっと大邉のお奉行さんに似てはりますわ」

「すゑさま、つぎは私もお連れくださいい。講釈は聴いたことがありませぬゆえ」

「へえ、つぎはかならず声かけますわ。ふたりで行きまひょ」

誘われなかった勇太郎が、

「『太閤記』といえば昼間、こんなことがありました」

そう前置きして、繁太が持っていた『絵本太閤記』のことと、話のついでに千三としのという娘のことを話した。

「ほほほ……それで私たちがみたらし団子のお相伴《しょうばん》にあずかったゆうわけやな。千三にお礼を言わんと……」

「千三殿も隅に置けませんね」

「で、どのような娘さんですのん？　顔はどんな風？　お着物はどやった？」

女はこういう話題が好きである。すぐに食いついて、根掘り葉掘りたずねだした。勇太郎が閉口していると、小糸が言った。

「どちらのおうちのお方なのでしょう」

「さあ……そこまでは……」

すゑが、

「そこが肝心やないの。縁談になるかもしれまへんやろ」

「娘はまだ十五歳ぐらいですから、そういう話はまだ早いと思いますが……」

「そんなことないで。千姫《せんひめ》さまが秀頼《ひでより》公にお輿《こし》入れしはったのは七歳のときだっせ」

これもおそらく講釈から得たタネであろう。

「私の幼友達も、十五歳で順慶町《じゅんけいまち》にある大きな質屋さんに嫁ぎましたから、けっして早くはないと思います」

小糸がそう言った。だが、勇太郎には千三が、あの娘と世帯《しょたい》を持っている姿は頭に思い描けなかった。

「そうそう、その友達と、先日、久しぶりに会《お》うたのですが、蔵に盗賊が入ったらしいのです。勇太郎さまはご存知ですか」

初耳だった。

「今月の月番は東町なので、たぶん向こうの扱いなのでしょう」

「朝方に丁稚さんが蔵のひとつに入ろうとしたら、鍵が壊されていたそうです。驚いて番頭さんとなかを調べてみたのですが、あるお侍からお預かりした短刀が一振りだけ、なくなっていたのだそうです」

「欲のない盗賊ですね」

「そうなのです。でも、その短刀は先祖伝来の大切な品で、なくしたとなるとたいへんなことになります。主さんをはじめ、店のものが手を尽くして探したのですが、どうしても見つかりません。やはり、盗賊の仕業かとお奉行所に届け出たそうですが、まともに取り合ってくれず……」

「俺が言うべきことではありませんが、短刀一振りでは町奉行所はなかなか真面目《まじめ》に動かないと思います」

「そうなのですね。――皆が頭を抱えていると、その店に出入りしているお医者さんが、失せもののありかを言い当てる法力のあるお上人を知っている、と言い出したらしいのです」

話が思わぬ方に向かったので、勇太郎は思わず身を乗り出した。

「それで……？」

小糸の話によると、医者の知人で、長年の修行のたまものとして神通力を得た星洞上人という高僧が、失せもの探しはおろか、雨乞い、憑きもの落としなど、およそできぬことがない人物だそうだ。質屋では医者に仲立ちを頼み、その上人に占ってもらったところ、たちどころに答が出た。

「庭の松の木の根もとに埋まっている」

というのだ。半ば疑いながらも言われたとおりに掘ってみると、なんと短刀が見つかったという。

「すばらしい法力ではありませぬか。高僧や修験者、武芸者のなかにはそういった不思議な力を持つ方がいると話に聞いたことはありますが、身近におられるとは思いもよりませんでした。私もなにか失《な》くしたら、そのお方にお願いしようと思うているのです」

「ふーむ……」

勇太郎がなにやら考え込んでいるので、

「お疑いかもしれませぬが、私の幼馴染《おさななじ》みは嘘《うそ》を申すようなものではありませぬ」

「小糸殿のご友人を疑ったりはしません。ただ……」

「ただ？」

「ほかにも高価なものがたくさん入っている蔵から、盗賊がその短刀だけを盗んでいったというのはおかしくはありませぬか。それに、盗賊なら庭に埋めたりもいたしますまい」

「そう言われてみれば……」

「質屋さんではその上人に礼金を払われたのでしょうか」

「そこまでは聞いておりませぬが……明日にでもたずねてみます」

「お願いします」

勇太郎は頭を下げた。

2

顔まで隠れる頭巾をかぶり、久右衛門は往来を歩いていた。供のものは佐々木喜内ひとりである。西町奉行所の裏手から思案橋《しあんばし》を渡り、淡路町《あわじまち》を西へと向かう。なんのあてもない。ただの「散歩」なのだ。

「暇じゃ……」

歩きながらも文句を言う。

「暇じゃ暇じゃ……ああ、退屈だわい」

「少しは黙ってお歩きくだされ。うるそうてたまりませぬ」

「退屈ゆえ退屈と申しておる。不服を言うてなにが悪い」

「不服ではなく、空腹なのでございましょう」

「粥しか食うておらぬゆえ、空腹に決まっておろう」

「でも、粥を丼に八杯も食されましたぞ」

「いくら食うても、粥は粥。腹もちせぬ。——そこを曲がると菓子屋の玄徳堂がある。あそこでみたらし団子でも食うというのはどうじゃ」

「いけませぬ。餅など、こなれの悪いものはもってのほか。そもそも餅を食べ過ぎて腹を壊したのですぞ。お忘れでございますか」

「ふん、忘れたわい」

三従は中船場町《なかせんばまち》から淡路切町《あわじきりまち》にさしかかった。

「のう、喜内」

「なんでございます」

「歩くとよけいに腹が減るのう」

「わかりきったことを……」

「みたらし団子三十本、とは言わぬ。せめて五本ぐらい食わせてくれぬか」

「いけませぬ。幾度も言わせないでくだされ」

「では、三本……いや、一本でもよい」

「なにゆえ急にみたらし団子みたらし団子と言い出されたのです」

「うーむ……一度、あのとろりと熱々の餡がかかった串刺しの団子のことを考えると、頭のなかがそればかりになった。みたらし団子に取り憑かれたようじゃ。一本でよい。食わせてくれい」

「なりませぬ！」

「わしは天下の町奉行じゃ。わしの言いつけが聞けぬというのか」

「天下の町奉行が、たかだか団子ひと串のことで往来で駄々をこねないでくだされ」

往来する町人たちがくすくす笑っている。久右衛門はしかめっ面になり、それからしばらくは無言で歩いていたが、御霊神社が見えてきたあたりでまたしても、

「退屈じゃ、退屈じゃ。退屈退屈退屈退屈……ああ、散歩などしてもつまらぬのう。こんな

めたほどじゃ」

久右衛門に大食をたしなめられるとはよほどの相手だろう。

「それに、アホほど飲む。鯨飲馬食というやつじゃ。ああはなりとうないものだのう」

おのれのことはおのれがいちばんわからぬ、というのはまことであるな、と喜内は思った。

「わしも負けじと飲んで食うた。ふたりの争いのようになってのう……」

喜内には、目に浮かぶようだった。ふたりの巨漢が、豪商の座敷で、意地の張り合いをしながら、ご馳走《ちそう》を片っ端から食べまくり、また、上酒を水のごとく飲み干していくさまが、である。久右衛門にはもともとこどもじみたところがあり、ひとりならばそれほどでもないのだが、だれかと競うことになると、勝つまでやめない。此度、胃の腑の具合が悪くなったのも、相撲取りと競い合いになったからなのだ。

「腹がはち切れるかと思うたが、講釈師ごときに負けるわけにはいかぬ。死にもの狂いで料理を詰め込み、酒を飲んだ」

町奉行の務めにおいてもそれぐらいの必死さを見せてほしいものである。

「で、決着はつきましたか」

「料理も酒もすべてなくなってしもうたので、勝負なしということになった」

「それはようございました」

「ようはないのじゃ。最後に菓子と茶が出たので、それを食いつつ、四方山《よもやま》の話になった。あの男がまた、食いもののいろいろな蘊蓄《うんちく》を知っておる。珍しいものもかなり食べておる。わしも負けじと蘊蓄を披露した」

聞かされている商人たちはさぞ難儀であったろう、と喜内は思った。

「わしがしゃべれば、あいつがそのうえを行く。あいつがなにか言うと、わしがそれを打ち消す。ついにはお互いののしりあい、摑み合いの喧嘩になった」

「うわあ……」

「恵比寿屋がなかに入って双方をなだめ、手打ちになったのだが、最後の最後に、瓜の奈良漬けの作り方の話になった」

「はあ……」

「わしは、瓜を割って種をのぞき、塩と酒粕《さけかす》を混ぜたものを詰める。それを仰向けに置き、そのうえから粕を載せ、また瓜を置き、粕を載せ……と重ねていけばよい、と申したのだが、あやつはそれを嘲笑《あざわら》い、さてもお奉行さまには漬けもののコツを心得ぬかな、奈良漬けと申すものは瓜をうつぶせに置くべきものでござる、と言いよった。わしが、いいや、わしが漬けもの屋で見たときは仰向けにしてあった、と言うと、それはよほどの下手くそなる漬けもの屋。まともな漬けもの屋ならばかならずうつぶせに置くものでござる。はてさてそのようなこともご存知ないとは食通が聞いて呆れる、とさんざん抜かしよるのでな、わしもたまりかねて……」

「帰ったのでございますか」

「いや、天満《てんま》の青物市場から漬けもの屋を呼び寄せて、作り方をたずねたのじゃ。すると、漬けもの屋の言うには、酒粕の気はうえへうえへと上がるものゆえ、かならずうつぶせに漬けますするとの返事であった。吉田天馬めは、鬼の首を取ったかのように高笑いをしよってな、向後《こうご》、二度と食いものについてよう知っておるなどと言わぬことですな、われら講釈師は上《かみ》は天文、下《しも》は地の理までおよそ知らぬということがないもの、それを相手に薀蓄で勝とうなどとは百年早うございますわい、うはははは……と笑ったので、わしはそこにあった茶を頭からかけてやった」

「無茶なことを……」

「それからはまた大喧嘩じゃ。それ以来、わしは講釈も講釈師も嫌いになった」

「なるほど……」

「なれど……明日も参るぞ」

「えっ……さきほど申されたのはまことでございましたか」

「うむ。『太閤記』の続きが聴きたいのじゃ。身分も家柄もないものが、知恵をもって出世するというのは胸がすくわい。吉田天馬の出番よりまえに帰れば大事あるまい」

「はあ……それはそうでございますが……」

「秀吉公は猿に似ていたというが、猿は猿知恵。わしもせいぜい、知恵を出すといたそう」

そんな久右衛門の様子に、喜内はどことなく不安を感じるのだった。

◇

猿知恵ならぬ悪知恵を働かせた久右衛門は、夜半、皆が寝静まったのをみすまして、そっと寝床を抜け出し、寝間着のうえに褞袍《どてら》を羽織ると、音を立てぬよう廊下を歩いた。途中、泊番《とまりばん》の同心に出くわしたが、

「泊番、ご苦労」

と久右衛門のほうから声をかけた。

「お頭《かしら》はまだおやすみにはならぬので？」

「うむ、昼間寝ておるとこの時刻に目が冴えてしもうてな、今からおまえたちの日誌を読むつもりじゃ」

「病の具合はいかがでございます」

「ぼちぼち、というところじゃな」

そう言うと、久右衛門は同心溜《だ》まりのほうに向かったが、そこには入らず、庭へと降りた。雪駄《せった》が砂利を踏む「じゃっ」という音にびくりとしたが、なるべく静かに裏口へ

と向かい、そこから外に出た。寝間着に褞袍だけなのでかなり寒い。しかし、食い気が寒さに打ち勝った。だれにも見つからずに、久右衛門は西町奉行所の裏から東横堀《ひがしよこぼり》に沿って北へ上がり、船越《ふなこし》明神のまえを右に曲がった。しばらく行くと、屋台の煮売り屋が看板を出していた。まえに宵のうちに何遍か来たことのある店だ……。

「親爺《おやじ》、なんでもよい。腹にたまるものを食わせてくれい」

煮売り屋は、夜更けに町奉行がひとりで、それも寝間着に褞袍姿で現れたので驚いたようだった。

「お奉行さまのお口に合うようなものはございませんが……」

「なんでもよいと申したであろう。見つくろいで並べてみよ」

「へ、へえ、しばらくお待ちを……」

喜内の「触れ」はこの店までは届いていなかったようだ。久右衛門は、してやったりという顔つきでほくそ笑んだ。

◇

その夜遅く、村越家の門を叩くものがいた。厳兵衛が明かりを持って門の内側から、

「どなただす」

「すんまへん、千三でおます。旦那はもう寝てはりますか」

「とうにおやすみだすわ。急なご用事だすか」

「うーん……用事といえば用事やけど……厳兵衛はん、すんませんけど奥さまに気づかれんように旦那だけなんとか起こしてもらえまへんやろか」

「それはかまへんけど……」

そんなことを門の内と外で言い合っていると、

「どうした。だれか来たのか」

屋敷のなかから勇太郎が寝間着姿でやってきた。

「あ、若。お目覚めだすか。千三はんが来てますのや」

勇太郎はにやりと笑って、

「入れてやれ」

厳兵衛がくぐりを開けると、転がるように千三が入ってきた。

「なんだ、のろけを言いにきたのか」

「ち、ち、ちゃいまんねん。昼間のことは、ほんまにそんなんやおまへんのや」

「そんなんでなくばどんなんなのだ」

「たぶん旦那は昼間の様子を見て、取り違えてはるやろなー、と思て、お話しに参りましたんだす」

「こんな夜中にか」

「そら、旦那に変な風に思われてたら困りますさかい……深い時刻もかえりみず押しかけてえらいすんまへん」

「まあいい。こっちに来い」

勇太郎は千三を、屋敷の外に連れ出した。すゑを起こさぬための気配りでもあり、すゑや厳兵衛に聞かれていると千三が話しにくいだろうとの思いでもあった。ふたりはしばらく無言で歩いたあと、千三が口を切った。

「あの……旦那、ほんますんまへん」

「謝ることはない。繁太も、よくやってくれている」

「皮肉やなあ、旦那。グサッと応えますわ。――けど、ほんまのほんまに、あの娘《こ》とはなんにもおまへんのや。芝居のことで忙しい言うてたのも嘘やおまへん」

「俺にまで隠さずともよかろう」

「――あの娘は、役者の嵐三十郎の孫ですねん」

「嵐三十郎……？」

歌舞伎や浄瑠璃にはうとい勇太郎だったが、その名は耳にしたことがあった。

「たしか……猿面の……」

「そうそう、その猿十郎ですわ。今度の芝居、太夫元も座元であるうちの小屋も気合いを入れての興行でおました」

「『菅原』だったな」

「へえ、まえに通しをしたときに大当たりでしたんで、柳の下のドジョウを狙てみましたんや。わてらの目論見《もくろみ》どおり、初日から大入りだした。けど、嵐三十郎が春藤玄蕃の役で、『かかるところに春藤玄蕃』……ちゅうて現れるやいなや客が大笑いしまして、芝居が続けられんぐらいになりまんのや」

「そりゃあひどいな」

「ところが、客が笑うのもわからんでもおまへんねん。ほんまに猿そっくりだすさかいな。そのせいで日を追うごとに客足が減って、とうとう途中で打ち切りになってしまいました。わてはもう悔しいて悔しいて……」

「そうだったのか。猿に似た役者のせいで客が笑っているという噂は聞いていたのだが、打ち切りとはな……。でも、その三十郎という役者、これまでもこちらの芝居には出ているのだろう。今になって猿面を笑われるというのはどういうことだ」

「大部屋の役者やさかい、今までは端役しか回ってこんかったんだす。けど、役者としての腕はたしかで、それはわてが太鼓判を押します。ほかの名代役者も座頭も、太夫元も、皆口を揃《そろ》えて、三十郎は上手い、上手いけど顔がなあ……と言いますのや。当人によると、なんでも申年《さる》の申の月の申の日に生まれたらしいです」

「申の年月の揃った生まれというやつだな」

「わては、あのひとの芝居を見て惚《ほ》れ込んでしもて、今度の春藤玄蕃の役もわてが強う推したさかい、いっぺんやらせてみようやないか、ゆうことになったんだす。せやさかい、興行打ち切りはわてのせいでもありますねん。つろうてつろうて……」

「そのわりに機嫌よくみたらし団子を買うていたではないか」

「それをおっしゃらんように……。三十郎さんは、この猿顔ではどうせこの先たいした役はつかん、これを機に役者を辞める、て言い出しましたんや。わては毎日のように三十郎さんの家に足を運んで、辞めんように説き伏せとりますのやが……」

「それで忙しかったのか」

「へえ。家のなかが暗なってしもたさかい、あの娘にも悪うて、ときどき遊び相手をして機嫌を取ってるゆうわけだすねん。けど、それだけやおまへん。つぎはなんとしてでも当たる芝居を掛けんと、大西の芝居が潰れてしまいます。そのことで連日連夜、ない知恵絞って話し合うとりまんねん。今日も、つい今しがたまでおでこ突き合わせてあれこれ談じとりまして、旦那に謝りにくるのがこない遅なってしもたというわけで。——旦那、なんぞええ狂言おまへんやろか」

「俺は芝居のことはわからんと言っただろう。まあ、たいへんだろうが今夜は俺がおごる。一杯飲め」

「へえ、わても飲みたい気分だす。けど、こんな遅うにどこぞ開いてますやろか」

「釣鐘町の火の見櫓の横に、夜通しをしている煮売り屋がある。あそこでなにかつまもう」

天満橋を渡り、会所《かいしょ》に顔を出して会所番に木戸を開けさせ、ふたりは大川沿いを右に折れた。

「たしか、あそこに……」

勇太郎が指し示すあたりに提灯《ちょうちん》の明かりが見えた。煮売り屋の屋台店である。すでに先客がいるらしい。

「あったあった、あれだ」

そう言いながら近づこうとして、勇太郎は足を止めた。先客の顔に見覚えがあったからである。

「あのお方、お奉行さまとちが……」

言いかける千三の口をふさぎ、勇太郎はそっと屋台の近くまで歩み寄った。

「うむ、美味い。おからの炊き方、煮しめの味つけ、ゴボウの歯触り……どれも上等じゃ。ことに、この豆の煮加減はたいへんによろしい。空腹に不味《まず》いものなし、と申すが、親爺、貴様のところは空腹でなくとも美味そうだのう」

久右衛門は上機嫌のようだ。

「恐れ入ります」

「腹が減っておると、ものの味がしみじみとようわかる。ゴボウなぞ、これでなかなかの滋味があるのう」

「お酒のほうはよろしおますのか」

「うーむ……飲みたいのう。飲みたいが……酒臭いと喜内にバレるゆえ、今宵《こよい》は我慢しておこう。――つぎは大根煮をもらおうか」

「すんまへん、今日は宵から大根煮が人気で、品切れになってしまいました」

「なに……？　ううむ、それは残念じゃ。明晩また参るゆえ、大根煮をたくさんこしらえておけ」

「へい、ようけこさえときますわ」

「大根がないとなると……里芋はあるか。ならばそれをくれい。あと、昆布《こぶ》巻きと……」

勇太郎は久右衛門のすぐ後ろに立つと、

「お頭……」

わざとか細い声でそう言った。久右衛門は箸を取り落として振り向き、

「む、む、むむむ村越ではないか。なにゆえおまえがここにおる」

「お頭こそなにゆえここにおられるのです。ご病気ではなかったのですか」

「う、うう……うむ、病は病で、病が、その、病と申さば……」

「病人が、こんな寒い夜更けに寝間着姿で、かかるところで隠れ食いとはいかがなもの

でしょう」

「なにを申すか！」

久右衛門は語気を荒らげた。

「わしは隠れ食いなどしておらぬ。正々堂々と食うておるだけじゃ」

「さようでございましたか。ならば、奉行所に戻って佐々木さまにこのことお知らせに……」

「ま、待て……」

久右衛門は勇太郎の手を力強く握り締め、

「すまぬ、わしが悪かった。このことは喜内には内証にしてくれ。頼む」

勇太郎は咳払いして、

「町奉行ともあろうお方が、深夜に奉行所を抜け出して隠れ食いなど、世間に知れたら情けのうございます。なにとぞおつつしみくださいませ」

「わかっておる。わしはなにも悪事を働いたわけではない。ただ……喜内があまりにうるそう申すゆえ、あやつに心配をかけぬようにしたまでじゃ」

「明日からは夜半に出歩くようなことは……」

「せぬ。おとなしゅう布団で寝るわい。——奉行所に戻るぞ」

久右衛門が屋台を離れようとしたので、

「す、すんまへん、お奉行さま！　お奉行さま！　お奉行さま！」

　煮売り屋の主が大声を出した。

「なんじゃ、静かにせい。町奉行であることが露見するではないか」

「まだ、お代をいただいとりまへんので……」

「代か……。代はない」

「ええっ！」

「寝間着姿を見てわからぬか。わしは寝床を抜け出してまいったのじゃ。財布など持っておろうはずがない」

「そ、そんな……」

　久右衛門はちらと勇太郎を見ると、

「村越、払《はろ》うておけ」

「え！」

　思わぬなりゆきに勇太郎が絶句すると、

「いずれ返してやる」

「まことでございますか」

「町奉行が嘘偽りを申すはずがなかろう。うはははは……」

　腹を満たした久右衛門は、豪快に笑いながら夜気のなかに消えていった。勇太郎があ

とを追おうとすると、行かしてはならじと煮売り屋の親爺が袖を摑み、

「お代を払とくなはれ」

「俺がか……」

「お奉行さまがそないおっしゃってましたで。——さ、いただきまひょか」

勇太郎は天を仰いだ。

◇

「では、拙僧はこれにて……」

金泥院星洞は立ち上がると、

「祈禱《きとう》料は、供のものに……」

「はい、お渡しししておきました」

恵比寿屋治平がそう言うと、星洞は重々しくうなずき、部屋を出て行った。あとに残った番頭が、

「旦さん、もう我慢なりまへん。一言申し上げてよろしおますか」

「なんや」

「旦さん、だまされてるのとちがいますか。あの道竜ゆう医者が療治しても、星洞ゆう坊主が祈禱しても、とうやんの病はちっともようなりまへん。そのくせ、金だけは毎度

むしりとっていきよる。あいつら、くわせもんやありますまいか」

「うーん……そやなあ……」

恵比寿屋は眉間に深い皺《しわ》を寄せると、かたわらで寝ている娘の顔を見た。

「なに言うてますのや、おまえ、そんなこと言うたらバチ当たります」

恵比寿屋の内儀が厳しい顔で言った。

「けど、ご寮さん……」

「だまりなはれ。あんたはうちの娘を死なせたいのか」

「め、めっそうもございません。私はただ……」

「道竜先生は、わての瘧《おこり》も治してくれはった腕のええ名医や。その先生が、お上人さまをすすめてくれはったのやで。まちがいないやないか。それに、お上人さまが日吉神社のご神託を言い当てたのはあんたかて知ってるはずやで」

「それはそうだすけど……」

「あのおふたりのおかげで、この子は少しずつようなってるのやと思う。星洞さまがおらなんだら、今ごろ死んでるかもしれんのや」

治平があわてて、

「これ、おまえ、娘の枕もとでなんちゅうこと言うねん、縁起の悪い」

「すんまへん。番頭がわかってくれへんさかい、つい……」

内儀は番頭に向き直り、

「お上人さまを疑うようなことを言うたら、わてが承知しまへんで。心に思うだけでもバチが当たるかもしれん。今すぐ、謝りなはれ。でないと、暇出すで」

「ひいい、お上人さま、私が悪うございました。お許しくださいませ」

番頭はだれもいないところに向かってへこへこと頭を下げた。内儀が出ていくと、恵比寿屋が番頭に言った。

「おまえの言うのもわかる。わても、はじめはあのおふたりを信じとった。けど、嬢《いと》の病は治るどころか日に日に悪なっとるようや。ほんまに病が治るのなら、万両使《つこ》うてもかまやせんが、なにも良うならんままあのふたりにいつまでむしり取られるかと思うたらこれは無駄金や。かと言うて、うちのやつがあのふたりをとことん信じ切っとるさかいなあ……」

「困りましたなあ」

暗い顔でため息をつく恵比寿屋に、

「旦さん、家にずっと籠ってはると気が滅入ります。たまにはご気分を変えるために他出なさったらどないだす。たとえば芝居行きとか相撲とか……」

「いや……嬢が寝付いとるのに遊びに行くというわけにもいくまい」

「それがあきまへんのや。旦さんはこの店の芯柱だっせ。それがため息ばかりついてはったらお店が暗うなる一方でおます。お客にもそれが伝わって、商いにも差し障ります。一日ぐらいならどうちゅうことおまへんさかい、どうぞお出かけやす」

「そやなあ……近頃はどこの芝居が評判ええのや」

番頭は首をかしげ、

「さて……そう言われると、私も詳しいことはおまへんのやが……」

そこまで言ったときにポンと膝を叩き、

「そうそう、ちょっと面白い話をお得意さんから聞きましたで。大西の芝居で『寺子屋』がかかったそうですのやが、そこに出てた春藤玄蕃役の役者が、これがまあお猿そっくりやったそうで……お客が笑うてしもて芝居にならず、早々に打ち切りになったらしゅうございます。あははは……申の年月の揃った生まれ、ゆう噂だすけど、なんぼなんでも猿に似てるさかいゆうて芝居が打ち切りになるやなんて前代未聞だすな」

番頭は、笑い話をして主をなぐさめるつもりだったようだが、

「番頭どん、その話、ほんまか」

「へ、へえ……あちこちから聞きましたさかい、ほんまやと思いますけど……」

「そ、そうか。それほどその役者、猿に似とるんか」

「私もこの目で見たわけやおまへんけど、どうやら『猿より猿に似てる』いう話で……」

「なんちゅう役者や」

「たしか……嵐三十郎とか……」

言いながら、番頭には治平がなぜこの話にこれほど食いついているのかわからなかった。

「嵐三十郎やな。よっしゃ……」

「なんぞおますのか」

「いや……なんでもない。もう下がってええで」

「へ、へえ……」

番頭が部屋を出たあと、恵比寿屋治平は娘の顔をじっと見つめ、なにごとかを決した顔つきになった。

◇

翌日から久右衛門は、前言どおり御霊神社裏の講釈場「奈良村亭」に通いはじめた。後藤百山の「太閤記」の続きを聴くためである。

「それはいけませぬ。また、あの吉田天馬と喧嘩になりましょう」

喜内はいさめたが、

「案ずるな。わしもこどもではないぞ。もう、あのようなことはせぬ。後藤百山の講釈が終わったらただちに帰る。吉田天馬とは顔を合わさぬゆえ、揉《も》めることはない」

「そうは申されましても……」

「うるさい。昨夜も、『太閤記』の続きがどうなるか気になって眠れなかったぞ。後藤百山を聴いたら、すぐに階段を下りる。武士に二言はない」

そこまで言われると、喜内も首を縦に振らざるをえぬ。

「承知しました。吉田天馬の出番のまえに帰ること、かならずお守りくだされ」

「わかっておる、わかっておる。——さあ、これで『太閤記』の続きが聴けるわい。うはははは、楽しみじゃ」

どうもおかしい……と喜内は思った。今朝はなぜか「腹が減った、ひもじい」を口にせぬし、機嫌も悪くない。

（なにかあるな……）

そう思った喜内が、

「もちろん私もお供いたしますぞ」

と言うと、

「そうか、おまえも続きが気になるか」

素直に受け入れる。おかしい……と思いつつ、喜内は久右衛門と奈良村亭へ向かった。久右衛門の姿を見た席亭は、またぞろ揉めごとを起こすのではないかと嫌がったが、相手は腐っても町奉行である。しかも、喜内が、

「『太閤記』が終わったら私がかならず連れて帰るゆえ……」

と請け合ったので、疑わしそうな顔つきで通してくれた。

その日の演目は、秀吉が変名を使い、諸国武者修行の武芸者に姿を変えて、斎藤家の軍師である竹中半兵衛を栗原山中の庵《いおり》に訪ねるという話である。半兵衛は、

「その猿顔がなによりの証」

とたちまち秀吉の素性を見破り、信長公に味方してほしいという申し出をはねつけた。しかし、秀吉の三顧の礼についには墨俣城に入ることになる……。

「ううむ、面白い！　明日も参るぞ」

講釈が終わると、久右衛門は一言そう言って、喜内が拍子抜けするほどあっさりと講釈場をあとにした。そう言えば、腹の虫も今日は鳴かぬではないか。喜内は往来を闊歩する久右衛門の後ろを、首をひねりひねり歩いた。

翌日もまた翌日も、久右衛門は講釈場に通った。もはや、腹が減ったとも、ひもじい、ともなんとも言わぬ。

（どうやらこれは、まことに講釈が気に入ったようだな……）

喜内もようやくそう思うようになった。

天下一の軍師竹中半兵衛を味方につけた秀吉は、稲葉山の城を搦《から》め手から攻めるべく蜂須賀小六らたった六名の野武士とともに嶮《けわ》しい間道を抜け、見事に城内に忍び入って

火をつけた。この奇襲が功を奏して、さしもの難攻不落の城も落ち、斎藤軍は織田の軍門にくだった。つぎに秀吉が明智光秀とともに佐々木六角承禎《ささきろつかくじようてい》を降参させたので、信長は悠々と京に入り、足利《あしかが》将軍を奉じて帝と対面した。そして、秀吉は京都所司代に任ぜられたのである。これを皮切りに、出世街道をまっしぐらにひた走ることになる。陰で「猿面冠者」と嘲っていたものも秀吉の知力と豪胆さには舌を巻くしかなかった。ついで羽柴筑前守となり、主君信長が逆賊明智光秀に本能寺で殺害されたときいち早くその仇を討って、ついには天下人《てんかびと》となる。武芸も知らぬ、学問もない、猿に似た百姓の子せがれが、猿知恵と勇気だけでつぎつぎと手柄を立て、うえへうえへと上っていく……面白くないわけがない。しかも、こと大坂の民にとっては、秀吉といえばあの大坂城の主であり、徳川家よりもはるかに近しい人物である。やんやと喝采するのも無理はない。

（御前も、旗本とは申せ、もとは大坂の生まれだから、すっかり「太閤記」に心を奪われておられるのだろう）

喜内は納得し、久右衛門が従順に粥と梅干という食事に甘んじていることに疑いを抱かなくなった。

◇

勇太郎は繁太を連れて、小糸に教えてもらった順慶町の質屋を訪れた。

「東のお方だすか」

主の惣右衛門《そうえもん》は慇懃《いんぎん》に応じた。

「いや、俺は西町のものだ」

惣右衛門はきょとんとした顔になり、

「盗人《ぬすと》のことで来られたんやおまへんのか」

「その賊のことだ。二度手間になるが、もう一度教えてくれ」

「今月は東が月番さんだすやろ。こないだ、東の盗賊吟味役の旦那にお話ししましたけどなあ」

「おいおい、てめえ、東町にゃ教えられて西には教えられねえっていうのかよ」

繁太が、下から見上げるように主をにらみつけたので、勇太郎はその頭をカツンと叩いて、

「おまえは黙ってろ。――俺がききたいのは、盗賊のことというより、盗まれた短刀のありかを占ったという坊主の一件なんだ」

「金泥院星洞上人さまだすか。あれには驚きましたわ。庭の松の木の根もとに埋まってるて、ずばり言い当てはりましたからなあ。ええかげんな占い師はぎょうさんいてるけど、たいしたもんや」

「礼はしたのか」

主の顔が曇った。

「それはもちろんそれなりに……。うちとしても、お侍さまからお預かりした先祖伝来の品を、たとえ盗人のしわざとはいえ、なくした……ではすまん話でおますさかい、見つけていただいてこんなありがたいことはおまへん。質屋の暖簾《のれん》に元入れしたと思うたら、五百両がたとえ千両でも安いもんだす。まあ、それにしてもあそこまで詳しゅう、よう言い当てれるもんやと感心しましたわ。南側、左から三本目の松の根もとにある……てまるでおのれが埋めたみたいにていねいに教えてくれましたさかいな」

よく聞くと、歯にものが挟まったような言い方でもある。

（五百両払ったな……）

と勇太郎は思った。

「星洞上人をこちらに引き合わせたのは、なんとかいう医者だそうだな」

「道竜先生だすか。うちのせがれが風邪引いたときに治してくれはったのが縁で、それからちょいちょい診てもろてます。腕はええのやろうけど、高いのが難ですわ」

「ほかにも道竜が出入りしている商人仲間を知っているか」

主は、幾人かの名を挙げた。いずれも大商人ばかりであった。

「邪魔したな」

勇太郎が立ち上がると、主はすがるように、

「道竜先生とお上人についてなんぞお疑いがあるのかもしれまへんけどな、うちとしては盗まれた短刀が無事に出てきましたんやさかい得心しとります。ことを荒立てるつもりは毛頭おまへんのや。ややこしいことになると、質入れしはったお侍さまにも迷惑がかかります。それだけは堪忍しとくなはれ」

「わかってる」

勇太郎は質屋を辞すると、その足で主が名を挙げた商人たちのところを回った。驚いたことに、米沢道竜が出入りしている店のほとんどは、のちに星洞上人になんらかの占いや祈禱を頼んでいる。質屋と同様、盗賊に入られて大事な品を盗まれ、そのありかを占ってもらっている店もあれば、憑きもの落としのお祓いをしてもらった店もある。主を問いただすといずれも、額は口にしなかったが一度につきかなりの謝礼も渡しているようである。なかの一軒などは、祈禱のたびにむしりとられる礼金のために零落し、ついには店を人手に渡して、裏通りに逼塞《ひっそく》することになったという。

「それは、なんという店だ」

教えてくれた呉服問屋の主にきくと、

「たしか、養老屋《ようろうや》という酒屋さんだすわ」

「今どこにいるかわかるか」

「さあ……そこまでは……」

店を出た勇太郎は繁太に、

「養老屋という酒屋の居場所を調べてくれ」

繁太は不満げに、

「そんなちまちましたやり口よりも、その道竜とか抜かす医者とナントカ上人がいかさまなら、とりあえず召し捕って泥を吐かしちまえばいいじゃありませんか。あっしも一度、捕り物をしてみてえんですよ。ほれ、あの、御用だ御用だってやつを……」

「そんな乱暴なことができるか。道竜と星洞が悪人だという証はまだなにもない」

「御用ってのは、いろいろ面倒くせえもんですね。そんなまどろっこしいことをしてるから、悪いやつらが幅をきかすんじゃねえんですかね」

「ぐずぐず言うな。見つけるまで今日は戻ってくるんじゃないぞ」

「えっ……」

「いいから早く行け」

ぶつぶつ言いながらも、繁太は駆け出していった。

◇

「旦那、また夜さりにすんまへん。こちらがこないだ言うとりました……」

千三にうながされて初老の男は、

「嵐三十郎にございまする」

そう言って顔を上げた。自宅の客間で相対した勇太郎は、ぐっと笑いを嚙み殺した。町ですれちがってもどうということはなかろうが、先に「似ている」と言われているだけにどうしてもそういう目で見てしまう。そして、

（似ている……）

たしかに嵐三十郎は猿そっくりだった。といって、愛嬌のない顔立ちではない。見ていると楽しくなってきて、思わず頰が緩んでしまうような可愛《かわい》らしさもある。もし、役者でなければ、皆に親しまれていたにちがいない。だが、

（二枚目は無理だな……）

役者としては、この猿顔はいろいろ難儀であろうと思われた。

「あれから皆でいろいろ考えましたんやが、どうしてもええ思案が出まへん。今日も今まで話し合うてましたけど埒《らち》があかん。それで、思い余ってこないな遅い時刻に三十郎さんを連れてきましたんや。——旦那、大西の芝居が息吹き返すような狂言はおまへんやろか。その芝居に三十郎さんが生きるような役柄があれば、もっとええのやけど……」

千三が言うと、

「いや、千三さん、私のことはお忘れくだされ。満を持した先だっての芝居が無惨な打ち切りに終わったのは、ひとえにこの三十郎のせい。どうおめおめとこの先役者を続け

ておれましょう。私を思うてくださる千三さんのお気持ちはうれしけれど、このままでは恥さらし。きっぱりと身を引いて、芝居から足を洗う覚悟にございます」

「そう言わんと……三十郎さんが力のある役者ゆうことはだれもが認めてることやさかい……」

「なんぼ力があろうと、顔がこの猿面ではどうにもなりませぬ」

「役者は顔やない、腕だっせ」

「腕では名代のどなたにも負けやいたしません。けど……役者は顔でございます。――あのなあ千三さん、私かてそりゃ男前に生まれたかった。けど、こればかりはどうしようもない。男前の役者が腕もないのにええ役につくのを横目で見ながら、必死で修業して、いつかは大きな役をもらい、名代になろうと勉《つと》めましたが、土台無理な相談でござりました。お客を泣かせてこそまことの役者。それを……お客に笑われるようでは話になりませぬ」

三十郎は自嘲気味に言った。

「やけになったらあかん。あんたが役者を辞めたら、おしのちゃんが悲しむで」

「やけではない、十分思案したうえでの答でござります。しののことは、千三さん、よろしゅうお願いいたします」

千三は勇太郎に、

「旦那……なんとかなりまへんやろか」

勇太郎は、茶を持ってきた母親のすゑに向かって、

「母上、お聞きのとおりです。なにか良き考えはありませぬか」

「そう言われても、わてら素人に思いつくようなことは千三さんも三十郎さんもとうに考えてはるやろし……。けど、芝居ゆうのは二枚目ばっかり並べてもうまいこといかんのとちがいますやろか。いろんな顔の役者はんがその顔に合うた役柄をこなしてこそ、二枚目はんも引き立つのとちがいます？　あと、地方《じがた》やら黒衣《くろご》やら幕引きやら木戸番やら……大勢がいてこその芝居やと思いますけどな。——わてに言えるのはそれくらいだす」

三十郎はすゑの顔を見つめ、

「おっしゃることは身に染みてわかります。でも、もう決めたことでござります」

「そうだすか。——勇太郎、あんた、おふたりと飲みにいっといで」

「よろしいのですか、母上」

「かまへん。そのへんの屋台でええさかい、ぱーっと飲んどいで。ええか、ずぶろくになるまで帰ってきたらあかんで」

「わかりました。——千三、三十郎さん、行きましょう」

「奥さまのお許しが出たでえ。これは酔いつぶれるまで飲まなあかんなあ」

千三は口ではそう言ったが、やはりどことなく浮かぬ顔ではある。

「あ、そうだ、繁太が報せに来るかもしれない。——母上、もし繁太が来たら、釣鐘町の煮売り屋で飲んでいると申していただけますか。火の見櫓を目印にすればすぐにわかります」

「釣鐘町の煮売り屋、だすか。承知しました」

「お奉行さまが通ってはる店だすな」

千三が言ったので、すゑはきょとんとした。

三人は家を出ると、ぶらぶらと天満宮《てんまんぐう》の東、又二郎町《またじろうまち》を通り、天神橋を渡った。

「お、あったあった。あそこや」

目指す煮売り屋の提灯を見つけて、千三が走り出そうとしたが、足を止めた。なんだか様子がおかしい。川風に乗って、遠くにある屋台から怒声が聞こえてくるのだ。ひとつは、町奉行大邉久右衛門のものだとすぐにわかった。だが、もうひとつの声の主がわからない。

「許せぬ！　貴様のようなやつはとっとと帰れ！」

「それはこちらの台詞だ。夜中にうろついてる暇があったら帳面でも読みに帰れ！」

「なにが講釈師だ。貴様は講釈師ならぬおたまじゃくしであろう」

「私がおたまじゃくしなら、あなたは町奉行ならぬ罰《ばつ》奉行、バチ当たり奉行であろう」

「口の減らぬやつめ。こうしてくれるわ」

「なにをなさる。それならこうして……」

「痛い痛い、これ、やめぬか。わしは町奉……」

「屋台が壊れる。やめとくなはれ、堪忍しとくなはれ。——だれか！　だれか！」

勇太郎はその声に吸い寄せられるように早足になった。

「わしが先じゃ！　貴様は出遅れておった」

「なにを言う。私が先だった。ご亭主、そなたは見ておったろう。私のほうが早かったのう」

「いや、亭主、わしじゃったな」

「私だ」

「わしじゃ。——亭主、返答せよ。ただし、わしが大坂西町奉行であることをよう考えてから答えるのじゃぞ」

「卑怯《ひきょう》な……それでも奉行職か！」

「ふふふふ……わしは大根が食えればそれでよいのじゃ」

大根……？　その言葉を聞いて、勇太郎は歩みを遅めた。どうやらたいした揉めごとではないらしい。ゆっくりと屋台に着いたときには、ふたりの巨漢が取っ組み合いをしていた。ひとりは久右衛門だが、昨夜同様、寝間着に褞袍を着ている。もうひとりはきちんと羽織を着た、立派な身なりの人物である。どちらも相撲取りのように太っており、顔かたちも似ている。

「お頭、なにごとです」

勇太郎がふたりのあいだに入って分けようとしたが、どちらも相手の肩を鷲《わし》摑みにして、岩石のように動かぬ。その顔は真っ赤に紅潮し、たがいに相手をにらみ殺さんばかりの形相である。

「なにがあったのです」

勇太郎が言うと、

「わしが食おうとした大根煮を、この講釈師が横取りしおったのじゃ」

「ちがうちがう。私が、大根煮をくれと言うたのだ。そうしたらお奉行が、わしは昨夜に約しておる、これはわしのものじゃと私の皿をひったくろうとしたのだ」

「昨夜約したのはまことのことである。のう、亭主。昨夜は大根煮が品切れであったので、明日また参るゆえたくさんこしらえておけ、と申したら、貴様、承知したではないか」

煮売り屋の主は困り顔で、

「ぎょうさんこしらえましたのやが、今日も寒いせいか宵の口から大根がよう売れまして、お奉行さまが来られたときには残りがひとつになっとりましたのや。それをこちらの講釈の先生が先にご注文なさいまして……」

主は助けを求めるように勇太郎を見た。

「では、半分ずつ食べるというのはいかがでしょう」

勇太郎が言うと、

「嫌じゃ」

「嫌だ」

ふたりは同時に答えた。

「なにゆえこやつに半分やらねばならぬ。わしはひとつ全部食わねばおさまらぬぞ」

「私もだ。半分譲るぐらいなら、腹を切ったほうがましだ」

「抜かしたな、このおたまじゃくし」

「なんだ、このバチ当たり奉行」

またしても摑み合い、取っ組み合い、しまいには殴り合いである。

「旦那、とめんでもよろしいのか」

千三が震え声できいた。それはそうだろう、大坂西町奉行が講釈師と往来でひと目もはばからず大喧嘩をしているのだ。怪我《けが》でもしたらえらいことだし、下手をすると相手はお仕置きになる。

「かまうまい。こどもの喧嘩のようなものだ。刀を抜くまでは放っておけ」

勇太郎はそう言うと、皿に載った大根煮を指でひょいとつまみ、ぱくっとひと口で食べてしまった。

「うわっ、なにをする！」

「貴様、私の大根を……っ！」

ふたりは争うのをやめて、勇太郎に襲いかかったが、勇太郎は軽々と身をかわして、

「食べてしまったものはどうにもなりませんよ。あきらめてください」

久右衛門と吉田天馬はため息をついた。吉田天馬は勇太郎に、

「食いものの恨みは怖《おそ》ろしいぞよ。覚えておかれよ」

そう言い捨てると、肩を怒らせて去っていった。残った久右衛門は勇太郎をにらみ、

「わしを見張りに来たのか」

「ちがいます。ちょっと三人で相談しようと思ってここまで来たら、くだらぬことで争っている、いい歳をした御仁がふたりおいでで したので……」

「相談？　なんの悪巧みじゃ」

そこで千三が、嵐三十郎を押し出して、これまでの経緯《いきさつ》を久右衛門に話した。久右衛門は、当人をまえにしてもはばかることなく大笑いして、

「うはははは……なるほど、見れば見るほど猿面じゃのう」

勇太郎が、

「お頭、それはあまりに失礼な……」

　割って入ろうとしたが、久右衛門は言葉を続けた。

「なれど、それはおまえの落ち度ではない。おまえが猿に似ておるのではなく、猿がおまえに似ておるだけのことよ」

「えっ、猿のほうが私に似ておるのでござりますか」

「そうじゃ、おまえが猿面なのではなく、猿が三十郎面なのじゃ」

「あはははは……そう言うていただけると、えろう気が楽になりましてござります」

「さようか。――これはこないだ聴いた講釈の受け売りだがのう。うっふふふふ」

「笑うてはる場合やおまへん。なんぞええ工夫はおまへんやろか」

　千三が言うと、

「そうだのう。わしも陰では、やれ猪《いのしし》だの熊だのと呼ばれておるらしい。おまえと組めば、孫悟空《そんごくう》と猪八戒《ちょはっかい》の芝居ができるではないか。どうじゃ」

「ははあ、『西遊記《さいゆうき》』だすか。けど、孫悟空の役はとんぼ切ったり、棒振り回して暴れまわったりせなあかんけど、三十郎さんにはちと荷が重うございます。それに、お奉行さまには芝居心がおまへんやろ」

「なに？　わしには役者が務まらぬと申すか」

「なかなか、厳しい修業を経ずにはやりかねる商売だっせ」

「さようか。――まあ、酒でも飲みながらゆるゆる考えようではないか。ここのおからや豆は美味いぞ」

煮売り屋の主が、

「今日は飲みはりますの？　かましまへんのか」

「一杯だけじゃ。ただし、丼鉢になみなみと注げ」

三人がちびちび飲んでいると、ばたばたという足音が聞こえてきて、

「遅くなりやした。奥さまに、こちらとうかがったもんで……」

やってきたのは繁太だった。よほど急いで走ってきたらしく、息が上がっている。

「このものはだれじゃな」

繁太が声のほうを見ると、なんと町奉行が寝間着姿で酒を飲んでいる。思わず飛び下がって、平伏しようとするのを勇太郎が制して、

「繁太という雑喉場《ざこば》の若いもので、近頃、御用を手伝《てつど》うてもろうております」

「そうか。わしが大邉久右衛門である。見知りおけ」

「へへーっ」

「そうかしこまらずともよい。ここはくだけた場じゃ」

「へ、へえ……」

「まあ、一杯飲め」

いきなり盃《さかずき》を突き出されて、繁太は目を白黒させながら飲み干した。勇太郎が、

「で、養老屋の居所はわかったのか」

「それがその……心斎橋《しんさいばし》で見かけたもんがおる、とまではわかったんでやすが、そこからがなかなか……」

「わかった。明日も引き続き当たってくれ。頼むぞ」

勇太郎は繁太の空の盃に酒を注いだ。

「へえ」

繁太は酒をちびっとなめ、ようやく一息つくと、顔をあげてまわりを見渡した。久右衛門と勇太郎のほかに、千三もいる。そして……。

「うぷーっ！」

繁太は、三十郎の顔に目をとめて、酒を噴き出した。

「し、失礼しやした。つい、その、あんまり似てたんで、その……」

三十郎は顔をぐいと突き出して、

「役者をしております嵐三十郎でございます。猿のやつらめが私に似ている、とそういうことでございましょう」

「猿があんたに……？　あはは……そういうこった」

若い繁太は屈託なく笑うと、

「いやあ、もし噺家《はなしか》なら、仲間からうらやましがられる得な顔だぜ。それにさ、『絵本太閤記』を読むと、豊臣秀吉って大将もとんでもねえ猿顔だったっていうぜ。あんたもこれから出世するかもしれねえや。末は太閤か天下人かってね」

それを聞いた久右衛門が叫んだ。

「それじゃあっ！」

カンテキで湯を沸かしていた煮売り屋の主が、驚いて鍋をひっくり返した。熱湯がかかって繁太が悲鳴を上げた。姿勢を崩した繁太は、なにかにつかまろうと、目のまえにあった勇太郎の腰のものを引っ張った。不意を突かれた勇太郎は尻餅をついた。そんな騒ぎは一切無視して、久右衛門は言った。

「よきことを思いついたぞ。三十郎とやら、おまえは秀吉をすればよい」

千三が、

「なーるほど！　『太閤記』をやればええんや」

繁太も、

「大流行《おおはや》りの『絵本太閤記』を芝居に……となりゃあ、これは当たりますぜ」

勇太郎もうなずいて、

「三十郎さんほど秀吉役にぴったりの役者はいない。当たり役になるはずだ」

久右衛門はからからと笑い、

「先ほどの『太閤記』には面白い話が山のようにあるぞ。秀吉がどんどん出世していくさまは大坂のものには受けるであろう」

「わ、私が主役でございますか。いや、それはなんぼなんでも力不足で……」

尻込みする三十郎の胸ぐらを久右衛門は摑んで吊《つ》り上げると、

「やるのじゃ！　よいか、わしがやれと言うたうえは、やるのじゃ。やってみて、うまくいかなんだときに、はじめて弱音を吐くがよい。まずはやってみよ。よいな。――返事せぬか！」

「お頭、役者が苦しがっております」

三十郎は喉を絞められて息ができず、半ば目を回しかけている。久右衛門は三十郎を地面に降ろした。その肩に勇太郎は手を置き、

「さっき俺の家で言うていたではないか。腕では名代のどなたにも負けやいたしません、とな。それに、役者は顔だ、とも言うていた。これまでは難であったその顔が、秀吉役ならば強みとなるぞ」

久右衛門も、

「返答せよ。やるのか……それともやらぬのか」

「は、はい。やります。やってみます」

話は決まった。

「三十郎、わしが後見になってやる。なんでもよい、困りごとができたらわしのところに言うてこい。たちどころに片づけてやるわい」

「あ、ありがとうございます」

三十郎は涙ながらに頭を下げた。

「めでたいのう。めでたいではないか。祝いじゃ、飲め。わしも飲むぞ」

久右衛門は丼鉢に酒を満たし、一息に干した。

「お頭、あまり飲むと佐々木さまに露見いたします」

勇太郎が言ったが、久右衛門はもうとまらぬ。上機嫌でがぶがぶと酒を飲み、屋台にある食べものを片っ端から食べはじめたとき、

「御前！」

その声に久右衛門は背中をしゃんと伸ばし、こわごわ振り向くと、そこにはいかめしい髭を震わせた用人佐々木喜内が立っていた。

「寝床におられませぬゆえ、奉行所のなかをさんざん探しましたが見当たらぬ。まさか寝間着のまま外出を……と思いましたが、そのまさかでございましたな。町奉行ともあろうお方が、なんというお姿です。情けない……ああ、情けない。いじきたないにもほどがある。私はもう知りませぬ」

「まあ、そう怒るな。おまえも一杯行け」

「いりませぬ！」

喜内は癇癪を爆発させると、勇太郎たちに向き直り、

「村越殿！　お手前が手引きしたのか！」

「ぬ、濡《ぬ》れ衣《ぎぬ》でございます。たまたま行き合うただけで……」

「ここにおるものは皆、同罪ですな。――とにかくお帰りなさいませ！」

喜内は久右衛門の右腕を摑むと、ぐいぐい引っ張った。

「わかった、わかったから手荒にいたすな。帰ればよいのだろう」

久右衛門は巨体を縮めるようにして用人に引きずられていった。

「とうとう見つかったか……」

ふたりを見送ったあと勇太郎がそう言うと、煮売り屋の主が彼に向かって右の手のひらを出した。

「なんだ、これは」

「お代を払とくなはれ。お奉行さまの分も頼んまっせ」

勇太郎は天を仰いだ。

3

翌朝早く、久右衛門が目を覚ますと、枕もとに喜内と医者の赤壁傘庵が座っていた。

「なんじゃ、こんな早うから」

久右衛門が布団のなかでもごもご言うと、傘庵が笑いながら、

「酒臭《くそ》うございますな」

「どうやら私に内証で、夜な夜な隠れて出歩き、飲み食いしておられたようなのです」

久右衛門は布団を頭からかぶったが、すぐに喜内がそれを引き剝がし、

「起きてくだされ。傘庵先生に診ていただきます」

傘庵は、久右衛門の脈を取ったり、腹を撫でたりしたあと、

「お通じのほうはいかがでございます」

「まともじゃ」

「ならば本日をもってご本復とさせていただきます」

「なに？　ということは、もうなにを食うても飲んでもよいのか」

「けっこうです」

「うはあ！」

久右衛門は芭蕉《ばしょう》の葉のような両手を叩き合わせたが、

「ただし、ほどほどになさいますように」

「ほどほど？　わしの一番嫌いな言葉ではないか。わしは、なにもかもとことんじゃ」

喜内が目を吊り上げて、

「御前、お歳を考えなさいませ。いつまでも若いつもりでおられるゆえ、飲み過ぎ食べ過ぎの疲れが五臓に溜まり、此度のようなことになったのです。向後は、なにごとも控えめにしていただきます」

久右衛門は不機嫌に黙り込んだ。

「今日から本復ですから、お勤めにも復していただきますぞ」

喜内はそう言って、風呂敷包みを解いた。たくさんの覚書、書留、日誌などが積まれていた。来月の公事のために東町奉行所から送られてきたものや、大坂城代からの書状もあった。

「なんじゃ、これは」

「御前がお休みになっておられるあいだに溜まったご公務でございます。ただちに目を通し、印のいるものには花押《かおう》をお願いいたします」

久右衛門は舌打ちをして、それらの書面をばらばらと崩した。

「くだらぬ。このようなものを読んだとてなににもならぬ。喜内、おまえが読んで、判を押しておけ」

「そうはまいりませぬ。それが御前のお役でございますれば……」

「ならば、傘庵、その方が読め」

本復

「無茶なことを……」

「つまり、ざっと目を通して判を突くだけならば、だれがやっても同じということじゃ。

──わしは忙しい」

「なにが忙しいのでございます」

喜内が皮肉っぽくきくと、

「講釈を聴かねばならぬ。昨日はとうとう小谷城《おだに》が陥落したぞ」

それを聞いて傘庵が言った。

「講釈といえば、新しい講釈場ができるそうでございますな。私の患家が本町《ほんまち》のあたりにあるのですが、その近くの広い土地に囲いがしてあり、『来月一日講釈席若草亭《わかくさてい》披露目につき吉田天馬続き読み興行有之候《これありそうろう》』という立て看板が置いてございました」

「──なに？」

久右衛門は目を細めた。

「吉田天馬じゃと……？　不快な名を耳にするものよ。──む、待て」

久右衛門は腕組みして、

「講釈場を作るには町奉行所の許しがいるはずじゃ。もしや、ここにある書面のなかに願い出があるのではないか」

久右衛門は綴《つづ》りを手にして、一冊ずつめくっていたが、

「あったぞ、これじゃ」

喜内がのぞき込むと、それは本町一丁目にあらたな講釈場を作るための願い出であった。願い人は北久太郎町《きたきゅうたろうまち》で風呂屋を営んでいる「若草湯」の主で、土地や材木などはすでに調えており、許しが下りればすぐに造作にかかり、来月一日には披露目をしたい、とあった。そこまで読んで久右衛門のほうを見ると、にたーっと笑っているではないか。口が耳まで裂けるような薄気味悪い笑い方であった。

「なにを企《たくら》んでおられます」

「むふふ……この願い出が許されることはあるまいのう」

「なにゆえでございます」

「わしが握り潰すからじゃ」

「おとなげないことはなさいますな」

「うるさい！　町奉行に楯突《たてつ》いたらどうなるか教えてやる」

「吉田天馬はともかく、この席亭に罪はございますまい」

「わしの目にとまったのが、こやつの不運じゃ。ふふふ……ふふふふふ……」

呆れかえる喜内と傘庵のまえで久右衛門は笑い続けていた。

◇

ちょうど同じころ、千三は小屋に行き、太夫元や座元に「太閤記」の上演を進言した。皆、「寺子屋」での大しくじりを目の当たりにしているだけに、嵐三十郎の主役抜擢《ばってき》に難色を示すものもいたが、なにしろ先立つものがない。「菅原伝授」にすべてつぎ込んでしまったのだ。

「まあ、ええか」

「やるだけやってみよ」

「あかんかっても、もともとや」

「安い役者で固めて、なるたけ金をかけんとな」

「千三がこうまで肩入れしとるんやから、なにか勝算があるのやないか」

こうして大西の芝居は「太閤記」を上演することになり、大慌てでの支度がはじまった。「菅原」打ち切り以来、小屋は閉めてあったので、皆がそれに掛かりきりになることができた。「絵本太閤記」を叩き台に台本《ほん》が書かれ、老練な大道具たちによって舞台のあれこれがあっという間に作られた。嵐三十郎は名代となり、主役となった。あちこちからやっかみも聞かれたし、あんな猿顔になにができるという声もあった。どうせまた、失笑を買って、四、五日で打ち切りになるわさ、と言うものもいた。

どうなることかとびくびくしながらあっという間に初日を迎えたが、開けてみるところがたいへんな入りであった。どうやら近頃の『絵本太閤記』という読本人気が後押しをしているらしい。

「『太閤記』とは、ええところに目ぇつけたやないか」

「あの猿面役者、名代になったそやな」

「春藤玄蕃には合わん顔立ちやったが、太閤さんやったらぴったりやがな」

「これを贔屓《ひいき》にせんかったら大坂もんの名折れやで」

そんなことを言い合いながら、先日の「菅原」を見た連中が押しかけた。あのときは鼻で笑っていたのに、

「猿面役者を秀吉にして『太閤記』をするやと？　そらおもろい」

と思うと、手のひらを返したように興がる。こういうところが大坂人の良さである。

大序《だいじよ》は、尾張《おわり》国愛知郡《あいちごおり》中村《なかむら》で日吉丸が生まれる場からだが、オギャーといって産婆が取り上げた赤ん坊のぬいぐるみの顔が猿そのものだった……というところで客席は大爆笑である。長じた日吉丸が矢矧《やはぎ》の橋で蜂須賀小六と出会うところまでは子役が演じるのだが、そのあと木下藤吉郎と名を改め、織田信長の草履取りとなる場からは、いよいよ嵐三十郎の出番である。

「あいや、御大将《おんたいしよう》お待ちくだされ。それがしは藤吉郎と申すものにござる。それがしをご家来の端にお加えくだされ」

客席がうわっと沸いた。三十郎は隈取《くまどり》をして、よりいっそう顔を猿に似せていたのだ。

「ここいらあたりでは見ぬ猿面。食いものが尽きて山から下りてきたか」

「君にはお戯れを。それがし、ここに推参したるは、君の家臣となりて天下平定の助けとならんがため」

「なりに見合わず、大言壮語を吐く猿じゃ」

「けっして大言壮語にあらず。それがしを用いれば、四海のうちはたちまちにして君に伏さん。疑いあらば、試してごろうじませ」

「よかろう、戯れついでに小者として召し抱えてつかわす」

「ありがたああき幸せに存知ああげたてまつりますする」

そこで大向こうから、

「猿ぅ!」

という声がかかった。「寺子屋」のときのような揶揄の口調ではない。賞賛の気持ちが込められた掛け声に思われた。

◇

「講釈がやれぬ?　それはいかなる所以《ゆえん》にや」

吉田天馬は、若草湯の主のまえで目を剝《む》いた。

「私は、来月頭からひと月間、日をあけてお待ちしておりますぞ」

「やってもらいとうても、釈場の造作にかかれまへんのや。まだ、更地のまんまですねん」

「それでは披露目に間に合わぬ。材木も支度をし、大工にも声をかけたと申しておったではないか。なにゆえ造作をせぬ」

「お奉行所からの許しが下りまへんねん。西町奉行所の近くやさかい、講釈場みたいなひと寄り場所ができると風紀が悪うなる、て西のお奉行さんが言うてはるらしいですわ」

「今月は東が月番のはず。ううむ……大邉久右衛門め、私が披露目に出ると知って難癖をつけてきたな」

「あのあたりは昼間でもひとどおりが少ない、物騒なところやさかい、講釈場ができたら賑《にぎ》やかになってええと思いますけど……」

「ただの嫌がらせだ。ああいう奉行がうえにおると、大坂は暗闇だ」

「そういうわけでなあ、先生、こないだお渡しした前渡し金、返してもらえまへんか」

「そ、それは困るぞ。もう、飲み食いに使うてしもうたわい」

「講釈してもろて、客から木戸銭をいただいてこそ、先生に割りを払えますのや。来月のお一日《ついたち》からひと月、講釈をするという約束で、前金を渡したのやさかい、それができんとなれば返していただかんとなあ……」

「いや、お席亭、じつを申すと、どうせもらえるものと思い、残金の分も、よそから金を借りて使うてしもうたのだ。なんとかならぬか」

「わてもお支払いしとおますけど、お奉行所の許しが出んのではどうにもこうにもしようがおまへん」

「で、では、貸しておいてくれ。一日に講釈場ができずとも、そののちいずれできるであろう。そのときにひと月興行するゆえ、金はもらいたい」

「けど、今の様子では、いずれていうたかて、半年先か一年先か、二年先かわかりまへんで。それまで待つというわけにはいきまへんがな。申し訳おまへんけど、すぐに返金を……」

「ま、待て。待ってくれ。頼む、今しばらく……しばらくお待ちくだされ」

吉田天馬は逃げるように帰っていった。

（どうしてくれよう……なんとかあやつに吠《ほ》え面《づら》かかせてやりたいものだ……）

その腹のなかは、大邉久右衛門への怒りで煮えくりかえっていた。

◇

評判が評判を呼び、「太閤記」は日に日に客が増え続けた。ついには満員札止めとなり、入りきれなかったものが道頓堀に溢《あふ》れて道を塞いだ。ほかの小屋は閑古鳥が鳴き、客が入っているのは大西の芝居だけであった。

「いやあ、おもろいがな」

「観《み》てると胸がスーッとするな」

「三十郎、なかなか達者やなあ」

「一世一代の当たり役やで。太閤さんをやるために生まれてきたような役者や」

あまりの大入りゆえ、中日《なかび》を待たずに座頭から楽屋に祝儀が配られた。三十郎はしのを連れて、勇太郎のところにわざわざ挨拶に来た。千三も一緒だ。裃《かみしも》を着けた三十郎は四角く座り、勇太郎のまえに頭を下げた。

「このたびはお蔭《かげ》さまをもちまして、新狂言は連日の入り、この嵐三十郎も名代となり、お客さま方に身に過ぎるおほめのお言葉を賜っております。これもひとえに村越の旦那さまのお蔭。一言お礼申し上げんと今日《こんにち》ただいま参上いたしました。どうかこちらをお納めくださいませ」

そう言って菓子折を差し出した。玄徳堂のものだ。

「いや、俺はなにもしていない。『太閤記』を思いついたのはうちのお頭だ」

「はい、それもようわかってございます。お奉行さまのご恩は山より高く、海より深しと心得ておりまするが、御用繁多なお奉行さまのところに役者風情《ふぜい》が押しかけるわけにも参りませぬゆえ、どうか、大邉さまには村越さまのほうからよろしくお伝えくださりませ。――これは大邉さまへのお礼の品でございます」

三十郎はもうひとつの菓子折を出した。

「わかった。今日にでも持っていくよ。お頭も、一度見物に行きたいと言っていた。そのときは俺もお供する」

「かたじけのうございます。お席は空けておきますするゆえ、いつでもお越しくださりませ」

額を畳にこすりつけた三十郎がふたたび顔をあげたのを見て、

「右の頰に傷がついているぞ。どうかしたのか」

「あ……こ、これはなんでもございませぬ。粗忽《そこつ》にも道で転んでしまいまして……うかつなことでございます」

「役者が顔に傷をつけるようではいかぬな。気をつけなくては……」

「は、はい。肝に銘じまする」

しのも、

「これでお祖父《じい》が役者辞めんですんだ。ありがとな、おっさん」

そう言って、ぺこりとお辞儀をした。

（お、おっさん……）

たじたじとなる勇太郎に千三が、

「うちの小屋も『菅原』の損を取り返せそうですねん。来月も、このまま『太閤記』を続けるだんどりになってます」

「よかったな」

「へえ、このままなにごともないことを祈っとります」

だが、なにごとも……あったのである。

◇

「千三さん、ちょっと来てもらえまへんか」

木戸に座っていた千三を、楽屋番の若い男が呼びにきた。

「なんやねん」

「楽屋に、講釈師がえらい難癖つけてきとりますのや」

「どんな難癖や」

「えーとね……とにかく急いで来とくなはれ」

千三は木戸をほかのものに代わってもらい、楽屋へ向かった。

「……というわけだ。わかったか。この『太閤記』なる読みものは、われら講釈師の先人が代々に渡り、磨きをかけ、連綿と引き継いできたる大事の財産、飯の種である。それを勝手に芝居にされては、われら飯の食い上げだ。どうしてくれる」

聞き覚えのある大声が楽屋口から外に響き渡っている。これほどの大音の持ち主は、千三の知るかぎりふたりしかいない。ひとりは大邉久右衛門であり、もうひとりは……。

「あ、千三」

入ってきた千三を見て、座頭がほっとしたように、

「やっと来てくれたか。このお方が、うちの狂言をすぐにやめいと言うてはるのや」

座頭のまえに座っていたのは、やはり講釈師の吉田天馬だった。その後ろには、仲間の講釈師や弟子とおぼしき男たちが七、八人も並んでいる。

「芝居をやめなあかん、て……どういうことでおます」

千三は座頭の横に座り、天馬と相対した。

「おまえ方がやっておる『太閤記』なる狂言は、講釈から盗んだものだ。講釈師として認めるわけにはいかん。ただちに芝居をやめて、これまでの上がりをわれらに寄越せ」

「なんちゅう強欲な連中や。勝手なこと抜かすな。たしかにうちの狂言は、今たいそう流行ってる読本の『絵本太閤記』からタネを取ったもんや。けど、作者の武内確斎先生にはちゃーんと話を通してある。なにがあかんのや」

「盗人猛々《たけだけ》しいとはおまえ方のことだわ。知らぬならば教えてつかわそう。そもそも武内確斎の書いた読本『絵本太閤記』なるものは、もともと安永《あんえい》年間に写本にて出された『太閤真顕記《しんけんき》』という軍記を下敷きにしておる。それを書いたのは白栄堂長衛《はくえいどうちょうえ》という貸

本屋の主で、それまでに講釈で読まれておったタネを集めて大成したのだ。おまえ方の狂言が『絵本太閤記』に材を取ったものならば、それすなわち講釈ダネなり。講釈ダネは講釈師のものなり。——理屈はわかってもらえたかのう」

「団子理屈や。そない言うなら、講釈よりもまえにはなにもなかったんかい。講釈はなにかからタネを取ったりしとらんのかい。講釈師のほうが盗人やろが。太閤さんだけやないで。那須与一《なすのよいち》やら楠正成《くすのきまさしげ》やら織田信長やら宮本武蔵《みやもとむさし》やら大石内蔵助やらいろんなお方からタネを盗んどるやないか」

「黙れ、小僧。われら講釈師をなんと心得る。恐れ多くも天下の御記録読みであるぞ。史上の偉人英傑たちの生涯を後世にまで読み伝えるのがわれらの務めである。貴様らがごとき、下賤《げせん》なる口過ぎのために英雄の伝記を使うておるのとはわけがちがう」

「なにを言われようと、この狂言を引っ込めるわけにはいかん。芝居の邪魔や。帰れ、帰れ。帰らんと、西町のお奉行さまに申し上げて、召し捕ってもらうで」

　吉田天馬はにやりと笑い、

「西町奉行だと？　あの物知らずの大鍋食う衛門か。うっははははは……よかろう。なれど、今、月番は東町だ。われらはただいまより打ち揃うて東町奉行所に赴き、奉行水《みず》野若狭守《のわかさのかみ》殿に『太閤記』の芝居差し止めの訴えを起こすつもりである」

「な、なんやと……！」

「大西の芝居で興行されておる『太閤記』なる狂言は、われら講釈師のタネより盗んだるものに相違なし、との訴状をお渡しするのだ。そのお裁きが下るまではこの芝居は出せぬことになろう」

裁きで白黒がはっきりするまでには数カ月、半年、一年……いや、もっと長い歳月がかかることもある。

「卑怯もん！」

「うはははは……此度の『太閤記』の芝居、大邉殿の思いつきだそうだな。大邉殿に申し伝えよ。講釈場と大根の恨みだ、となら。うはは……うはははは……うはははは……」

吉田天馬は大笑いすると、仲間や弟子を引き連れて楽屋を出ていった。

◇

凶事はそれだけにとどまらなかった。

その夜、同心町の村越家で、千三は勇太郎に今後の策についてあれこれ相談を持ちかけていた。

「東町は吉田天馬の訴えを受け付けたそうでおます。このままでは、公事の決着がつくまで芝居ができんようになります」

「講釈ダネを芝居に仕立てさせてもらった、ということで、講釈師にいくらか借料を払えばよいのではないか」

「人形浄瑠璃や歌舞伎芝居は、講釈からいろいろとタネを使い込みさせてもろてますけど、これまで一遍も借料払えやなんて言われたことおまへんで。それに、『太閤記』の講釈もあの講釈師が作ったわけやない。師匠の師匠のまた師匠からずっと伝わってきたもんだすやろ。鐚銭《びたせん》一文も払うつもりはおまへん。それに、払ても受け取りまへんやろ。あいつらは、講釈場普請の許しが下りんはらいせに、お奉行さまが関わっている芝居にケチをつけて休演に追い込みたいだけやさかい……」

そのとき、

「千ちゃん！」

飛び込んできたのはしのだった。声が上ずっている。

「どないしたんや！」

「お祖父《じい》が……襲われた」

「なんやと！」

大慌てで勇太郎と千三が三十郎の家に駆けつけると、三十郎は布団に寝ていた。治療を行っているのは叔父《おじ》の赤壁傘庵だった。そのことにも驚いたが、もっと驚いたのは、そのかたわらに心配げな顔で座っていたのが講釈師の吉田天馬だったことだ。

「吉田先生……」

勇太郎が声をかけると、

「おお、たしか西町の定町廻《じょうまちまわ》りの方でござったな」

「はい。先生はどうしてこちらに……」

傘庵が顔を上げ、

「この先生が、三十郎さんの命を救うてくれたのだ。——のう、三十郎さん」

三十郎は顔を勇太郎に向け、

「芝居が跳ねての帰りがけ、戎橋《えびすばし》を渡って三津寺さんの焼け跡の裏を通っとりましたら、急に後ろから斬りつけられたのでございます。泡食うて振り返りましたら、頬かむりした男が匕首《あいくち》持って立っておりまして……ほかにひと通りもなし、これはあかん、殺される……そう思うたときに、こちらの講釈師の先生が飛び出してきて、助けてくださったのでござります」

「いやいや、私はなにも……たまたま通りかかっただけでな」

吉田天馬は顔のまえで手をひらひらと振った。勇太郎は傘庵に向き直り、

「叔父上はなにゆえ……」

「先日、転んで右頬を怪我した折、頼まれて治療に参ったのだが、どうも転んだようには思えぬ傷でな。——刀傷のように思えたので、そのあと気をつけてはいたのだが、案の定だ。右腰を後ろから斬られているが、たいしたことはない。明日からでも歩けるだ

ろう」

しのが吉田天馬に向かって両手をついて頭を下げ、

「先生、おおきに」

「なんの。私が大声をあげて出ていったら、舌打ちして逃げていった。それだけだ」

「年恰好《としかっこう》はわからないのですか」

勇太郎がきくと、

「頬かむりをしていたからのう。——ただ、あれは危ない男のようだ。脅しや物取りではない。身体中から殺気が溢れ出ていたぞ」

しのが「ひっ……」と声を立てたので、天馬は頭を掻き、

「すまぬ。怖がらせるつもりではなかったのだが……」

そう言うと立ち上がり、

「命に別状がのうてよかった。それでは失礼いたす」

千三が後ろから、

「あの、先生……なんとかあの訴えを取り下げていただけまへんやろか」

天馬は、ちらと千三に目をやると、

「そうはいかぬ。本日は目のまえで起きた急事ゆえ、義を見てせざるは勇なきなりと咄《とっ》嗟《さ》にお助けいたしたが、それとこれとは別なり。お手前方に申し上げても詮ないが、わ

れらはあの大遣久右衛門という御仁の非道な仕打ちに対して異を唱えるために訴えを起こしたのだ。講釈場が期日通り建てられぬことで、私も随分と損をした。許すわけにはまいらぬ」

言い捨てて、吉田天馬は帰っていった。千三はため息をついた。

勇太郎は三十郎にたずねた。

「今日のことで、なにか心当たりは……？」

三十郎はかぶりを振ったが、

「じつは……この右頬の傷も、初日が終わったあと、家に帰ろうと歩いておりますとき、どうもだれぞがつけてきているような気がいたしまして……私が止まると足音も止まる、私が歩き出すとまた足音が聞こえてくる。気味が悪うなった私は狭い路地を抜けて、相手を撒《ま》こうとしたのですが、向こうも路地に飛び込んできよった。顔や着物の柄などは暗くてよく見えませんでした」

「ほう……」

「私が立ちすくんでおりまするると、こちらに向かって走ってきました。怖くなった私が石を拾って投げつけますと、少しひるんだ様子でしたので、思い切って体当たりを食らわして、なんとか逃れることができたのでございますが、家に帰って鏡を見ますと、頬が切れておりました。物取りか悪い冗談《てんご》やと思うとりましたが、三日ほどして、朝、まだ暗いうち、小屋に行こうと道頓堀の川端を歩いておりましたとき、男がひとり木の陰から出てきたのでございます。頬かむりをしておりましたが、私の右頬を怪我させた男のように思えましたので、『私になんぞ恨みでもあるのですか。それともお金が欲しゅうてござったのか』と声をかけても返事がない。そのうちにふところに手を入れよったので、刃物を抜くつもりやと思いましたが、どうすることもできずにおりますと……ちょうど仲間の役者四、五人が通りかかりましてな、三十郎さん、なにしてなはるんや、て声をかけてくださった。それで、男はくるりと後ろを向いていなくなりました」

「では、今日で三度目ということだな」

「はい……」

「なぜ町奉行所に届けなかった」

「申し訳ございませぬ。せっかく掴んだ夢のような名代の舞台、もし騒ぎになって芝居が打ち切りにでもなったら一大事と、黙っておりました」

「町のものを傷つけかねない狼藉《ろうぜき》ものが野放しになっていることになる。なにかあったら町奉行所が責めを負わねばならぬ」

「面目次第もございませぬ」

しのがきっと顔を上げ、

「おっさん、お祖父をいじめんといて」

「いじめているのではない。おまえのお祖父を案じているのだ。――三十郎、だれかの恨みを買うている覚えはないか」

「……………」

三十郎は考え込んだ。しのが勇太郎に、

「お祖父はええひとや。恨まれたりするわけないやん！」

「そう思いたいが、世のなかには逆恨みということがある。たとえばいきなり主役に引き上げられたことで役者仲間に恨まれているかもしれないだろう」

千三が、

「それはあるかもしれまへん。これだけ人気が出ると、仲間からのやっかみもひどいやろし、客を取られたよその小屋主も怒ってるはずや。三十郎さんが怪我して、芝居に出られんようになったら、ざまあみろ、て言うやつはぎょうさんいるやろな」

傘庵が、

「だとしても、殺そうとまでするだろうか。なにかもっと、ほかの理由《わけ》があるのではないかな」

三十郎をはじめ、だれもその理由を思いつかなかった。勇太郎が、

「いずれにしても、相手は三十郎さんにたいした怪我を負わせられなかった。明日も芝居の幕は開くだろうから、この先も油断はできないということだな」

千三が、

「わてが送り迎えしますけど、それだけでは心もとない。お奉行所のほうから人数を出してもらえまへんやろか」

「わかった。岩亀さまに申し上げておこう」

「なにからなにまで、ありがとうございます」

三十郎は勇太郎に礼を述べた。

三十郎の家を辞した三人は、歩きながら話し合った。

「もうひとつのやっかいごとが片付きまへんことにはどもならんなあ」

千三が浮かぬ顔で言うと傘庵が、

「さっき申していた訴えとやらの件か」

「へえ……そうだすのや」

千三から話を聞いた傘庵が、

「あの先生が、嫌がらせにひとを雇って、三十郎さんを襲わせたということはなさそうだな」

勇太郎はかぶりを振り、

「ありえませんね。吉田天馬という講釈師は、すぐにカッとなるし、いつもおのれが一番だと思っているし、飲み食いにいやしいところはありますが……」

「お奉行とそっくりだな」

「はい、そういう御仁のようですが、本来、敵であるはずの三十郎を助けたのを見ても、たしかに義を重んじる方でもあります」

「そこがお奉行とは、ちと違うな」

「芝居に文句を言いに来たのも、お頭にやられた分をやり返そうというだけですから」

「うーむ……そうなると……」

傘庵はしばらく考え込んだあげく、

「お奉行さまに謝っていただくほかないだろうな」

「吉田天馬に、ですか。それは無理でしょう」

「なぜだ」

「ああいうお方です。おのれの非を認めたり、ひとに頭を下げたりするのがなによりも苦手です」

「困ったものだな。とはいえ、それしか術《すべ》はあるまい」

「でしょうか。でしょうね」

勇太郎は千三に、

「よし、今からお頭のところに行くぞ。講釈場の普請の件について謝罪してもらうのだ。そうすれば、吉田天馬も東町への訴えを取り下げてくれるだろう」

「うん、と言いますやろか」

「言わせるのだ」

勇太郎はそう言ったが、一筋縄ではいかないことを覚悟していた。

◇

はたして久右衛門はごねた。ごねまくった。

「なにゆえわしがあのような男に頭を下げねばならぬのじゃ！」

「嵐三十郎と大西の芝居のためでございます」

勇太郎はひれ伏してそう言った。

「わしはなにも非道なことはしておらぬぞ。講釈場や寄席といったひと寄り場所は、風紀を乱しやすいゆえ、一町内に一軒を目安としておる。あまりに増えすぎると減らさねばならぬ。此度の『若草亭』については、近所に義太夫の席があるゆえ、許諾せぬほうがよいのではないか、と水野殿に申し上げた。それだけじゃ。なにが悪い」

「ようわかっております」

「ほう、わかっておるのか」

「屁理屈《へりくつ》を言うておいでであることがようわかっておるのです。お頭は、吉田天馬を困らせようとしておられるだけです。――お頭は三十郎に、『三十郎、わしが後見になってやる。なんでもよい、困りごとができたらわしのところに言うてこい。たちどころに片づけてやるわい』……と申しておられました」

「わしの声色を使うな！」

「これは、三十郎一代の大困りごと。お頭は、救うてやらねばなりません」

「うーむ……」

「しかも、吉田天馬は、義を見てせざるは勇なきなり、と三十郎の危難を救うたのです。お頭も、義を見てせざるは……」

「言うな！」

「でえっ！」

久右衛門は、もたれていた脇息《きょうそく》を摑み、
叫び声とともに真っ二つに折った。とんでもない怪力である。勇太郎は呆然《ぼうぜん》として、割れた脇息を見つめた。

「わかった！　あの男に負けるわけにはいかぬ。悔しいがわしも、おまえのために節を曲げて、やつに頭を下げてやる。――それでよいな」

「ありがたき幸せ」

「よいか、おまえのために頭を下げてやるのだぞ」

「はい……？」

「わしはあのようなやつに謝りとうはない。それを、曲げて、おまえのために謝るのじゃ」

「わかっております。ありがたき幸せと申しております」

「ならば、煮売り屋の勘定はもう払わずともよいな」

「――は？」

「差し引きにしておいてくれ。わしもいろいろと手元不如意でのう……」

どこまでも小さな久右衛門であった。

ところが、吉田天馬は一枚上手だった。

西町奉行所に呼びつけられ、用人佐々木喜内の案内で小書院に通された天馬と若草湯の主の両名は、形どおり平伏した。勇太郎は喜内とともに後ろに控えていた。久右衛門は、

（なめられてはならぬ……）

とばかり上座にふんぞり返り、傲然《ごうぜん》とした態度で言った。

「北久太郎町『若草湯』とはその方か。苦しゅうない、頭を上げい」

「へへーっ」

「その方からの講釈場新築の願い出、東西奉行所にて詳しく調べたるところ、構いなしと決まった。普請をはじめてよいぞ。許しが遅うなってすまなんだのう」

「へへーっ、ありがとうございます。これで来月の末にはお披露目ができますする」

久右衛門は天馬を見据え、

「吉田天馬、これでその方が東町奉行所に願い出たる歌舞伎狂言『太閤記』差し止めの訴え、取り下げてくれような」

天馬は顔を上げると、久右衛門をじっとにらみつけたあと、

「そうは参りませぬ」

「なに……？　なにが不足じゃと申す」

「不足も不足、大不足でございます。まず、若草亭と『太閤記』はまるで別の案件にて、こちらが通ればこちらを取り下げる、というのはおかしゅうござる。また、私は来月一日から披露目の興行をするということで身をあけておりましたが、講釈場普請のお許しが下りなかったために、前渡し金を返金せねばならず、たいへんな損がいき申した。来月一日に講釈場の披露目ができてこそ、私は大きな顔をしてこちらの席亭から金を受け取れまする」

若草湯の主は、

「なに言うてはりますのや。たしかに前渡し金は返してもらいましたけど、普請のお許しが出たうえは、またお渡ししますがな。披露目も半月ずれたけど、やっていただきますさかい……」

「それはそちらの勝手と申すもの。私にも、だんどりというものがある。半月ずらしてくれと言われても、よそとの兼ね合いもあり、急にはうべないかねる。そもそも来月一日から講釈をしてこその前渡し金でござる。それができぬとあっては、断じて金は受け取れぬ。興行もできぬ。ゆえに、『太閤記』の訴えの取り下げもいたしかねる」

「杓子定規《しゃくしじょうぎ》を申すな。謝ったではないか」

「ほほう……お奉行はいつ謝られたのだ。主には『すまなんだ』と申されたようだが、私にはついぞ謝罪の言葉はなかったように思う。私の耳が悪いのかのう」

久右衛門は茹《ゆ》で蛸《だこ》のように真っ赤になって唸った。

「うう……ううううう……貴様、講釈師の分際でぶぶぶ無礼千万……」

「言うたが悪うござるか。われら天下の御記録読みなり。太閤殿下や東照神君家康公をはじめ、戦国の英傑の故事をも舌先三寸で申し上げるがわれらの務め。町奉行風情にとやかく言われる所以はない。もし、『太閤記』の訴え取り下げてほしくば、一日までに講釈場を建て、私にそこで講釈ができるようにしてくだされ。それができぬならば、取り下げはできませぬなあ」

「意固地なことを申すな。一日まではあと三日しかない。今から講釈場ができようはずがなかろう」

「意固地？　さよう……こうなればこちらも講釈師としての意地がござる。お奉行がなんと申されようと聞くわけには参りませぬ」

「ううう……ならば両名に申し付ける。若草湯亭主はただちに講釈場の造作にかかり、できあがったら講釈師吉田天馬は一カ月の続き読みをいたせ。これは町奉行としての沙汰である。かならず従うようにせよ。従わねば重き仕置きに処すぞ」

若草湯の主はおろおろと、

「お、お仕置きだすか？　えらいこっちゃがな。せ、先生、前渡し金をお返しいただいたのはわてが悪おました。なにとぞ講釈しとくなはれ。わて、お仕置きは嫌だすがな。おたのもうします」

「どうじゃな、吉田天馬。若草湯亭主もこう申しておる。お上の命ずるところじゃ。恐れ入って従うがよい」

「お断りいたす」

「なんと……」

「以前は講釈場を作るなと言うておきながら、都合が悪くなればころりと逆さまのことを言う。ご政道とはそのようないい加減なものでござるのか。断じて聞き入れられぬ」

「お上に楯突くか」

「そちらから売ってきた喧嘩、こちらはそれを買うたまでのこと。――お席亭、帰りますぞ」

天馬は立ち上がった。

「ううぬ、わしを愚弄するか！　許せぬ！」

久右衛門は長押《なげし》の槍《やり》を摑んだが、喜内に押しとどめられた。

「御前、いけませぬ」

「放せ！　ひとがこれほど謝ったと申すに聞き入れぬこの生意気な講釈師を串刺しにしてくれる」

「御前はなにも謝っておられませぬ。とにかく落ち着きなされませ」

そんな騒ぎを尻目に、吉田天馬はかんらかんらと豪傑のごとく笑いながら小書院を出て行った。若草湯の主は、天馬と久右衛門を七三に見比べながら天馬のあとを追った。

勇太郎は、

（勝負あったな……）

と思った。よく似た人品骨柄《じんぴんこつがら》でありながらも、用人に羽交い絞めにされながら吠えている町奉行と、それに喧嘩を売りながら颯爽《さっそう》と帰っていった講釈師……これはどちらがうえかは明らかではないか……そう思っているとき、喜内にもぎ取られた槍を奪い返そうとしていた久右衛門が突然動きをとめた。

「そうか……そうであった。太閤じゃ太閤じゃ、猿知恵じゃ！」

「どう遊ばされた」

「喜内、耳貸せ」

久右衛門が喜内になにごとかをささやいている。

「ほほう……ほほほほ、それは面白うございますな」

「で、あろう。千三の仲間に申し付ければなんとかなるのではないかな」

久右衛門はそう言うと悪狸のように笑った。

◇

その月のみそかの日に、「奈良村亭」の出番を終えた吉田天馬は勇太郎と千三に呼び出された。

「用件はなんでござろうや。私もいろいろ忙しい身で、そちらの言うとおりには動けぬ」

「ま、ま、ま……わかってますがな。今日のところはぐっと我慢しとくなはれ。けっして悪いようにはしまへんさかい……」

千三が下手に出た。

「この方角は……町奉行所に連れていくつもりかのう。その儀ならば、ご無用に願いたい。私のほうでは、あの御仁と話し合う余地はないのだからな」

「行き先は町奉行所ではありません」

「では、どこだ。大西の芝居か」

「ちがいます。着けばわかりますよ」

御霊神社から東に向かったあと、東横堀の一本西の筋を南へと下る。

「先生、あれでおます」

千三が指差したところを天馬は遠見した。

「ま、まさか……」

それは、講釈場「若草亭」が建てられるはずの土地だった。更地だったその場所に、なんと一軒の家が建っているではないか。

「き、昨日あそこを通り合わせたるときは影も形もなかったぞ。どういうことだ」

立ち止まって瞠目《どうもく》する天馬に勇太郎が言った。

「明日までに講釈場ができあがれば、訴えを取り下げてくださるのでしたね。講釈場はこうして、ちゃんとできあがりました」

「むむ……たしかに……どうやって建てたのだ」

千三が得意げに、

「わての知り合いにこういうことに達者なもんがいとりましてな、その連中に助けてもろたんだす」

「うーむ……だとしてもたいしたものだ」

勇太郎が横合いから、

「うちのお頭は約束を守りました。つぎはあなたが約束を守ってください」

「よし、わかった。この吉田天馬、講釈師は二枚舌などと言われておるが、そのようなことはない。講釈場ができたるうえからは、訴えを取り下げ申そう」

「間違いありませんね」

「講釈師に二言はない」

「ああ、よかった。――では、お近くでよくご覧ください」

ふたりは天馬を講釈場へと連れていった。入り口には「若草亭」と大書された大きな提灯が掛けられている。だが、建物の細部が見えてくるにつれ、天馬は首を傾げはじめた。

「どうもおかしい。柱の色合いが妙だ。屋根瓦も、くっついているようではないか。入り口ものっぺりとして、まるで……絵のようだ」

そう口にした途端、一陣の風が吹いて、建物の正面がべろりとめくれあがった。その後ろには、材木と竹を組み合わせて造られた骨組みが見えた。天馬は走り出した。そして、若草亭のまえに立つと、

「なんじゃ、これは！」

「講釈場でおます」

「なにを言う。ただの書き割りではないか！」

「そうですねん。わての知り合いの芝居の大道具連中総出でこしらえてもろたんだす。わてらも手伝うて、徹夜でようよう仕上げましたんやが、どないだ？　夜目遠目なら、まがいものには見えまへんやろ」

「この吉田天馬をたばかりよったな！」

　勇太郎が申し訳なさそうに、

「悪いとは思いますが、さっき約束を守ると申されましたのを俺はこの耳で聞きました。訴えは取り下げていただけますね」

「私は、一日までに講釈場ができて、そこで講釈ができるならば……と申したのだ。こんな作り物の家では披露目はできぬではないか」

「そんなことはないぞ」

　書き割りの陰から現れたのは大邉久右衛門と赤壁傘庵、若草湯の主だった。

「講釈はもともと露天で行われていたもの。しばらくまえまでは屋根もない葭簀《よしず》囲いの小屋で興行しておった。力のある講釈師ならば、この場でもやってやれぬことはなかろう」

　久右衛門がそう言うと、若草屋の主も、

「わてもそう思います。普請の許しに下りたのやさかい、家ができあがるまで、披露目はここでやったらええんとちがいますか。吉田先生が野天でやりはるやなんて、評判になりまっせ」

吉田天馬は赤鬼のような形相で久右衛門をぐうっとにらみ、大きく息を吸った。

「諮《はか》ったな、西町奉行！」

「いや……おまえが怒るのも無理はない。なれど、これはわしが思いついたる軍略でな……」

久右衛門がそう言いかけると、天馬は書き割りの講釈場を見つめて、

「うはははははは……」

と笑い出した。

「ははは……うははははは……ようもこの天馬を騙《だま》したものだ。墨俣一夜城ならぬ、本町一夜講釈場、見事なものだ」

天馬は、川向こうの西町奉行所まで届くほどの大きな笑い声を立てている。

「これは参った。一本取られたというやつだ。なるほど、野天でも講釈はできる。これを断れば、吉田天馬、腕のない講釈師ということになってしまうわい」

「ならば、訴えは……」

「取り下げよう。大邉さまが思いついた軍略と仰せになられましたのう」

「いかにも言うた」

「日頃、軍談をよう聴いてくださっている証でござる。大邉さまみずから、この『若草亭』を建てるのを手伝うたのでございますな」

「わかるか」

「わかりますとも。額や腕にかすり傷がある。おそらくは昨夜夜通しで材木や竹を運び、組み立てなされたのかと……この天馬、恐れ入りました。いつまでも意地を張っていてもしかたない。訴えは取り下げ、嵐三十郎の『太閤記』を野天の講釈でもって盛り立ててやりましょうぞ」

「おお、それはかたじけない」

久右衛門がそう言ったとき、けたたましい足音が聞こえてきた。勇太郎がそちらを見ると、尻端折《しりっぱしょ》りをした繁太だった。

「やっと見つけやしたぜ！」

彼は手拭いで汗を拭きながら講釈場の戸にもたれようとしたが、戸は紙だったのでそのまま倒れ込んだ。

「な、なんでえ、こいつはどうなってるんでえ」

千三に助け起こされた繁太は、気を鎮めながら勇太郎に言った。

「養老屋は、笠屋町《かさやまち》の裏長屋にいたんでやすが、落ちぶれたせいで世間をはばかって名を変えてやがったんで手間ぁ取りやした」

繁太がたずねていくと、今は日雇い仕事で食いつないでいるという養老屋は、もとが大きな酒屋の主だったとは思えない零落ぶりだったという。母親の癪《しゃく》を診てもらったのがきっかけで医者の米沢道竜が出入りするようになった。身なりも立派で、療治もていねいで、しかも物知りなのですっかり信用していたが、あるとき、店で扱う酒の味がおかしくなるという事件が起こった。だれかが酒樽に酢かなにかを入れたようなのだ。これでは売りものにならぬ。そんなことが幾度も続いた。そのうちに道竜は、霊験のある金泥院星洞という僧を伴ってきた。星洞は店のなかを見回して、

「この店には蛇が憑いておる。この店の先祖に蛇を殺したものがいて、殺された蛇の霊が悪さをしておるのじゃ。酒蔵の梁《はり》のうえに、蛇の抜け殻が置いてあるのがその証である」

と言い放った。まさかと思いながらも、丁稚に探させると、たしかに梁のうえで蛇の抜け殻が数枚見つかった。梯子《はしご》を掛けねば上れぬようなところなので恐れ入り、

「どうすればお巳《み》ぃさまが退散してくれるでしょうか」

「わしが祈禱をしてやろう。ただし、一度では足りぬ。四度、五度……ときには十度《とたび》にも及ばねば、憑きものは去らぬ。町の祓い屋などが、たった一度の祈禱で狐を落としたの狸を去らせたのなんのと言うておるが、あれはみなまやかしでのう、まことの憑きものは人智《じんち》を超えたるもの、とても一、二度では退散せぬ」

それから養老屋は幾度となく祈禱をしてもらった。そのたびに千両が礼金として消えた。祈禱をしてもらってしばらくは、酒の味は変わらぬのだが、忘れたころにまたぞろ酢が投げ込まれる。金も乏しくなり、ほとほと困り果てた養老屋は、なんとかあと一度で蛇に去ってもらうことはできないかと星洞にたずねると、

「ないこともないがむずかしいぞ。おまえにはできまいて」

「できるかできないか、どうぞ言うだけおっしゃってみてください」

　そこで星洞が言ったのが、

「巳年巳の月巳の日生まれ……巳の年月が揃ったものの生肝を取り、それを煎じて飲ませれば、蛇霊はたちどころに去るであろう」

　それを聞いた養老屋は、出入りの手伝いなどに金を渡して「巳年巳の月巳の日生まれ」がいないかとひそかに探させたが、そのような都合のよいものが見つかろうはずもない。養老屋はあきらめ、祈禱料を渡し続けるしかなかった。そのあと、店の仕入れの金までも礼金として貢いだあげく、高利貸しから借りた金が焦げついて、とうとう店は人手に渡り、彼らは裏長屋に逼塞することになった。

「今にして思えば、酒樽に酢を入れてたのは道竜先生やったかもしれまへん。けど、もうどうしようもおまへんわ。首をくくらんかっただけましだす」

「おめえさんとこのほかにも、道竜と星洞が出入りしてた店を知らねえか」

「ここだけの話でおますけど、両替屋の恵比寿屋はんとこで星洞さんが祈禱してる、ゆうのを人づてに聞いたことがおます。娘さんが重い病やそうで……」

「――なに?」

吉田天馬が眉をひそめた。

「両替商の恵比寿屋といえば、私も世話になっておる。あの娘御が病に伏せっておられるとは……。お奉行もご存知でござろう」

久右衛門も、

「うむ。恵比寿屋とは捨て置けぬ。娘はどういう病なのじゃ」

「それが……なんでも猿が憑いたとか……」

繁太の話を聞いて、勇太郎と千三は顔を見合わせた。

「これはひょっとすると……」

「ひょっとしまっせ」

ふたりの頭のなかには、ある怖ろしい思いつきが浮かんでいたのだ。それに気づいた傘庵が、

「その道竜という医者のことだが……」

「叔父上、なにかご存知ですか」

「われら大坂の医者のあいだでは蛇蝎《だかつ》のごとく嫌われている男だ。ろくな噂がない。金

（冒頭）のためならなんでもする。金貸しまがいのこともしているらしい。坊主と謀《たばか》って、憑きものだなんだという話をでっちあげ、患家から金を巻き上げているやもしれぬぞ。あの男なら、なにをしていてもおかしくはない」

勇太郎は十手を抜くと、

「千三、繁太、行くぞ」

「へいっ」

三人は駆け出した。

◇

「そろそろ潮時かのう」

医者の米沢道竜が言った。

「さよう。恵比寿屋からはむしり取れるだけむしり取った。娘が病で死ぬとか、恵比寿屋が首をくくるとか……そうなると町奉行所が動き出す。ここらで一旦手を引いて、別の獲物を見つけるとしよう」

金泥院星洞が言った。ふたりは道竜の屋敷で酒を飲んでいるのだ。かなり過ごしているとみえ、顔が熟柿《じゅくし》のように赤い。

「それにしても恵比寿屋には驚いたな。たいがいは、生肝を取って煎じ薬にせねばならぬ、と言えばあきらめるものだが、言葉通り受け取りよった。申の年月の揃ったやつが大坂におれば、危ないぞ」

「そんな都合のよい生まれのものが、そうそうおるわけがない」

「それにしても御坊、あれだけ荒稼ぎをしたはずなのにすかんぴんとはどういうことだ」

「博打《ばくち》の目が、半と張れば丁と出、丁と張れば半で出くさるのよ」

「法力のあるはずのお上人がサイコロの目ひとつままにならぬとは……笑止よのう」

「はははは……恵比寿屋が聞いたら怒るだろうな」

「あんたは法力もなにも、修行どころか経を読んだこともないイカサマ坊主だからな。もとはといえば、博打場ですっからかんになった願人《がんにん》坊主の御坊に札を少々融通したのが縁であった」

「それを言うなら、道竜さんだろう。医者の修業をしたことのない偽医者だ」

「偽医者はひどいな。見よう見まねで多少の療治ならできるのだ」

そのとき、唐紙《からかみ》が開いた。

「なんだ。酒のお代わりか……」

廊下に酔眼を向けた道竜の顔がひきつった。

「どうした、道竜さん」

言いながら医者の視線を追った上人の盃の酒がこぼれた。廊下に立っていたのは、恵比寿屋治平だった。手に、匕首を下げている。

「そうやったんか……なんぼ千両箱注《つ》ぎ込んでも病がようならんわけや。偽医者に偽坊主やったとはなあ……」

「聞いておったのか。いや、今の話は冗談だ。わしらはな……」

「身代かたむけても娘の病気がようならん。思い余って、申年申の月申の日生まれの役者を殺して生肝を取ろうとしたけど……どうしても私にはできん。けど……できんでよかった。しょうもない偽医者と偽坊主にだまされて、ひと殺ししてしまうところやったがな」

治平は匕首の刃をじっと見つめていたが、やおらそれを道竜たちに向けた。

「す、すまん。金は返すゆえここのところは……」

「けど、私もおのれの身勝手で見知らぬひとを傷つけてしもた。娘も治らん。もう生きていても仕方ない。あんたらふたりを殺して、私も……死ぬわ」

そう言うといきなり道竜に斬りかかった。

「や、やめぬか！　これ、だれか！　だれか来てくれえっ！」

叫びながら座敷のなかを逃げ惑うが、酒で足をとられて、つんのめったり、転んだりしている。恵比寿屋はめちゃくちゃに匕首を振り回しているが、道竜が煙草盆につまずいてうつ伏せに倒れたところに馬乗りになった。

「うひいいい、助けてくれえっ」

道竜が絶叫したとき、

「もう、それぐらいでやめておけ」

声を掛けたのは勇太郎だった。十手を抜いて、恵比寿屋に突きつけている。

「おまえの店に行ったらこちらに向かったとお内儀に聞いたのでな、間に合ってよかった」

恵比寿屋は涙を流しながら匕首を手放し、

「ああ、なにをやってもうまいこといかん。もうおしまいや」

勇太郎の後ろから、

「そうでもないぞ」

現れたのは赤壁傘庵だった。

「私も医者だがな、今、おまえの家で娘さんを少しだけ診てきた。あの病は治るぞ」

「えっ！　まことでございますか」

「正しい療治を受けていなかったから重くなったのだ。明日、もう一度見舞って、薬を出してやる。私は偽医者ではないから、薬代も安いものだ」

「あ、あ、ありがとうござ……」

います、は涙と鼻水で聞こえなかった。

千三と繁太が手際よく道竜と星洞に縄を掛けた。

「さあ、きりきり歩みやがれ！」

繁太ははじめての召し捕りに昂《たか》ぶっているようだ。

「わしらはなにもしておらぬ。病人を治したい一心で療治をしたり、祈禱をしただけだ。それのなにが悪い。偽医者だと言うが、医者をするのに免状がいるのか。わしらが悪事をなしたという証拠があるのか。縄を解け。解かぬか」

食い込む縄にしきりに身をよじっている道竜に、勇太郎は言った。

「そこにいる恵比寿屋がなによりの生き証人だろう。ほかにも、おまえのせいで店を潰したり、首をくくったものも多いと聞いている。これから詳しい吟味が行われるだろう。申し開きがあれば、そこで申すがよい。そのうえでうちのお頭、西町奉行大邉久右衛門が裁きを下すだろう」

道竜と星洞は大声で喚きたてながら引っ立てられていった。

「おまえもいっぱしの同心になったものだな。刀を抜かず、言の葉だけで召し捕っている。それでいいのだ」

叔父の傘庵に言われて、勇太郎は頭を掻いた。

◇

恵比寿屋の奥座敷で宴が始まろうとしていた。上座に座っているのは西町奉行大邉久右衛門ともうひとり、講釈師の吉田天馬である。身分の差などを考えると、このふたりが同じ上座に並ぶというのは不可思議だが、此度にかぎっては当人たちも、また居並ぶものたちもそれをあたりまえと考えていた。左右に分かれて座っているのは、主の恵比寿屋治平、佐々木喜内、赤壁傘庵、嵐三十郎、その孫娘しのである。勇太郎、千三、そして繁太も末席をけがしていた。

「本日は、ようこそお集まりいただきました」

羽織袴《はかま》を着た主の治平が頭を下げた。

「私の娘の病のせいで、皆さまにとんだご迷惑をおかけいたし、まことに面目次第もなく存じております。幸い、ここなる赤壁傘庵先生のご尽力により、娘の病も薄紙を剝がすがごとく日に日によくなってきておりまして、私も家内も安堵しております。また、嵐三十郎さまにはいくら謝っても謝りきれぬような、ひととしてなしてはならぬことをしでかしてしまい、恥じ入るばかりです。私がここにこうして座っていられるのは、そちらにいらっしゃる村越先生、蛸足の千三先生、雑喉場の繁太先生のおかげでございます」

先生と呼ばれて、勇太郎たちは赤面した。

「本来ならば、私もお縄をちょうだいせねばならぬところを、三十郎さまの慈悲深いお言葉により救われました。ありがたきことでござります」

三十郎が、

「子や孫を持つものとして、お気持ちは痛いほどわかります。さいわい私もかすり傷で済みました。気遣いはご無用でございます」

またしても治平は頭を下げた。しびれを切らした久右衛門が、

「堅苦しい挨拶はやめよ。だれも喜ばぬし、料理が冷める。そろそろ宴をはじめてくれい。腹の虫が鳴り出しそうじゃ」

隣の天馬が、

「それは諸人の迷惑。――恵比寿屋殿、疾《と》く開宴なされよ」

「それでは……」

と恵比寿屋が手を打つと、運び込まれてきたのは山海の珍味である。とても食べきれないほどの分量が並べられた。久右衛門は、

「うひょお」

と思わず声を上げ、喜内に脇腹をつつかれた。

「病後でございますぞ。ご自重くだされ」

久右衛門は顔をしかめた。恵比寿屋がふたたびかしこまって久右衛門に平伏し、

「それでは宴をはじめますまえに、西町奉行大邉久右衛門さまに一言ちょうだいしたいと存じます。大邉さま、よろしくお願い申し上げます」

久右衛門はすでに手にしていた箸を置くと、

「これほどの料理をまえにしてぐだぐだとしゃべるのは愚の骨頂じゃ。皆、これは恵比寿屋の心づくしである。すみやかに食え。わしも食う。今宵は無礼講、うえも下もない。太閤秀吉が北野で催した大茶会と同じである」

北野の大茶会は、京の北野天満宮において秀吉が行ったもので、茶の道に熱心なものは「若党・町人・百姓を問わず」集ってよいとの触れが出された。衣服や履物も問わず、席の上下もなく、どこに座ってもよいという前代未聞の茶会だったという。

「さあ、はじめよ！」

久右衛門はそう言うと、みずから大盃になみなみと注がれた酒を一息に飲み干した。それを合図に、一同は待ちかねたように箸を伸ばした。料理は、海老《えび》の甘煮、ウナギの山椒《さんしょう》焼き、鱈の子の旨煮《うまに》、かまぼこ、豆腐の味噌田楽《でんがく》、厚焼き玉子、鯛とヒラメとブリの刺身、鯛の粗《あら》炊きなどなど贅沢《ぜいたく》極まりない。下戸《げこ》には雑煮が出された。久右衛門は猛烈な勢いで料理を平らげていく。

「御前、病後……」

「わかっておる。うるそう申すな。傘庵もおるゆえ、ぶっ倒れても大事ないわい」

「そんな……」

「それにのう、こやつを見よ」

久右衛門は隣の吉田天馬をこっそりと指差した。天馬も、久右衛門に勝る勢いで料理を食べ、酒を飲んでいる。

「こやつにだけは負けるわけにはいかぬ」

「またしても勝つの負けるのと……心静かに料理と酒を味わうというわけには参りませぬか」

「参らぬ。こやつにだけは……こやつにだけは……」

天馬のほうも、久右衛門と張り合う気持ちがあるらしく、久右衛門が料理を五皿食べればおのれも五皿、十皿食べればおのれも十皿、久右衛門が酒を十杯飲めばおのれも十杯、二十杯飲めばおのれも二十杯……と同じ量だけ飲み、かつ食ろうている。そのうちに、あれだけあった料理と酒はすっかりなくなってしまった。ほとんどが久右衛門と天馬の胃袋に消えたと言ってもいいだろう。

「ああ、食うた食うた」

久右衛門は便々《べんべん》たる腹をさすった。その横で同じように腹をさすっていた吉田天馬が、

「お奉行には、太閤の割粥の逸話をご存知か」

「無論じゃ」

久右衛門は、奈良漬けのときのようにはいかぬぞとばかりに、

「秀吉公が高野《こうや》に上ったとき、好物の割粥を所望した。するとすぐに出てきたゆえ、秀吉はつねに割米を持参していたのは上首尾と家臣をほめた。ところがのちに、じつは割米がなかったので、僧たちや家臣たちが総出で米を包丁で砕いたとわかり、秀吉は無駄な奢《おご》りはしたくない、と言って家臣を叱った……という話じゃな」

割粥というのは、小さく引き割りにした米で作った粥のことで、秀吉はこれを好んで食したという。

「ようご存知でございますな。太閤は粗食を好み、つねに大根やゴボウを食うていたとも聞きまする。天下人ならばいかなる贅沢も思いのままであったろうに、奢りはならじという気持ちをお持ちでござった。われらも太閤を見習いたいものでございますな」

「さよう。食は粗食を旨とし、腹八分目を心がければ、健やかに過ごせるというものじゃ。――のう、傘庵」

傘庵は応えようがなく、黙ってうなずいた。そのとき恵比寿屋が、

「お料理もお酒もだいたい片《ぶ》が付いたかと思います。もう、お腹《なか》がいっぱいではございましょうが、食後のお茶を淹れてまいりました。お茶菓子にみたらし団子も食べていただきとう存じます。みたらしは『玄徳堂』であつらえたもので、たくさん支度させてご

ざいますので、いくらでもお代わりをお申しつけくださいませ」

「ほほう、玄徳堂のみたらしか。食べたかったぞ！」

久右衛門が大声で言うと、熱々の餡がかかったみたらし団子が皆のまえに運ばれてきた。運び手は主の太吉である。醤油の香ばしい匂いが座敷中に広がった。勇太郎も食べてみたが、焦げ目のついた餅に甘辛の餡がからみ、口のなかで溶けていく。餅はしっかりとした歯応えがあるのに、なぜか「溶ける」のである。どうしてだろう……と考えているうちに、あっという間にひと串食べてしまった。二本目に手を出そうとしたとき、またしても天馬が久右衛門に言った。

「お奉行は、この宴を太閤の北野大茶会に例えるほどでござるゆえ、みたらし団子の由来はもちろん知っておられましょうな」

「あたりまえじゃ。もとは京の下鴨神社の御手洗池において……」

久右衛門はみたらし団子の蘊蓄《うんちく》を語ったあと、

「北野の大茶会で秀吉公に献上され、その名が広まったという。今日の宴の締めに適した菓子ではないか」

「その太閤殿下は、講釈のほうではたいへんな大食のお方ということになっておりましてな、矢矧の橋で頓蔵主《とんぞうす》という占い師の弁当を半分分けてくれと言うて、とうとうまるごと食うてしもうたという話がござる」

「ふむ、それで……？」

聞いていた勇太郎は不穏なものを感じた。

「いかがでござろう。お奉行と私でみたらし団子の食い比べをするというのは……」

久右衛門は不敵な笑みを浮かべると、

「よし、受けてたとう」

喜内があわてて、

「病後……病後でございまするぞ！」

「やかましい！　この大邉久右衛門は武士ぞ、侍ぞ。侍が勝負を挑まれて、病後だからとあとに引けるか。たとえこの身朽ち果てても戦うのが武士の道であろう」

大食いは武士の道でもなんでもない。

「よう申された。それでこそ真の侍でございます」

天馬がそう言うと、喜内は天を仰いで嘆息した。嵐三十郎が審判役となり、

「勝負は時の運、どちらが勝っても恨みなし。では……はじめ！」

ふたりは凄《すさ》まじい勢いでみたらし団子を食べ出した。天馬は、みたらしの串をまっすぐに口に入れると、歯で一度に団子をしごき落として、丸のみにしている。それを見た久右衛門も真似をしようとしたが、串が喉に刺さりそうになったらしく、横ぐわえにしてしごくやり方にした。いずれにしても、大量の蜜がぼたぼたと畳に落ちて、そこいら

はぬるぬるになった。膳のうえに串が山のように積み上げられていく。

「太吉、どんどん焼いてこい。まだまだ食えるぞ」

久右衛門が食べながら怒鳴る。

「へい、お奉行さまがお越しと聞いて、注文は五十本でおましたけど、勝手に五百本支度しておきました」

「でかした……と言いたいが、五百本では足りぬかもしれぬぞ」

「ひえぇ……ほな、今からお庭先を借りて餅つきをいたします」

喜内は青い顔で、

「せっかく腹具合が治ったのに……これではまた逆戻りだ」

そんな声も聞こえぬようで、ふたりはひたすらみたらしを食べ続けている。もはや座敷のなかのだれも、団子を食べていない。呆れ果ててふたりの食べっぷりを見つめている。勇太郎が感心したのは、勝負ではあるが、どちらも「美味そうに」食べていることだ。ぱくぱくぱくぱく、と勢いよく団子が口のなかに消えていく。見ているとつい、腹が空いてくるような気になるほどだ。

「傘庵先生、『いかん』と思われたら試合をとめてくだされ。お願いいたします」

喜内がやきもきしながらそう言うと、傘庵もうなずいて、

「いや……本来ならとうにとめるべきでしょうが……もはや私にもわからない。どちら

も食の鬼神のようでありますな」

残りが百本ほどになったあたりで、天馬の様子が変わった。それまでは太鼓で速い拍子を取るように食べていたのが、少し調子が落ちた。すでに腹いっぱいになっているようだが、久右衛門をにらみつけながら団子を口に運ぶ。久右衛門の速さは落ちない。やがて、天馬はゆっくりゆっくりになった。久右衛門も相当きているはずだが、顔は涼しげである。これみよがしに、串についた餡をすすってみせたりしてわざと余裕を見せる。

「ううむ……ここで負けては講釈師の名折れ……」

天馬は数本まとめて口に突っ込んだが、そこで串を引き抜くことができなくなり、白目を剝いて前のめりに膳のうえに倒れ込んだ。

「勝負あった！」

三十郎が高らかに叫び、久右衛門は太い両腕をぐいと挙げた。傘庵が天馬に駆け寄り、口から串を引き抜くと、天馬は団子を飲みくだし、

「無念……残念でござる」

久右衛門は天井を向いて大笑いして、

「ぶはははは……参ったか、天馬。わしはまだまだ腹八分目じゃ。これで大鍋食う衛門はもとどおり蘇《よみがえ》ったぞ。わしに挑むなど百年早いわい！」

皆が心から恐れ入った。

「どうじゃ、喜内。歳は取っても腹に歳は取らせぬぞ」

さすがの喜内も返す言葉がなかった。久右衛門は扇子を広げ、

「天晴《あっぱ》れじゃ。わが胃の腑よ、たのもしいぞ。褒めてとらせる。天晴れじゃあ！」

そう叫んでおのれを扇《あお》いだ。扇子には、「食えば食うほど調子が上がる」と書かれていた。そして、だれもがその言葉に納得するしかなかったのである。

（注一）史実によると、それまで行われていた講釈ダネを集めた『太閤真顕記』（白栄堂長衛著）をもとに寛政九年、武内確斎が著した『絵本太閤記』は大坂でたいへんな評判となり、享和《きょうわ》二年までに八十四冊が刊行された。その人気に乗りかかる形で、寛政十一年七月には豊竹座《とよたけざ》にて人形浄瑠璃「絵本太功記《たいこうき》」が初演、翌年には歌舞伎に移植されて「恵宝《えほう》太功記」の題で角《かど》の芝居において演じられ、たいへんな入りを取った。
しかし、『絵本太閤記』は文化元年に突然絶版を命じられ、その後も江戸時代を通してたびたび発禁の憂き目にあったが、そのたびに生き延びて今日《こんにち》まで読み継がれている。
（注二）ここでいう瓜の漬け方は、根岸鎮衛《ねぎしやすもり》の『耳嚢《みみぶくろ》』巻之七「漬ものに聊《いささか》手法ある事」によったが、本当かどうかは知りません。

第三話

猫《ねこ》をかぶった久《きゅう》右衛《え》門《もん》

「俺に、猫を……探せ、というのですか」

村越勇太郎は思わず大きな声を出した。小糸にからかわれているのかと思ったのだ。

だが、目のまえの小糸の顔は真剣だった。

「はい。よろしくお願いします。──あなたからもお頼みなさい」

うながされて、小糸の隣に座った少年も床に頭をすりつけ、

「村越さま、どうか……どうかトラをお探しくだされ」

勇太郎は憮然《ぶぜん》としてふたりの顔を見つめるしかなかった。

1

◇

ことのおこりはこうである。

泊番《とまりばん》明けの早朝、勇太郎は眠い目をこすりながら同心町の自宅へと向かっていた。

天神橋を渡っていると、川面《かわも》がきらきらと朝日に輝いて、なんともいえぬ清々《すがすが》しさだが、

（眠い……）

勇太郎は、徹夜が苦手だった。日頃から、たっぷり寝ないと身体《からだ》の具合がおかしくなる性質《たち》だ。泊番のときは、その前夜、なるべく早く床に就くようにしていたが、一昨夜は盗賊吟味役与力《よりき》の鶴ヶ岡雅史《つるがおかまさふみ》に誘われ、遅くまで飲んだためほとんど寝ていない。妻を六年まえに亡くし、こどももいない鶴ヶ岡は、ときおり勇太郎たち同心を飲みに連れ出す。ただで飲み食いさせてもらうのはありがたいことではあるが、かならずといっていいほど「朝まで」になる。翌日の務めに差し障るのが難であった。鶴ヶ岡が飲みに行く先は、判で押したように老松町《おいまつちよう》にある馴染《なじ》みの料理屋「大伊狸屋《おおいりや》」に決まっている。仁太《じんた》とさだという夫婦ものが切り盛りしている小体《こてい》な店だが、料理も美味《うま》く、値も安いので、おごってもらうのに気兼ねしないですむ。さんざん飲み、さんざん食べたあと、国分町にある屋台店に流れ、朝まで飲んだ。それゆえ、今日の務めはきつかった。あくびでもしようものならたちまち岩亀与力の叱責が飛んでくるだろう。勇太郎は眠らないように目を開けているだけで必死だった。

白々とした明け方、朝晩同心への引き継ぎを終え、迎えにきた家僕の厳兵衛に御用箱を持たせて帰途に就く。家に着いてもまだ、母のすゑも妹のきぬも起きてはいないだろう。こういうときは昨夜の残りの冷や飯に、これも残りものの味噌汁《みそしる》をぐらぐらに沸か

したものをぶっかけた「汁かけ飯」を作って、冷や酒一合とともに大急ぎで食べたあと、布団に飛び込むにかぎる。眠ることだけが楽しみだ。

「若、そろそろ梅が咲きかけとりますなあ」

厳兵衛は、病没した勇太郎の父柔太郎のころから二代にわたって村越家に仕えている。彼にとって勇太郎は、いまだに「若」なのである。

「そうか……？」

気のない返答に、

「若、ちょっとは花や月に心を寄せたほうがよろしいのやおまへんか」

「花や月？　俺は好きだぞ。花見で一杯やるのも、月見で一献傾けるのも風流なもんだ」

「若は花より団子だすなあ」

「団子も好きだ」

「そやのうて、花を見て歌を詠んだり、月を見て発句をひねったりするのはどないだす」

「そっちはどうも苦手だ。といって、剣術も好きではないがな」

「近頃若は、酒と食いもんのことしか考えてはらへんのとちがいますか」

大邉ぎくり。たしかにそうかもしれぬ、と勇太郎は思った。だが、彼だけではない。大邉久右衛門が赴任してからというもの、西町奉行所の与力・同心は皆、少なからず感化されている。

「まあ、歌や発句とまでは言わんでも、たまには飲み食いを離れて、芸事のひとつも手掛けんと、女子《おなご》にもてまへんで」

「芸事？　三味線や浄瑠璃《じょうるり》か」

「ほかにもおまっせ。踊りやら長唄、地歌に太鼓……。綾音はんに教えてもろたらどうだす。——あ、今は綾音はんには習いにくおますか」

「いらぬ気をつかうな」

勇太郎は、座敷で長唄を歌っているおのれの姿を思い描いてぞっとした。

ふたりは川崎東照宮《かわさきとうしょうぐう》の西側の道を通って、北へと向かう。このあたりは「東寺町《ひがしてらまち》」の名のとおり、寺がやたらと多い。太閤《たいこう》秀吉が大坂城の守りを固めるため、近くの寺をここに集めて寺町としたのがはじまりだ。そののち徳川の世になったとき、摂津の城主松平忠明《ただあきら》は夏の陣で焦土となった大坂の復興を行ったが、そのときに天満堀川《てんまほりかわ》の東に東寺町、西に西寺町を作った。寺の数は、東寺町だけでも十八もある。その向こうが、勇太郎たち町奉行所の同心の拝領屋敷が並ぶ「同心町」である。

家が見えてきたあたりで、勇太郎は大きなあくびを何度もした。

「若、口から五臓が見えてまっせ」

「うるさい。——厳兵衛、おまえは元気だな」

「へへへ……若が勤めてはるあいだ、ぐっすり寝てますさかいな」

主従が軽口を言い合いながら、同心町を目指して歩いていると、

「おんや……？　あれ、小糸さんやおまへんやろか」

厳兵衛が言った。勇太郎が目を凝らすと、なるほど、だいぶまえを歩いている二人連れのうち片方の後ろ姿が小糸に似ている。しかし、こんな早朝に家まで来るとは思えぬ。それに、女の連れているのは男児のようである。

「他人の空似だろう」

「いえいえ、あれはたしかに小糸さんだっせ。若、惚《ほ》れた女子の見分けがつかんようでは困りますなあ。そういうとこが若の……」

「馬鹿！　俺はなにも小糸殿に惚れてなど……」

怒鳴りかけたとき、まえを行く二人連れは道を折れた。そこには村越家があるのだ。

「ほら、見てみなはれ」

厳兵衛が勝ち誇ったように言ったときには、勇太郎はすでに走り出していた。今にも門をくぐろうとしているふたりに追いつこうと必死に駆ける。その足音が聞こえたとみえ、

「勇太郎さま……」

振り向いたのはやはり小糸だった。日頃は病がちな父親にかわって岩坂道場の代稽古を務めているため、他出するときも稽古着のままだったりするが、今日は武家娘らしい

装いである。

「勇太郎さまは近頃御用繁多でございますか」

「いえ、さいわいにして大坂市中は安穏としております。差し迫った案件もなく、奉行所でも欠伸《あくび》を嚙《か》み殺すだけ。暇を持て余している次第です」

一応、そう応えたが、わからぬのは隣にいるこどもである。七、八歳だろうか。着物は擦り切れて、柄がわからぬほどにぼろぼろである。あちこちにつぎはぎが当ててあるが、袖などはボロ雑巾のようにほころびている。いかにも「長屋の子せがれ」といった風で、丁稚《でっち》奉公にあがるまえの男の子には珍しくはないが、勇太郎が目をとめたのはその顔である。色あくまで白く、眉は凜々《りり》しく、目は細く、澄みきっている。利発で、気品を感じる面立ちだ。そのこどもが深々と頭を下げ、

「おはようございます。西町奉行所同心村越さまとお見受けいたしまする。わたくし、はじめて御意を得まするが、主《あるじ》とともに安堂寺町《あんどうじまち》に住まいいたしまするものでございまする。よろしゅうお願い申し上げたてまつりまする」

その声は涼しく、軽やかだった。勇太郎はぎょっとして、

「は……はは……そ、それがしはその……同心町に住まいいたしまする……」

小糸が口もとを押さえて笑うと、

「私もはじめは驚きました。いつもこのような話し方なのです。——勇太郎さま、本日

はこの子のことで、お頼み申したい儀有之《これあり》、早朝をもかえりみずおうかがいしました。どうやら泊番からのお戻りのご様子。さぞかしお疲れでございましょうが、ほんの少し、お話を聞いていただけませぬでしょうか」

「いえ……まるで疲れてはおりません。小糸がわざわざ出向いてきたのを断るわけにはいかぬ。疲れている。眠たい。しかし、

勇太郎が客間でふたりと相対していると、厳兵衛が茶を持ってきた。どうぞお入りください」

「いえ、一向おかまいなく」

そう言ったのは小糸ではなく、少年だった。いったいなにものだろう……と勇太郎は男児の顔を穴のあくほど見つめたが正体はわからない。茶で喉をうるおした小糸が、

「ご不審はごもっとも。このものとは、十日ほどまえに知り合いになったばかりなのです」

「それで、改まってお話というのはなんでしょう」

「その話をするまえに、勇太郎さまにまず、『承知した』とおっしゃっていただきたいのです」

「話のまえに、ですか。それはできかねます。俺の手に余ることかもしれませんし……」

「そんなことはありませぬ。勇太郎さまならできます。それゆえ、まずは『承知した』と……」

「無茶なことを……。小糸殿のお頼みならば、できるかぎりのことはいたします。まずはお話しください」

「勇太郎さまに断られたら、ほかに頼るお方がいないのです。はじめに承知した、引き受けた、任せておけとおっしゃってください」

困り果てた勇太郎は、

「わかりました。——承知しました。これでよろしいか」

小糸は笑顔になり、

「さっそくお引き受けいただいてありがとうございます。では、お話し申し上げます」

十日ほどまえの朝早く、小糸は安堂寺町の通りを歩いていた。赤壁傘庵のところに父親の薬をもらいにいくところだったのだ。ある裏長屋のまえにさしかかったとき、怒鳴り声が聞こえた。

「おい、払うんか払わんのかはっきりせえ」

ちらとそちらを見ると、荷売りの八百屋が天秤棒《てんびんぼう》をつかんで大声を上げている。

「朝商い、忙しいんや。根深一把《ねぶかいっぱ》で五文、早《は》よ出さんかい」

商人《あきんど》と客が値段で揉《も》めているだけだろうと、立ち去りかけた小糸だったが、

「申し訳ないが八百屋殿、五文は払えませぬ」

家のまえでそう返答したのは、まだ七、八歳のこどもだったのだ。思わず足を止めて、

身を乗り出した。

「銭がないなら、なんで呼び止めたんや。忙しいのに冗談《てんご》抜かしたんやったら、この朸《おうご》で頭カチ割るで」

「銭はございますが、あなたの言い値では払えませぬ。お隣の熊吉《くまきち》殿のところでは、その根深一束四文とおっしゃっていたのが聞こえました。どうして一軒横の当家では五文になるのです」

「な、なんやと……」

「こどもとあなどり、高《たこ》うふっかけても払うだろうと思っておいでのようでしたので、四文ならいただきますが、五文なら払えませんと申し上げました。ですが、あなたのような商人から買うことは、悪事を尻押しするようなもの。もう結構ですのでお帰りくだされ」

「こ、こ、このガキ！　がたがた抜かさんと払わんかい。朝商いしくじると、一日ゲンが悪いんじゃ。どうあっても買《こ》うてもらうぞ」

「それはそちらの勝手なお考え。当家には当家のやり方がございます。どうぞお通りくださいませ」

「貧乏長屋に暮らしとって、なにが当家じゃ。もうええ、おとなぶりしよったら、えらい目に遭わすぞ！」

八百屋が天秤棒を振り上げたので、小糸が割って入ろうとしたとき、

「ホトトギス、なにをしておじゃる」

家のなかから現れたのは、二十歳《はたち》そこそこの若者だった。男のくせにやけに色白だ。おそらく小糸よりも白いだろう。面長で、三日月眉で、唇が薄い。いわゆる「公家面《くげづら》」というやつだが、髷《まげ》も身なりも町人風である。一匹の虎猫を抱え、おっとりとした動作で八百屋のまえに立つと、

「わが下僕《べえ》がなんぞ粗相でもいたしましたか」

「お、お、おまえはなにものや」

「麿《まろ》は、この家《や》の主でおじゃる。わけあって姓名の儀は平にお許しくだされ」

若者の奇矯な言葉に呑《の》み込まれそうになった八百屋だったが、

「おのれのとこで飼《こ》うとるこのくそガキが、わしを呼び止めたのに根深の値を払いよらんのや。朝商いしくじったらゲン悪い。おのれが主やったら、おのれに払《はろ》うてもらおか」

「ほほう、品物の代を払わぬとはそれはようないな。ホトトギス、なにゆえそのようなことをいたしたのや」

「そうではございませぬ。この八百屋が、わたくしをこどもとあなどり、同じ根深を隣家の熊吉殿のところでは四文、当家では五文で売ろうといたしましたので、断ったまでございます」

「そやったか。——八百屋、それはそちが悪いのう。とは申せ、朝商いし損なうとゲンが悪いと申すなら、四文ならば買い取ってつかわすがどうや」

「じゃかましいわい。こうなったらどうあっても五文もらわな帰らんで」

「それはいたって迷惑。近所の手前もあるゆえ、お引き取りいただこか」

「この公家もどきが！」

八百屋は天秤棒を振り下ろした。小糸が飛び込もうとしたとき、猫を抱いたまま若者は軽々と身をかわした。つづいて八百屋が天秤棒を槍《やり》のように突き出すと、若者は猫を空中高く放り上げるや、天秤棒を左の小脇に抱え、右手に持った扇で八百屋の額を発止《はっし》と打った。つぎの瞬間、落ちてきた猫を扇を持ったままの右手で抱きとめたのを見た小糸は思わず、

「お見事！」

と小さく叫んだ。その瞬間、若者と小糸は目があった。若者は、小糸に向かってにっこり微笑《ほほえ》むと、棒ごと八百屋を突き放した。八百屋は溝にひっくり返り、

「お、お、お、覚えてけつかれ！」

散らばったネギを拾い集めると、あちこちにぶつかりながら長屋の路地を出ていった。

若者は、小糸に向かって一礼した。その動きがなんともいえずたおやかで、まるで歌舞伎の女形の所作を見ているようだった。

「従者の危難、お助けいただきありがとうおじゃります。――ほれ、ホトトギス。おまえも礼をせぬか」

「ありがとうございます！」

「い、いいえ、私は見ていただけで、なにもしておりませぬ」

「目で、ご助勢いただいとりました。我々になにかあったらすぐに助けたろ、というのが伝わり、心丈夫でおじゃりました」

　若者の言葉ははんなりとしていた。

「あの……お公家衆でいらっしゃいますか」

　若者は驚いたように、

「麿が公家の出であることがわかりますか」

「わかります」

　若者はため息をついて、

「ホトトギス、隠しておるつもりでも、顕《あらわ》れるものやなあ」

　まるで隠せていない、と小糸は思った。

「そちらのこども衆《し》は、ホトトギスさんとおっしゃるのですか」

「これはわが従者でおじゃる。わが家は代々、召しつかうものにはウグイス、ホトトギス、ツグミ、ヒバリ、タズ（鶴）……といった鳥の名をつけるのがならわしでおじゃりましてな……」

ホトトギスと呼ばれた少年はきりっと顔を上げ、

「わたくしはこども衆ではございませぬ。猫守り役でございます」

「猫守り役……？」

そのとき、若者の腕のなかで猫が「にゃああ」と鳴くと、地面に降りた。首に赤い紐《ひも》を巻いている。

「失礼ですが、お名前をお教えいただけますか」

小糸が言うと若者は困ったような顔になり、

「わけあってわが姓名は申し上げかねまする」

「その儀なればさきほど八百屋に申したのをお聞きしました。そうではなく、この猫ちゃんの名前です」

若者はホッとしたように、

「トラと申します」

トラは、おのれの名を呼ばれたのがわかったのか、ひょっこり顔を上げ、小糸の着物の裾に顔をこすりつけた。

「これ、トラ。お武家の娘御に粗相をするでない」

「いいんです。可愛《かわい》い……」

小糸はしゃがんで、猫の喉を撫《な》でた。ホトトギスが首をかしげて、

「これは珍妙。トラがわれらのほかになつくとは、めったにないことです」

しばらくトラと遊んだあと、小糸はホトトギスに、

「私は、与左衛門町で町道場を開いている一刀流岩坂三之助の娘で小糸と申します。なにかあったらたずねてきてください」

「はい。本日はありがとうございました」

それがきっかけとなり、小糸は二度ほどその長屋をたずねた。ホトトギスという妙な少年のことが気になり、菓子でも食べさせたい、という軽い気持ちからだった。一度はふたりとも留守だったが、二度目にはあの公家面の若者が出てきて、

「お上がりいただきたいのですが、なんとも汚く、狭く、こちらでの立ち話でご容赦願います」

若者が、恐縮そうではあるが頑として通すことを拒む。家のなかを見せたくないらしい。菓子は受け取ってくれるのだが、

「我らのことを気にかけてくださるのはうれしゅうおじゃりますが、麿とホトトギスのことはどうかそっとしておいてくだされ」

かかわりあいにならぬほうがよい、と暗に示しているのだ。よけいに気になるが、それ以来その長屋を訪れることはなかった。

「それが……昨夜遅く、この子が訪ねてきたのです」

小糸によると、昨夜というよりも明け方近くに、岩坂家の門を激しく叩《たた》く音がする。眠い目をこすって下男が応対すると、

「ここをお開けくだされ。火急の用件でございます」

その声が年少のもののようだったので、下男は怪しんだ。こどもの悪戯《いたずら》かと思ったのだ。

「どちらさまで……」

「ホトトギスと申します」

「——はあ？」

まちがいなくなぶられてる。

「まだ夜も明けてないし、近所にも迷惑や。朝になってから出直しなはれ」

「ご不審はもっともなれど、岩坂小糸さまに安堂寺町の長屋に住まいするものとお取り次ぎいただければわかると思います。お願いいたします。お願いいたします！」

声には悲痛な調子があった。

「うーん……しばらく待っとくなはれ」

小糸の名を出され、下男はしかたなく奥へと入り、小糸の寝間に廊下から声をかけた。しかし、小糸はいなかった。すでに身支度を調え、道場でひとり素振りをしていたのだ。

突き、下男の報《しら》せを聞いた小糸はすぐにホトトギスを招き入れた。ホトトギスは玄関に両手を

「先日のわずかな縁を頼って、お願いに上がりました。わたくしを……いえ、われら主従をどうかお助けくださいませ」

まっすぐに小糸を見つめて、はきはきと言った。言葉に心情があふれている。

「私にできることかどうか……まずは、どうぞお上がりください」

「いえ、ここで結構です」

主人と同じく頑固である。小糸はあきらめて、

「わかりました。ここでうかがいましょう」

「じつは……」

小糸は話を聞いて、まずは呆《あき》れた。ホトトギスは「トラを探してくれ」と言うのだ。

「トラとは……あの猫ですか」

「はい。猫を逃がすようでは猫守り役とは申せません」

「トラがいなくなったのですか」

「はい……私がうっかりしておりました。いつもは外に出すときは私か主がかならず抱いて、遠くに行かぬようにしているのですが、今朝は主が留守で、私が抱いて長屋の井戸のところまで行ったところ、野良犬が吠《ほ》えかかりまして、驚いてトラは私の腕から飛

び出し、走り去ってしまいました。私はそれから今までトラを探し歩きました。赤い首輪が目印になるので、それを手がかりにあちこち回りました。はじめは長屋の近くを探しましたが、見つからないので少しずつ広げていき……もしかしたら勝手に戻っているかも、と幾たびも家に帰りましたが、戻った様子はなく……ああ、もうどうしたらよいのか……」

「それでは一日中猫を探していたのですか」

「はい。――途中で、赤い首輪をした猫を見なかったかと声をかけたひとたちに、近頃は小遣い稼ぎの猫捕りが多い、連中は野良猫を捕まえて三味線の皮にする、という話を聞きました。早く見つけないとトラが三味線になってしまいます。私はどうしたらいいのでしょう。このままでは……主のもとには帰れません。夜通し探しても見つかりません。隠れて暮らす我々、ほかに頼る相手もなく、こうして小糸さまを訪ねてまいったのです」

それまでおとなびた態度だったホトトギスが悄然《しょうぜん》としている。その様子を見て、小糸は言った。

「ただの猫ではないのですね。なにか子細があるのでしょう」

「はい。――ですが……それは申せぬのです。なにもお聞きにならず、猫を探していただくわけにはまいりませぬか」

「それはよいのですが……私にも猫をどうやって探せばよいのかはわかりません」

「そうですか……」

がっくりとうなだれるホトトギスに、小糸は言った。

「あきらめることはありませぬ。私は、ひと探し、もの探しに長《た》けている御仁を知っております」

「まことでございますか！」

小糸は勇太郎に、

「それで、こちらに参りましたる次第」

「うーん……」

「勇太郎さまは定町廻《じょうまちまわ》り同心ゆえ、日々、大坂の町を経巡《へめぐ》り、見聞も広く、また、逃亡したる下手人を捕え、また、盗まれたる品々を取り戻すことには慣れておいででしょう。このお役目にはうってつけではございませぬか」

「いや……下手人や盗難の品ならばともかく、猫は……ちょっと……その……」

小糸は勇太郎ににじり寄り、

「お願いいたします。このホトトギスの危難を救うてやりたいのです」

「そうではありましょうが、じつはいろいろと案件を抱えて忙しい身なのです。小糸殿の頼みゆえ、手伝《てつど》うてさしあげたいのですが……」

「まあ、さきほどはお奉行所でも欠伸を嚙み殺すだけで、暇を持て余しているとおっしゃった……あれは嘘《うそ》でございましたか」

「いや……そういうわけでは……」

「はじめに『承知しました』とおっしゃったではありませぬか」

「それは、小糸殿がそう言えと……」

「それとも、女子の頼みなど聞けぬとおっしゃいますか。勇太郎さまがそのようなお方とは知りませんでした」

小糸は目をうるませて勇太郎を見つめた。頰がかすかに赤く染まり、唇を尖《とが》らせている。その顔に、一瞬だが勇太郎は見とれてしまった。そして、ホトトギスがいることに気づき、大きく咳払《せきばら》いした。

「わかりました。俺になにができるのか、どうすれば猫が見つかるのかはわかりませぬが、できるだけ当たってみます」

まるで打ち合わせていたかのように、間髪を入れずホトトギスが頭を下げた。

「此度《こたび》は、いかいご造作をおかけいたしまするが、なにとぞよしなにお願い申し上げたてまつります」

勇太郎は小糸に目をやると、普段の凜《りん》とした様子に戻っている。いつのまに、あんな手練手管を覚えたのだろう。勇太郎が、

（やられたなあ……）

と思っていると、

「勇太郎、どなたか見えてはりますのか」

ようやくすゑが起きてきた。

◇

大坂西町奉行大邉久右衛門は、布団のなかで目を開けた。なにも用のないときは昼ごろまで寝ていることもある彼が、これほど早く目覚めることは年に幾度もない。障子越しの陽光の様子では、まだ早朝のようだ。

（うう……）

頭の芯が痛い。

（なにゆえ、わしは目が覚めてしもうたのか……）

寝そべったまま久右衛門は考えた。昨夜は遅くまで酒を飲んだ。忍びのものから奉行所の料理方になった「猿《まし》の権平」こと権六を相手に、三升ほど平らげたのだ。権六に酒を勧めると、

「忍びのものは酒は飲みませぬ。咄嗟《とっさ》の折に身体が動かぬと命取りになりますゆえ」

「なにを申す。そのほうは忍びは忍びでも飲食《おんじき》を道具とする『隠し包丁』ではないか。

酒の味も心得ておらねばならぬ。たんと飲めとは言わぬが、少しはたしなむがよい」

「いや、お奉行さまとまともにお付き合いすると、こちらが反吐《へど》をつくことになりますゆえ……」

「ならば、わしはおまえの十倍飲むことといたそう。それならばよかろう」

「十倍、と申されますと……?」

「おまえが盃《さかずき》に一杯飲めばわしはそのあいだに十杯飲む。おまえが二杯なら二十杯、一合なら一升、一升ならば一斗じゃ。これならばわしと付き合えよう。どうじゃ」

奉行にそこまで言われては断るわけにはいかぬ。そんなわけでちょっとした酒盛りが始まった。肴《さかな》は、ありあわせのスルメや煮干しである。久右衛門は権六をからかうつもりで茶碗酒《ちゃわんざけ》をぐいぐいやったが、権六もゆっくりゆっくり茶碗酒を干していく。

（こやつ……存外いける口かもしれぬな）

そう思っているうちに、権六はちびりちびりと五合ほど飲んでしまった。その十倍だから、久右衛門は五升飲まねばならぬが、三升ほど飲んだところ酒がなくなり、それでお開きになった。へろへろになって寝床に入ったのは、八つほどであった。つまり、ほとんど寝ていないのに、

（なにゆえ起きてしもうたのか……）

もう一度寝なおそうと、布団を頭からかぶったとき、どこからともなく、なにかの鳴

き声がした。

（また、カラスか……？）

このところ、奉行所の庭にはカラスが出没する。ガーガーうるさいし、徒党を組んで我がもの顔に飛びまわり、白い糞《ふん》を垂らすので、久右衛門は見つけると石を投げて追い払っている。それか、と思ったのだ。しかし、

にー

空耳かと思ったが、そうではなかった。

（なんじゃ……？）

しかも、カラスではないようだ。

にー、にー

庭のほうから聞こえてくるようだ。どうやら、この鳴き声のせいで眠りが破られたものだとわかった。

（猫か。春先はことにうるさいのう……）

ひとたび気にしはじめると、どうしても耳につく。久右衛門は動物があまり好きではない。年少のころ、犬に嚙まれたのがきっかけだが、犬も猫も鳥も進んで飼ったことはない。糞や食べ残しなどで汚れるし、鳴き声がうるさいからだ。それゆえ奉行所の敷地内に犬や猫が迷い込んでくると、用人に命じて追い出してしまうのが常だった。近頃はそんな久右衛門の意を汲《く》んで、命じられるより先に小者たちが見つけ次第捕まえて、門の外に放り出しているようだ。

にー、にー、にー、にー、にー
にー、にー、にー、にー、にー

（ああ、やかましい！　喜内に申し付けて、追い出してやろうか）
そう思ったが、それには一度起きて、喜内を呼びつけ、あれこれ細かく言いつけねばならぬ。面倒くさいし、そんなことをしているうちに眠気が去ってしまうだろう。このまま寝てしまうのが一番……。

みゃあああう！

久右衛門はがばと起き上がると、障子を開け、沓脱《くつぬ》ぎ石のうえで下駄《げた》をはいて庭に降りた。途端、声はやんだ。

（くそっ……声を立てねばどこにおるかわからぬではないか）

久右衛門は広い庭のあちこちを歩き回った。築山《つきやま》があり、泉水《せんすい》がある。松や柿、桜、梅などの木も多く植わっており、石地蔵もある。

（なんでわしがかかる時刻に庭をほっつき歩かねばならぬのじゃ……！）

心のなかの憤りが高まっていく。そして、石灯籠《いしどうろう》の陰に足を入れたとき、なにか柔らかいものを踏みつけた。

ぎゃああっ

思わず久右衛門は足を引き、

「あ、すまぬ」

と声に出して謝ったあと、

「馬鹿馬鹿しい。なにゆえわしが謝らねばならぬのだ」

そう言いながら足もとに目をやった。そこには、一匹の虎猫がこちらを見上げていた。逃げようともせず、威嚇しようともせず、口を閉じてただひたすら久右衛門を見つめている。その愛くるしい目を見ているうちに、久右衛門はおのれでも思わぬ行動に出た。その猫に向かって両手を差し伸ばしたのだ。猫は、すっとその手をかわした。しかし、逃げようとはしない。もう一度両手を出し、

「来い来い、猫来い」

とつぶやく。こういうときになんと言っていいのかわからぬので、でたらめだ。すると、その虎猫は甘えたように久右衛門のけむくじゃらの手に身体をこすりつけると、

　みーや

と鳴いた。

（可愛いのう……）

こういう気持ちが浮かび上がったことに、久右衛門当人も驚いた。動物を「可愛い」などと思ったことは生まれてからこれまで一度もなかったのだ。抱き上げようとすると、くるりと向きを変え、とことことことこ……と行ってしまう。

「待て。どこへ行く」

追いかけたが、逃げるでもなく待つでもなく、そのままの歩調で沓脱ぎ石のところまで行くと、その横の縁の下へと潜り込み、そこに寝そべった。まるで、ずっとまえから

そこに住んでいたかのような落ち着きっぷりだ。虎猫はまた、

　みーや、みー

　と鳴いた。

「こ、これ。声を上げるでない。喜内や小者に聞かれたらなんとする」

　彼らは、久右衛門が犬猫嫌いだと思っているから、すぐに追い出してしまうだろう。といって、

「この猫は気に入ったから飼うことにする」

　と宣言するのも、いい歳《とし》をして「可愛いものにはまった」みたいで照れくさい。年寄りが遊郭の女に入れあげているようではないか。そんな久右衛門の気持ちをよそに、猫はみーみーと鳴く。

「どうしたのじゃ。腹がへっておるのか。よしよし、待っておれ」

　久右衛門はこっそり御料理場へ行き、カンテキに火を入れて味噌汁を温め、それを昨夜の残り飯にかけた。

「猫にはやはり、猫まんまであろう」

　それから、ふと思いついて、ひと握りの削りガツオをそこに散らした。よい匂いが漂

っている。

「美味そうじゃな」

久右衛門は、匙《さじ》でそれを少し食べてうなずいた。

「うむ、美味い。寝起きの汁かけ飯はこたえられんわい」

つぶやきながら半分ほど食べて、

「おっと、いかぬ。みな食うてしまうところであった」

残りを持って庭へ戻ると、虎猫は縁の下から顔を出した。

「見よ、よいものができたぞ」

猫は、汁かけ飯に顔を近づけたが、匂いを嗅ぐだけで食べようとせぬ。

「食え、腹が減っているのであろう。遠慮はいらぬぞ」

虎猫は顔を上げて、久右衛門に向かって「みー」と鳴いた。

「おお、そうか。猫は猫舌じゃ。忘れておった」

久右衛門は汁かけ飯の椀《わん》を持ち上げ、ふーふーと息を吹きかけた。十分に冷ましてから、

「これならよかろう」

ふたたび地面に置くと、猫は喜んで食べはじめた。久右衛門は目を細めながら、

「よしよし、たんと食え」

虎猫はたちまち一椀の汁かけ飯を食べてしまい、もっとくれ、という目で久右衛門を見つめる。

「うーむ……悪いが、わしが半分食うてしもたゆえ、もうないのじゃ。今日のところはこれで辛抱いたせ。明日はもっと美味いものを持ってくるゆえ、な」

その言葉が通じたかのように、猫は首を上下した。

「よいか、わしが呼ぶまで庭に出てきたり、鳴いたりしてはならぬぞ。この奉行所では、わしのほかは皆、ろくでもない悪者ばかりじゃ。気を許すなよ。不自由ではあろうが、隠れておれ」

久右衛門がそう言うと、猫は縁の下に戻っていった。

「首に赤い輪があるゆえ、飼い猫であろうのう。なれど、飼い主も奉行所のなかまではおいそれと入っては来まい。今日からわしが飼い主じゃ。忠義を尽くせよ」

そこまで言ったとき、

「御前《ごぜん》、そんなところでなにをしゃべっておいでです」

突然、喜内の声がしたので、久右衛門は腰を抜かすほど驚いた。見回すと、廊下に用人の佐々木喜内が立っている。

「な、な、なんじゃ、喜内！　そこでなにをしておる」

「それは私が申したきこと。私は、御前がそろそろお目覚めかと寝所にうかがいましたところ、庭側の障子が開いておりましたので、こちらへ参ったのでございます」

「そ、そうか。それならばよい」

「珍しく朝早《はよ》うお目覚めでございますな」

「ふん。わしは町奉行じゃ。早起きせねば片付かぬほどの勤めがあるわい」

「ほほう……」

喜内は鼻をくんくんさせて、

「味噌汁の匂いがいたすような……」

「知らぬ。わしは食うてはおらぬ」

「わかっております。まだ、料理方も朝飯の支度をはじめてはおりませぬゆえ」

「ならば、もうよかろう。下がれ。わしは寝なおす」

「ではございますが、御前はなにゆえ庭に降りておられますので？」

「わしが朝、庭にいて不都合があるのか！　わしは町奉行じゃ。奉行所のなかのどこにおろうと、わしの勝手であろうが！」

「むきにならずともよろしゅうございます」

そう言いながらも喜内が不審げにあたりを見回しているので、

「喜内……喜内」

「なんでございます」

「その……なんじゃ、そのほう、なにか……耳にせなんだか」

「耳に？　なにをでございます」

「うーん……聞いておらねばよいのじゃ」

「気になります。私がなにを聞いていないとおっしゃいますので」

「なんでもない！　忘れろ」

「どうも怪しゅうございますなあ」

喜内は小首を傾《かし》げながら、去っていった。喜内の姿が見えなくなってから、久右衛門は身体をかがめて縁の下を見た。猫は逃げずに、そこに寝そべっていた。久右衛門はにこやかに、

「名をつけてやらねばならぬのう。おまえは小久右衛門ゆえ、小久《こきゅう》にいたそう。小久、くれぐれも申しつかわす。そこから出てはならぬぞ。よいな」

猫はにゃんとも言わなかったが、久右衛門は満足そうにうなずいた。

◇

「あちらがわたくしどもの長屋でございます」

曲がりくねった路地を先に立って歩いていたホトトギスが、前方を指差した。

（これは……聞きしに勝るなあ……）

勇太郎がこれまでに見たなかでは、日本橋《にっぽんばし》の裏通りにある「長町《ながまち》」と呼ばれる一角が抜きん出た貧窮ぶりだった。あそこまでひどくはないが、ここもなかなかのものだ。長屋への入り口にはたいてい木戸があるが、この長屋のそれは「戸」ではなく、縄であった。一間《いっけん》間口、奥行き九尺ほどの狭さで、いわゆる「裏長屋」というやつだ。五軒つづきの家がどれも斜めに傾《かし》いでおり、端にいくほど傾きがきつい。戸や障子も破れてぼろぼろだ。なかには戸がなくてボロ筵《むしろ》や墨を塗った紙を吊《つ》るしているだけという家もある。住人の多くは半裸ですごしているのだ。盗人《ぬすと》は入り放題だが、こんなところに入る盗人はおるまい。その一番奥がホトトギスの住まいだというが、

「――あっ！」

なにかを見つけたのか、ホトトギスは急に駆け出した。トラがいたのか、と勇太郎と小糸もあとを追う。ホトトギスはおのれの家のまえで呆然《ぼうぜん》としている。見ると、戸が壊され、地面に投げ出されているではないか。三人がなかに入ると、水瓶《みずがめ》が割られ、へっついの蓋や大和炬燵《やまとごたつ》、桶《おけ》などが土間に転がっていた。簞笥《たんす》も引き倒されて中身がぶちまけられ、机が裏返しに置かれ、紙や筆、硯《すずり》などが散乱している。押し入れの襖《ふすま》も半分に折られ、畳も剝がされている。

「盗人でも入ったのでしょうか」

小糸が言った。盗人だとすると、かなり乱暴なやつである。日中に押し入り、屋財貨

財をめちゃくちゃに壊している。目立つことこのうえないだろう。

「ホトトギスちゃん！」

そこに入ってきたのは、四十がらみの小太りの女だ。日焼けした顔が蟹《かに》に似ている。

「あ、お隣のおトクさん。なにがあったのです」

「えらいこっちゃがな。わてが井戸端で洗濯しとったら、男が三人来よってな、いきなりここの戸を蹴倒して上がり込みよった。わてが、『なにすんねん！』て叫んだら突き飛ばされてな……」

トクは痛そうに腰をさすりながら、

「先生が出てきはって、『無法者、なにをする！』て言わはったけど、三人組は短い刀を抜いて先生に斬りかかったんや。わては怖かったさかい、よう見んかったけど、そのうちに曲者《くせもの》のひとりがぐったりした先生を肩に担いで出てきよったんや」

「えっ……！　主は……主は殺されたのでしょうか！」

「わからん……。けど、あとのふたりが家のなかをめちゃくちゃにしながら、なにかを探しとる風やった。けど、どうしても見つからんかったみたいで、こいつを連れて帰って、ありかを白状させる……とか話しとったなあ」

勇太郎がホトトギスの肩に手をかけ、

「大丈夫。おまえの主は生きている。でなければ、連れて帰って白状させる、などと言うはずがない。おそらく当て身を食らって気絶させられたのだろう」

「いえ……主は武芸の達人です。やすやすと当て身を食らうとは思えませぬ」

小糸も横合いから、

「私もそう思います。八百屋の天秤棒をあしらった腕前は、並の修行のものとは思えませんでした」

「ううむ……では、その三人はよほどの遣い手ということか」

トクが、勇太郎をじろりと見て、

「あんた、お侍やな。まともなお武家はこんなとこに入り込まんで」

たしかにそうだ。主取りをしている武士がこういう裏長屋を訪れることはめったにない。武士の多い江戸ではいざ知らず、上方《かみがた》ではお歴々の侍だというだけで反感を買う。おまえらの来るところやないとののしられたり、塵芥《じんかい》を投げつけられたり、ひどいときには寄ってたかって袋叩《ふくろだた》きにあい、身ぐるみ剝がされたりすることもある。こんなところに来るのは、世間をはばかる浪人かもしくは……。

「あんた、町同心か」

「はい……」

このあたりでもっとも毛嫌いされるのはもちろん「お上」である。目明し、下聞きなどが入り込んで、素性が露見したら、ときには殴る蹴るの扱いを受けたりもする。同心

ならそこまではないが、歓迎されぬことはまちがいない。どうせ悪態をつかれ、出て行けと言われるだろうと身構えていると、

「ここの先生、ほんまにええひとやった。たぶん身分のあるお方やと思うねんけど、わてらとも気さくに話してくれた。このホトトギスちゃんも変わった子やけど、ごっつええ子やねん。せやさかい、あの先生をなんとか助けとくれ。頼むわ」

「わかった。任せろ」

勇太郎は胸を叩いた。そして、ホトトギスの主人というのはよほど皆に慕われていたのだろうと思った。

「その連中の顔は見なかったのか」

「怖かったよって隠れとったさかいな」

「長屋の、ほかのものはどうだ」

「わてらは出商《でしょうばい》売やから、雨やなかったら皆、朝から家にはおらんわ」

そのとき、小糸がふと思い出したように、

「トク殿は、ホトトギスのご隣家のかたでございますね」

トクは目を丸くして、

「トク殿て……あんた、たまにここへ来る女武者やな。そうや、わては先生の左隣や」

「熊吉さんというお方もお隣だと聞きましたが」

「ああ、熊はんは右隣や」

「もしかしたら、なにか見聞きしておられるかもしれません。お留守でしょうか」

「さあなあ……熊はんはついこないだここに越してきたとこやから、なに商売してはるのか、わてにもわからんわ。けど、朝からいっぺんも顔見てへんなあ」

そう言いながらトクは、熊吉の家のまえに立ち、

「熊はん、いてるんか。いてたらちょっと出てきてんか」

幾度か声をかけたが応えがない。戸に手をかけると、心張《しんば》りもかってなかったらしく、がたぴしと開いた。なかを見て、トクは「あっ!」と叫んだ。勇太郎たちものぞきこんだ。家のなかはがらんとして、家財道具はなにひとつなかった。大慌てで引っ越したらしく掃除もされておらず、埃《ほこり》や芥《あくた》が畳のうえに積もっていたが、だれかが住んでいたという跡はきれいに消え去っていた。

「おっかしいなあ。昨日の夜まで飯炊いてたで。夜中に急に引っ越したんやろか。あんた、なにか聞いてるか?」

ホトトギスはかぶりを振った。勇太郎は、土間から上がり込み、あちこちを調べたが、やがて畳の目に食い込んでいた小さな鉄片をつまみ上げた。

「これは……」

勇太郎はその鉄片をじっと見つめたあと、

「なにかわかりますか」

と小糸に問うた。

「いえ……わかりかねます。勇太郎さまはおわかりですか」

「これは……忍びの者の使う棒手裏剣の破片でしょう」

しばらくはだれも言葉を発しなかった。勇太郎たちは無言で熊吉の家を出た。勇太郎がトクに、この長屋の家主《いえぬし》の家はどこかたずねると、木戸のところにある小ましな家がそうだという。こういう日家賃の長屋の家主は、たいがい木戸のところに住んでいるものだ。長屋から外に出るにはかならず木戸を通らねばならないから、家主はそこで家賃を取り立てるのだ。家賃を溜《た》めると木戸が通れず、出商売に差し支えるので、住人はなんとしても日家賃を支払うしかない。家主の側も必死なのである。

「家主殿、家主殿……」

ホトトギスが呼びかけると、

「はい」

低いダミ声の返事とともに戸が三寸ほど開き、髷を結うこともむずかしいほど頭の禿《は》げた、偏屈そうな老人が顔を見せた。

「今日の家賃か、ホトトギス」

「そうではございません。わたくしの隣家に住まうておられた熊吉殿のことでおうかがいしたき儀があってまかりこしました」

老人はプッと噴き出し、

「あいかわらず固い言葉やな。熊吉がどないかしたんか」

「お引っ越しされたのですか」

「なんやと？　そんな話聞いとらんで。昨日の家賃はちゃんともろうたけど、そのときもそんなことひとことも言うてなかった」

「でも、家財道具はなくなっております」

「あのガキ、夜逃げしよったんか」

老人は戸をすべて開いて、はじめて勇太郎に気づき、

「な、なんじゃ、あんた町同心やな」

不愉快そうな顔をした。ホトトギスが、

「トラがいなくなったので探してほしいとわたくしがお願いしたのです。すると先ほど、主が三人組の盗賊に連れ去られ……」

「な、なんやと、先生が……？　えらいこっちゃがな」

勇太郎は家主に、

「熊吉というのは古くから住んでいたのか」

「いや、ついこないだ……半月ほどまえからだすわ。急にわしのとこへ来て、あそこの

端の家は空いてるか、ゆうて……あの家は雨漏りするから向かいの家のほうがええんとちがうか、て言うても、いや、あそこが借りたい……ゆうてな。まあ、わしは家賃さえきっちり払うてくれたら、どこを借りてもらおうとかまわんさかい」

小糸が、

「ホトトギスの隣を借りたかった、ということですね」

勇太郎がうなずき、

「見張り役として、かどわかす機を狙っていたのでしょう」

家主が憤然として、

「わしの長屋でなんちゅうことさらすのや。あのガキ……請け人がたしかやったさかいつい信用してしもたがな」

本来、たとえ長屋であっても、まえの住まいの家主や、勤め先の主、旦那寺の住職など、身許《みもと》を請け合うものがいないと住めないのが決まりである。しかし、こういう日家賃の長屋の住人のほとんどは、請け人などいない「怪しきもの」である。

「請け人はだれだ」

「それがその……」

家主は言いにくそうに、

「京のお公家衆で、竹小路《たけのこうじ》さまゆうお方でおます。わしらはようわからんけど、大臣《だいじん》家《け》につぐ家柄やそうで……」

「竹小路家といえば、たしか半家《はんけ》で二百石。弓箭《きゅうせん》をもって帝《みかど》に仕える家だ。それがどうして熊吉の請け人なのだろう」

「京に住んでたとき、その家の下男奉公をしてたのや、て言うとりましたわ。わけあって、そのことはひとに言えんさかい、隣近所には内証にしといてくれ、て念を押されて、銀一枚を……あ、これはこっちの内証やった」

家主の話を聞いていた勇太郎がふとホトトギスの顔を見ると、蒼白《そうはく》になって震えている。

「どうした、ホトトギス」

「たいへんなことになりました。隣家の熊吉殿が竹小路家の息のかかったものだったとは……」

そして、路上にもかかわらず勇太郎のまえに両手を突き、

「なにもかもすっかりお話しいたしますゆえ、なにとぞ……主の命をお助けください」

勇太郎は小糸と顔を見合わせた。どうやら、猫探しからひと探しへと頼みごとが変わったようだ。家主の老人も、

「わしからもお頼《たの》申します。先生を助けてやってくだされ」

そのとき勇太郎は、顔をひょいと長屋の屋根に向けた。そして、十手の柄《つか》を握り締め

ながらしばらくじっと目を動かさなかったが、やがて、ほう……と息を吐いた。ホトトギスが、

「トラがいたのですか」

「いや……猫だとしたら化け猫だな」

そう言うと小糸に、

「気づきましたか」

「はい。ちょうど熊吉の家のうえあたりでした」

ふたりはうなずきあった。

◇

「どこだ。どこに隠した！」

薄暗く、黴臭《かびくさ》い場所だ。三方は土壁で、もう一方は格子がはまっている。ひとりの若者が高手小手《たかてこて》に縛り上げられ、彼を数人の武士が囲んでいる。縛《いまし》められているのは、あの公家面の若者だ。顔が赤黒く腫れ上がり、あちこち血がにじんでいる。しかし、目とはあくまで涼しく、昂《たか》ぶった様子はない。落ち着いた口調で彼は言った。

「それは言えぬ。言うたら、三七郎《さんしちろう》、そのほうは麿を殺すでおじゃろう。ゆえに、隠し場所は言えぬのや」

三七郎とよばれた侍は、眉太く、鼻大きく、唇も厚いという「濃い」顔立ちで、ひげ剃《そ》り痕も青々としている。若者の言葉を鼻で笑うと、

「あれだけ探しても見つからぬということは、あのホトトギスとかいう猫守り役が持っているのであろう。あのガキをひっ捕えて、ちょちょいのちょいといたぶれば、すぐに白状するはずだ」

「ほっほっほっ……ホトトギスは持ってはおらぬ」

「なに……?」

「少し考えればわかるはずやな。麿はそのほうどもがやってくるとは思うておらなんだ。今、あれをホトトギスが持っておるとすれば、常平生《つねへいぜい》からずっと持たしておることになる。そんな危ない真似《まね》はせぬ」

「な、ならばどこにある。言え!」

「言えぬ、と言うたばかりやないか。一度申したことはよう覚えておれよ。あの在処《ありか》を麿がしゃべったら、そのほうどもは口封じに麿を斬る。麿が、おのれになんの得にもならぬことをするわけないやろ。——それより、久しゅう会《お》うておらぬが、唯元《ただもと》は息災か」

「あのお方はなにも知らず、呑気《のんき》に茶を点《た》て、歌を詠み、書を書いておられるわい」

「ならばよい。頭は悪いが、血を分けたわが弟や」

「唯俊《ただとし》殿は、その頭の良さが身の不運でござったな」

「おっほほほほ……阿呆《あほう》のほうがよかった。それにしても、よう麿の居所がわかったのう」

そのとき、格子の低いところにある扉が開き、男がひとり入ってきた。無精ひげを生やした貧相な町人である。

「桐生《きりゅう》さま、あの小僧の行方はいまだわかりまへんが、ただ今、大坂の下忍《げにん》どもに下知《げち》して探させておりまするゆえ、ほどなく見つかるものと心得ます」

「ふむ……そうか」

「それと、ちと気になることが……。長屋の屋根に潜んどるとき耳にしましたのやが、あの小僧、もともとは町奉行所の同心に、逃げた猫を探させるつもりやったようです」

「――なに？」

三七郎が血相を変えた。そして、ポンと膝を叩き、

「読めたぞ。そうか、猫か……」

彼はにやにやと笑いながら若者に顔を寄せると、

「唯俊殿、わかりましたぞ。猫に託されたのだな」

若者は応えない。

「ふっふふふ……猫とは考えたのう。なれど、これでもうこちらのものだ。あとはその猫を捕まえて、あれを取り返せばよい」

「どうやって猫を捕まえるのじゃ」

「ふん、いくらでも手だてがあろうわい」

「おっほっほっほっ……探すなら早うせぬとのう。猫は大坂中をほっつき回っておるゆえ、だれかが先に見つけぬともかぎらぬ。そうなったらその方どもはおしまいでおじゃろう」

「うるさい！」

三七郎は唯俊と呼ばれた若者の頬を平手打ちした。

「減らず口を叩いていてよろしいのか。猫が見つかり、例のものが手に入れば、あなたは無用となる。死んでいただくことになるかもしれませぬぞ」

三七郎はそう言い捨てるとどこかへ行ってしまった。侍たちも彼に従った。残された若者は、無精ひげの男に声をかけた。

「よう見ると、そなたさんは隣家に越してきた熊吉やないか。異なところで会うものやのう」

男は苦笑いをして、

「わしは熊吉やない。名張の寸二ゆうもんや」

「名張……忍びのものか」

「京から逐電したおまえとホトトギスの居所を探るために大坂中を探したで。安堂寺町の裏長屋におるふたりがそうやないか、とその隣に住み込んで……ようよう見つけたゆうこっちゃ。手間取らせよったなあ」

「公家侍どもだけなら麿ひとりでもなんとかなったやろうが、妙な方角から手裏剣が飛んできたので避けられなんだ。まさか隣の家からとはのう……」

「わしもまさか、手裏剣三本のうち二本まで打ち落とされるとは思わなんだわい。たしかにあの連中より腕は立つみたいなやな」

「麿の食膳に毒を盛っていたのもそのほうか」

「わしの手下の下忍や。わしらはほかの忍びとちごて、派手な食いものや飲みものを使《つこ》うて、ちびりちびりとだれにもわからんようにあの世に送るのが役目や。おまえ、よう気づいたな」

「猫がな……」

「え……?」

「まあええ。——それより、ここはいったいどこや。お日《ひ》いさんのお照らしがないから暗《くろ》うてわからん」

「それを言えると思うか」

「あかんか」

寸二はその場を離れる際に、

「ほんまに猫探しを急がんとえらいことになりそうや」

とつぶやいた。聞きとがめた若者が、

「ほっほう、それはなんでや」

「あの小僧が頼んだ同心ゆうのが、ちとやっかいなやつでな、一遍ひどい目に遭《お》うたのや。此度はきっちり、あのときの落とし前つけさせてもらうで。でないと、隠し包丁の沽券《こけん》にかかわるわい」

そう言うと寸二は格子をくぐり、部屋を出ていった。

2

勇太郎と小糸は、ホトトギスとともに与左衛門町の岩坂家にある小部屋にいた。ここなら余人に話を聞かれる恐れは、まずあるまい。正面には岩坂三之助が座っている。

「ホトトギス、このお方はわが剣術の師にして、小糸殿の父上岩坂三之助先生だ。このかたなら安心してなにもかも聞いていただける」

ホトトギスは顔を上げ、

「ありがとうございます。それでは、わが主従が長屋住まいをいたすに至った一部始終を申し上げます」

岩坂はホトトギスの双眸《そうぼう》を見つめ、

「うむ、若年に似合わぬ透徹した眼差《まなざ》しをしておる。――話してみよ」

それからホトトギスが物語ったのは、勇太郎たちのあずかり知らぬ京の公家たちの裏事情だった。

若者の名は竹小路唯俊。公家としては、五摂家《ごせつけ》、清華家《せいが》、大臣家、羽林家《うりん》、名家《めい》につづく「半家」に属する。半家はそれぞれの技能をもって帝に仕える家柄で、堂上家《どうじょう》のなかでも位は低いが、なかには高倉家《たかくら》や吉田家《よしだ》、萩原家《はぎはら》などのように七百石から千石もの石高を得ている家もあった。

ちなみに、竹小路家の石高は二百石で、これは町奉行所の与力と大差ない（同心はその六分の一ほど）。公家衆ともなれば、それなりの屋敷に住み、使用人も置かねばならぬし、御所に出仕する際の衣冠束帯《いかんそくたい》も調えておかねばならぬ。もちろん家族も養わねばならぬ。とても二百石では賄えないのである。和歌、蹴鞠《けまり》、華道などの家元を務めたり、医術や武道などを司ることで手当てを得る家もあったが、多くの公家は困窮を極めていた。今は武士の世の中であり、帝をはじめとする公家は武士によって「生かされている」だけなのである。それゆえ、公家たちの暮らしぶりは質素で、屋敷が壊れても修繕もできぬほどで、宮中においてすらネズミが走り、障子の紙が破れたり、桟が折れたままのことも珍しくなかった。食事もつつましく、菜《さい》は焼き豆腐と刻んだ昆布《こんぶ》、それに汁がつくぐらいで、魚を口にすることもままならなかったようだ。短冊書きや『源氏物語』の写本を作ったりといった内職にはげむものもいたが、たいした金にはならぬ。そこで、悪事に手を染めるものが出てくるのだ。

悪徳公家は、無頼漢や食い詰め浪人と変わらない。居酒屋や賭場に巣食い、カモだと見れば食らいついてゆすったりたかったり、脅したりすかしたりして金を巻き上げる。ときには盗人を働いたり、切り取り強盗まがいのことをするものもいた。それほどに困窮していたのだ。

「竹小路家は弓箭と能筆をもって立つ家でございますが、それだけではさほどのおたからにはなりませぬ。ところが、竹小路家は羽振りがようございます。というのも、屋敷のなかで賭場を開いているからなのです」

公家の屋敷なれば、町方、つまり京都町奉行所は手を出せない。集まってくる博徒やならずものたちにとっても安泰の場なのだ。公家屋敷に踏み込めるのは、京都所司代か寺社奉行だが、臭いものには蓋とばかりどちらも見て見ぬふりをしている。公家屋敷で賭場が開帳されているのはけっして珍しいことではなかった。大名屋敷で中間《ちゅうげん》・小者が主公認の鉄火場を開いたり、寺社の本堂で売僧《まいす》坊主が善男善女を集めて丁半の賽《さい》を転がしているのと同じである。もちろん外聞をはばかる行いなので、大っぴらに行われているわけではないが、

「それだけでは俺たちは動けないな」

「はい。ですが……竹小路家は博打場《ばくちば》の寺銭《てらせん》を元手にして、抜け荷を行っているのです」

「抜け荷……！」

勇太郎は絶句した。抜け荷、出買《でがい》となると穏やかではない。徳川家は、阿蘭陀《オランダ》国と清《しん》国以外との交易を禁じており、また、その交易の場所も長崎の会所《かいしょ》に限り、取り引きできるのも認可を受けた商人だけであった。しかし、実際には、高利を求めて抜け荷をするものがあとを立たなかったのである。ことに薬の材料となる高麗人参《こうらいにんじん》や規尼涅《キニーネ》、甘草《かんぞう》、龍脳《りゅうのう》、麝香《じゃこう》などは高額であろうといくらでも需要があり、清国の船と深夜、海上で相対取り引きすることで公儀の目をかいくぐるのだ。公儀も、御用船を出して抜け荷船の取り締まりにあたり、見つけ次第死罪にした。しかし、なかには商人だけでなく、加《か》賀《が》・富山の前田《まえだ》家や鹿児島の薩摩家のように、大名家が勝手向きの助けとするため、家士に命じて特産物を外国に直《じか》に売るという主君公認の抜け荷の例もあり、公儀は取り締まりに手を焼いていた。

「竹小路家は、清国との薬の抜け荷で莫大《ばくだい》な利を上げております。主となっているのは、竹小路家に仕える五人の公家侍で、その筆頭は桐生三七郎と申します」

公家侍というのは、公家が格式を保つため、また、自衛などのために雇っている侍で、俗に青侍《あおざむらい》、生侍《なまさぶらい》ともいう。日頃は用人をしたり、禁裏に赴くときの先触れを務めたりした。

「仕えているといっても、まことはこの五人が竹小路家を牛耳っているのです。公家衆は偉そうなことを申していても、力ずくや狼藉《ろうぜき》には弱いもの。刀で脅されると一も二もなく恐れ入って、言うことを聞いてしまいます。竹小路家は、あの連中が入り込んでからというもの、抜け荷で後ろ暗い金儲《かねもう》けを続けていたそうです。わが主唯俊はそのことに気づき、先代唯由《ただよし》さまに告げ知らせようとしたとき、桐生七三郎は『隠し包丁』なる忍び衆に命じて卑怯《ひきょう》にも唯由さまの食事に毒を盛り、亡きものにしてしもうたのです」

勇太郎は思わず身を乗り出し、

「――なに！　隠し包丁だと！」

その声の厳しさに、岩坂が言った。

「村越、心当たりがあるのか」

「はい。隠し包丁とは、飲食を通じての暗殺を金銭にて請け負い、諸家に入り込む忍びのものたちでございます。先日はこともあろうに西町奉行の殺害を企てました」

「なんと……大邉さまを、か」

「さようでございます。首魁《しゅかい》は召し捕りましたが、そやつが使嗾《しそう》していた『隠し包丁』どもは取り逃がしました。ことになかのひとり、名張の寸二なるものには、手裏剣で不覚を取りました。またぞろやつらが出没したとなれば……借りを返す絶好の機会。これは黙ってはおれませぬ！」

　小糸が口を挟んだ。

「勇太郎さまお気持ちはわかりますが、今はホトトギスの話の先を聞きましょう」

　勇太郎は赤面して座り直した。ホトトギスは咳払いをして、

「先代が亡くなり、長男である我が主唯俊があとを継ぐはずでございましたが、桐生三七郎たちの無理押しによって、次男の唯元君《ぎみ》がお継ぎあそばしました」

「それはおかしい。長男が家督を継ぐのが当然だろう」

　勇太郎が言うと岩坂三之助が、

「武家とちごうて公家のほうでは次男、三男が跡目を受け取ることもまれではないようだぞ」

「さようでございましたか」

　ホトトギスが、

「村越さま、続けてもよろしゅうございますか」

「あ、ああ……お願いします」

「部屋住みの身となりましたが、なにもかも承知している我が主が公家侍たちには邪魔でございます。そのうちに、我が主は病の床につきました。医師に診せても、薬を飲ませても一向ようなりませぬ。どうもおかしいな……とわたくしも思うておりましたとき

に、あることが起こりました」

　ホトトギスの父は禁裏御用の商人だった。その縁でホトトギスは竹小路家に奉公に上がっていたが、父が流行《はや》り病で急死してしまった。あとを追うように母も亡くなったため、ホトトギスはそのまま竹小路家に仕えることになった。ホトトギスの役目は「猫守り役」である。竹小路家は弓箭と右筆《ゆうひつ》の両芸をもって表の務めとしているため、毎日、多くの短冊、色紙、巻物、揮毫《きごう》の書などが作られる。それらにとっての大敵はネズミである。ネズミに齧《かじ》られると、売りものにはならぬ。それで竹小路家では昔から何匹もの猫を飼い慣らして、鼠害《そがい》を防いでいた。ホトトギスは、それらの猫の世話係だったのである。

　ある日、唯俊の病床にホトトギスが膳を運んだ。ホトトギスは唯俊のお気に入りだったので、身の回りの世話も彼が行っていたのである。唯俊は食欲がなく、膳は枕頭《ちんとう》に置かれたままだった。

「少しは食べないと元気になりませんよ」

　ホトトギスが言っても、唯俊はかすかに笑うだけで手をつけようとはしなかった。そこへ猫が入ってきた。コマという名の三毛猫だ。菜に干魚があったので、猫はそれを食べようとした。

「コマ！　行儀悪はなりません！」

ホトトギスは叱ったが、

「よい。麿は食べんのや。コマにつかわす」

「それではしつけになりませぬ。わたくしの落ち度になります」

「無駄にするよりもええやないか。食わせてやれ」

ホトトギスはしぶしぶ、干魚を猫に与えた。猫は大喜びで、魚をむさぼるように食べている。その様子に唯俊は目を細め、

「猫はうらやましいのう。金だの面目だの法だのといったくだらぬ世俗の雑事をなんも気にせず、目先の魚だけで心をいっぱいにしておる。麿も猫になりたいものでおじゃる」

「ならば、わたくしが猫守り役としてしつけて差し上げます」

「おほほほ……それはええのう」

そのとき、魚を食べ終えたコマが人間のようにふらりと後脚で立ち上がったかと思うと、きりっ、きりっ、きりっと三度回って、そのまま倒れた。ホトトギスがあわてて駆け寄ると、コマは口から血を吐いて死んでいた。

「こ、これは……」

蒼白になって騒ぎ立てるホトトギスに、唯俊は落ち着いた声で言った。

「あわてるでない。ひとが来る」

「な、なれど……これはお料理に毒が……」

「そのようやな。磨の病も、そのせいかもしれん。この膳を調えたのはだれや」

「料理役の藤助《とうすけ》はんです」

「あやつか。――おそらくは『隠し包丁』やな」

「え……？」

　唯俊は床から立ち上がると、

「着替える。手伝うてくれ」

「他出なさいますので？　衣冠束帯ですか？」

「そやない。ほれ、町人の着るような着物があったやろ。あれを出してくれ」

　そう言いながら、唯俊はみずからの筆や硯、墨、紙などをまとめはじめた。着替えが終わり、身の回りのものを風呂敷に包むと、

「ほな、ホトトギス、堅固に過ごせよ」

「ど、どちらへおいでなさいます」

「どこかはわからん。けどな、ここにいてたら殺される。三七郎やその手下に見つからんところへ隠れることにするわ」

「ま、ま、待ってください」

　そのとき、コマの身に変が起きたのを覚《さと》ったのか、虎猫のトラが部屋に入ってきた。そして、動かなくなったコマの身体を鼻先でつつき、悲しげに「みー」と鳴いた。

「トラ、畜生でも友が死んだことが悲しいか」

そう言って唯俊はトラを抱き上げ、

「ホトトギス、麿はこのトラをもらってまいる。それぐらいはよかろう」

トラは、唯俊がもっとも気に入っていた猫なのだ。

「よろしゅうございます。でも、それならいまひとり、連れていってもらわねばなりませぬ」

「なにをでおじゃる」

「わたくしめを、でございます。猫守り役として、トラに付き従わねばなりませぬ」

「猫はほかにもおる。それをほったらかしにはできまい」

「いえ……トラのほかはみな、しつけがちゃんとできた猫ばかりです。それに……唯俊さまの守りもせねばなりませぬ」

「麿の守りもか。おほっほっほっ……」

唯俊は笑うと、

「麿もそちと離れとうはない。ついてきてくれるか」

「喜んで」

こうして主従は市井に下った。京では見つかりやすいので、大坂まで足を伸ばした。はじ
請け人のいない、定まった職もないふたりには、まともな家は借りられなかった。はじ

めのうちは神社の境内などで寝たという。そして、ようよう安堂寺町の裏長屋に住むことができたのだ。

「家主さまがとてもよいお方で、人柄を見て、これなら大丈夫……と見極めなさると、ご自身が請け人となって貸してくださるのです」

「仕事はなにをしていたのです」

小糸がたずねると、

「主は能筆でございます。近所には読み書きのできぬお方もございます。そういうかたがたに代わって手紙や書面をしたためて多少のお鳥目《ちょうもく》をいただいたり、あとは短冊や色紙を書いてそれを古道具屋に売ったりして暮らしておりました」

小糸をなかに入れなかったのは、反故《ほご》書きなどを見られると公家であることがばれると思ったからだそうだ。

「公家衆ゆえ能筆ではあろうが、なにゆえ武芸の腕があるのだ」

勇太郎が言うとホトトギスは、

「先ほども申しましたとおり、竹小路家の表芸は右筆と弓箭。弓箭の道、すなわち武芸全般でございます。宮中での弓や太刀《たち》の指南を行うのが主の務めでございましたゆえ……」

小糸も付け加えて、

「唯俊さまの扇を使うての太刀筋は、私の見たことのないものでした。公家衆には公家衆の流儀があるのでしょう」

勇太郎がホトトギスにきいた。

「ひとつわからぬのは、逃げた猫のことだ。トラというその猫にはいったいなにがあるのだ」

「追っ手に見つかったとき、なにか向こうの弱みを握っておらねば殺されてしまいます。主は竹小路家を去る折、桐生三七郎たちと唐人船《とうじんぶね》のあいだで使われていた割り符を盗み出しました。これがなければ取り引きが叶《かな》いませぬし、抜け荷が行われていたという公の証《あかし》にもなります」

割り符というのは、ひとつの文書を縦に切り、たがいがその半分を所持して、相対したときにぴたりと合わせることで相手が本物かどうか確かめるためのものである。

「主はその割り符をトラの首輪に仕込んだのでございます。それゆえ、一刻も早うトラを探し出さねば……と思った次第にて……」

「なるほどな。やつらはそれを取り戻すために、おまえたちをずっと探していたのだ。その弟の唯元という当主も一味に加担しているのか」

「いえ、それはございませぬ」

ホトトギスはきっぱりと言った。

「唯元君は、まことにお優しく、兄思いのお方でございます。なれど、失礼ながら生来凡庸なる資質にて、他人を疑わず、桐生たちにうまく丸めこまれておいでなのです」

　岩坂が勇太郎に、

「村越、これは容易ならざることだ。その竹小路唯俊君は敵方に囚われているのであろう。そやつらが猫を見つけて割り符を取り戻したならば、唯俊君は殺されてしまう。なんとしてでも公家侍や隠し包丁より先にその猫を探し出さねばならぬぞ」

　勇太郎は頭を抱えた。

「それはそうですが……どうやればこの広い大坂から猫を一匹見つけられるのか……」

　ホトトギスがしっかりと両手を突き、

「村越さまだけが頼りです。なにとぞよろしくお願い申しあげます」

　勇太郎はうなずいたが、自信はなかった。

「村越、町奉行所の務めも大事であろうが、唯俊君のお命はおまえにかかっておる。手を貸してやってくれ」

「岩亀さまからお頭《かしら》に申し上げて、公の一件として扱《あつこ》うていただければ働きやすくもあり、また、人数も動かせるのですが……」

　ホトトギスが、

「それは困ります。このこと表沙汰《おもてざた》になれば、平安以来の名家竹小路の家が潰れてしまいます」

「そうか……そうだよな……」

勇太郎は腕組みをして呻《うめ》いた。

「ホトトギス、おまえの身柄は当家で預かる。しばらくは奥で休んでおれ」

岩坂が言うとホトトギスはかぶりを振り、

「わたくしも猫守り役としてトラを探しに参りとうございます」

「その気持ちはわかるが、おまえが猫探しに行くと、桐生側に見つかるかもしれぬ。ここは我慢をして村越に任せよ」

勇太郎はその双肩がますます重くなるのを感じた。

(猫か……。いったいどこにいるのか……)

彼は心のなかでため息をついた。

◇

じつは案外、近いところにいたのである。

「小久、小久……」

久右衛門は星明かりに輝く庭に降りると、縁の下をのぞいて声をかけた。いつもの久右衛門には似つかわしくない柔らかい声音《こわね》である。すぐに、みー……という応えが返ってきた。

「おお、良い子じゃ。飯を持ってきてやったぞ。食え、たんと食え」

久右衛門は椀を地面に置いた。虎猫が現れ、首を突っ込んで飯を食べ始めた。

「よしよし、美味いか」

あれから久右衛門は毎朝暗いうちに起きて、御料理場に忍び込んで小久の飯を作り、与えるのが日課になっていた。飯を作る、といっても、ただの猫まんまだが、冷や飯に熱い味噌汁をぶっかける……というだけではない。ひと手間もふた手間も加えている。まず、あまり塩辛いものは猫は好まないらしいので、味噌汁は薄めてからぐらぐらと煮直す。ネギも猫には毒だというので取り除き、そのかわり崩した豆腐や屑《くず》野菜、食べ残しの刺身などを加え、飯にかけたあと、じゃこと鰹節《かつおぶし》をたっぷりと散らす。猫が熱いものが苦手というのはもう心得ているので、それを冷ますあいだ、生姜《しょうが》を刻み、大根をおろす。これはおのれが食うためだ。舌の焼けるような猫まんまに刻み生姜と大根おろしをかけ、漬け物を添え、冷や酒を飲みながら大急ぎで食う。

「熱……熱熱……」

はふはふいいながら啜《すす》り込む。これが病みつきになってしまったのだ。冷たい大根おろしと熱々の猫まんまがうまく混じり合い、口のなかで熱いところと冷やっこいところができ、そこに冷や酒を流し込むとなんともいえぬ美味である。二杯平らげたころにはそろそろ小久の分がいい頃合いに冷めているので、それを庭に運ぶ。手慣れたもので、このひと続きがだんどりよく運ぶようになったのだ。

みー、みー、みー……

赤い首輪をつけた虎猫は、食べながら幾度となく久右衛門の顔を見上げて、甘えた声で鳴く。

「そうであろう、美味かろう。なにしろ天下の大坂町奉行が手ずから作った汁かけ飯ゆえのう。ふふふふ……愛《う》いやつじゃ」

久右衛門は分厚い手のひらで猫の頭をそろそろと撫でた。すっかり食べ終えてしまうと、猫はしばらく久右衛門と遊び、ふたたび縁の下に潜る。

「また明日じゃ。昼間は出てくるなよ。鳴くなよ。わしのほかは皆、鬼のように怖い連中ばかりじゃ。わかったな」

みー

「よしよし、わかればよい」

久右衛門は、猫の椀をまた御料理場へと運び、おのれが飲み食いした食器とともに音を立てぬようていねいに洗って、布巾で水気を拭き取ると、棚へと戻す。そして、暗闇のなかで、うっふっふっふっ……と不気味に笑うのであった。

◇

数日が過ぎたが、勇太郎は頭を抱えたままだった。町奉行所の同心といえど、猫探しは得手ではない。いや猫探しが得手なものがこの世にいるのだろうか。どこを探してよいのかすらわからない。同じような虎猫はたくさんいる。唯一の手がかりが「赤い首輪」なのだ。もっともよいのはホトトギスが探すことだろう。飼い主がいると、猫は安心して寄ってくるかもしれぬ。だが、それは危ない。唯俊に続いてホトトギスまで敵の手に落ちたら、こちらにはどうすることもできなくなる。しかたなく勇太郎と小糸のふたりで手分けして探すしかなかった。

猫がいそうなところはあの長屋だ。もしかするとひょっこり帰ってくるかもしれない。そう思って、唯俊が住んでいた家の戸を細く開けておいてもらい、トクや家主には、猫が姿を見せたらすぐに知らせてくれるように頼んである。はじめのうちは長屋のまわりをていねいに探しまくった。猫好きにきくと、逃げた猫は飼っていた場所の近くに潜んでいることが多いそうだ。その猫が好きだった食べものを持って、できるだけ猫の気持ちになって探しなさい、と言われたが、勇太郎も小糸も猫の気持ちはわからぬ。とにかく、猫がいそうなところ、塵芥箱のなかや後ろ、溝のなか、ちょっとした隙間、植え込み、家と塀のあいだ、屋根や木のうえなどに目を走らせる。空き地はもちろん、庭のある家は一軒ずつ訪れて、住人に話をきく。もちろんそのあいだずっと、

「トラー、トラー」

と猫の名を呼び続けるのだ。しかし、猫が見つかるどころか、そういう赤い首輪の虎猫を見たというものすら見つけることができない。もちろん猫はいくらでもいる。だが、どれもこれも求めるトラではないのだ。ふたりの知人である絵師、鳩好《きゅうこう》に頼んでトラの絵とどういう猫かを書き入れた「人相書き」を描いてもらい、刷りものにしてあちこちに貼ったり配ったりもしたが、

「こんな猫やったら、順慶町《じゅんけいまち》で見かけたで」

「うちの近所にいてるで」

という話はあっても、行ってみると似ても似つかぬよその猫なのだった。

（足が棒になる、とはこのことだな……）

ぱんぱんに腫れ上がった足を引きずりながら、勇太郎はしみじみそう思った。そう言えば以前、これと同じようなことをした覚えがある。阿蘭陀のカピタン一行が逃がした虎を町奉行所総出で探したのだった。此度は、虎は虎でも虎猫である。あのときのよう

に刺股《さすまた》、突棒《つくぼう》、袖搦《そでがらみ》、長槍《ちょうそう》、短槍などを手にして、というわけにはいかぬ。

「猫探しがかくも難しいこととは思いませんでした」

夜、岩坂家に行くと、さきに戻っていた小糸が弱音を吐いた。

「俺のほうも手づるなしです。こういう猫を知らないか、ときいても、まともに取り合ってさえくれない。皆、忙しくて、猫どころではないようです」

「私も、逃げた猫を探しているのです、と申しても、それやったら替わりの猫あげるわ、そんな虎猫、そのへんになんぼでもおるで……という返答ばかりです」

「帰りに長屋にも寄ってきたのですが、トラは戻っておらぬようでした」

ホトトギスが傍目《はため》にもわかるほどしょげかえって、

「京の竹小路家に向かったのかもしれません……」

小糸が勇太郎に向かって、

「勇太郎さま、やはり私たちふたりでは無理でございます。広大な大坂の地から一匹の猫を見つけるのは、大海に落ちた針を探すようなもの。ここは、千三殿やお奉行所のかたがたの力をお借りするしかないのではございませぬか」

「ことを公にするというのですか」

「いえ、岩亀さまにおすがりするのでございます。あのお方なら、ことをわけて話せばきっと公にすることなく人数を割いてくださるのではございませぬか」

岩坂三之助が、

「小糸、それは村越の務めにかかわることだ。おまえが口出しすべきではない」

小糸はハッとして、

「出過ぎたことを申しました。お許しくださいませ」

「うーむ……」

勇太郎は考え込んだ。岩亀与力はもののわかる人物だが、きわめて物堅いところがある。この話を持ち込んだら、役人としての筋を通そうとするだろう。私事《わたくしごと》に奉行所の手勢を使うなどもってのほか、と言い出すかもしれぬし、天下の法を犯しているのだからことを公にするのがあたりまえである、と譲らぬかもしれぬ。藪《やぶ》をついて蛇を出すことになりはせぬか……。

思案の果てに、勇太郎は言った。

「連中は抜け荷をしているのだから、これは御用の筋です。なれど、竹小路家が取り潰しになっては困るというホトトギスの気持ちもわかる。岩亀さまに申し上げて、内々でこの件に人数を出していただけぬかどうかお伺いすることにします。皆、本来の御用がありますゆえ、内々の案件にそれほど人手は割けぬと思いますが、今よりはましでしょう」

ホトトギスが顔を曇らせて、

「竹小路家に傷がつきはせぬでしょうか。そんなことになったら、わたくしは死んで詫《わ》びても追いつきませぬ」

勇太郎はホトトギスに向き直り、

「おまえの気持ちはわかるが、今もっとも大事なのは、竹小路家が続くことより、唯俊君のお命ではないか。そのためには、やつらより早くトラを見つけねばならぬ」

ホトトギスが両手を突いて、

「そ、そうでございました。なにが大事か、順序をはき違えておりました。――よろしくお願い申します」

勇太郎はうなずいた。

そのあと、小糸とともに珍しく師の岩坂三之助が玄関まで見送りに出、

「村越……わしも岩亀殿にお目通りして直に頼んでもよいぞ」

「いえ、先生にそこまでしていただかずとも……」

「ホトトギスと暮らしておると、可愛《かわゆ》うてのう……じつの孫のようにも思えるほどだ。孫のためなら爺《じじ》はなんでもするぞ」

「ははは……お戯れを……」

「戯れではない。わしも早う、孫の顔を見たいと思うておるのだ。――のう、村越」

勇太郎は足早に岩坂家を辞した。

◇

翌朝早く、与力溜まりで書面を調べていた岩亀与力は、勇太郎の話を聞いて激昂《げっこう》した。

「たわけものめ！」

その語気の荒さに勇太郎は思わず頭を下げた。怒鳴り声が頭上を通り過ぎるように、だ。

「おまえのように思慮の足らぬものは見たことがない。大坂市中の治安を預かる町奉行所の同心がそのような考えでどうする。手遅れになったらいかがいたすつもりだ」

勇太郎は岩亀与力が、ことを公にせず、内々に御用を進めてほしいと言ったことを怒っているものと思い、

「申し訳ございませぬ。お上の御用を務めるものとして、公私の別ははっきりさせるべきでございました。かかることは、向こうがどう願おうと、法に照らして粛々と進めねばなりませぬ」

「は？　わしはそのようなことは申しておらぬ。公私の別などどうでもよい」

「――え？」

「大坂の市中にて京の公家どもの悪巧みが行われておるとすれば、町奉行所として断じて見過ごせぬ。内々に済ませてほしいと先方が申すなら、その意を汲んでやれ。われら

は、悪の根を断つことができ、大坂の民が平穏であればそれでよいのだ。くだらぬ気を遣うな」

「ありがたき幸せ……」

「なれど、たしかに内々にするならば、与力・同心や長吏《ちょうり》、小頭《こがしら》などにおおっぴらに言いつけ、総がかりで猫を探すわけにもいかぬのう。非番のものに頼んで、私人として合力《ごうりき》してもらうしかあるまい。あとは、それぞれの手下《てか》や下聞き、目明しどものうち、口の堅く、信のおけるものを動かすことだが……どうしても話は漏れよう。また、お頭に申し上げるわけにもいかぬ。あのお方は犬や猫がお嫌いゆえ、そのようなことに町奉行所の人数を割くな、と一喝されたらおしまいだ」

岩亀はしばらく考えていたが、

「隠し包丁がからんでおるならば、料理方の権六にひと働きしてもらわずばなるまい」

「権六を御用に回すならば、お頭に一言断らねば角が立ちませぬか」

「そこはそれ……うまくやるのよ」

岩亀は右目をつむった。

「唯俊君を探すのは権六に任せるとして……猫だな」

「猫ですね」

岩亀はまたしても熟考に入った。そして、

「ホトトギスとかいう男児が猫の守り役をしておったそうだな」

「はい、歳に似合わぬ利発なこどもです」

「猫を探すには、こちらも猫の目にならねばならぬ。おとなの目の高さでは見つけにくかろう。こどものほうが猫探しには向いておるのではないか」

「と申されますと……」

「長屋住まいのこどもたちに小遣い銭をやって、その虎猫を探させるのだ。まだ奉公に上がっていない、暇な小児ならば、三、四十人はすぐに集まろう。また、そういう連中は近所の猫のことも詳しかろう」

「な、なるほど……」

勇太郎は感服し、やはり岩亀与力に相談してよかった、と思った。

「さすが、亀の甲より年の功ですね」

「いらぬことを言わずともよい」

勇太郎は礼を述べて与力溜まりを退出した。

◇

「隠し包丁でございますか……」

今は西町奉行所の料理方として、源治郎の下で働く権六は顔をしかめた。

「あいつら、性懲りもなく、またぞろ這《は》い出てまいりましたか」

権六も、つい先日まではその「隠し包丁」の一員だったのである。

「油虫みたいに言うな」

岩亀は笑った。

「隠し包丁は日本国中におりますが、ほとんどは江戸に集まっとります。向こうは大名屋敷も多いゆえ、仕事にこと欠きません。大坂にも、わしのような下忍が何人か潜り込んでおりますが、それを司る中忍《ちゅうにん》はひとりしかおらんはずです」

「あの、名張の寸二という男か」

権六はうなずいた。

「今、どこにおるか知らぬか」

「わかりまへんなあ。あのころは、池田家の蔵屋敷を根城にしとりましたが、そこは引き払うとるはずやし……」

「京の公家を食いものにしておるようなのだ」

「わしも京の公家屋敷に入り込んだことがおますけど、どいつもこいつも貧乏で、外面はええけど、内情は火の車です。隠し包丁が働くような、金のある公家がおるとは思えませんが……」

「そやつらは抜け荷で儲けておるらしいのだ。——大坂で隠し包丁が身を寄せていそうなところの心当たりはないか」

「さて……」

権六は腕組みをしたが、

「蛇《じゃ》の道は蛇《へび》で、あいつらがおるところに近づけば、今でもわしの鼻が利くはずです。ちと、あちこち立ち回ってみましょう」

「くれぐれも無理はするなよ。やつらにしてみればおまえは裏切り者、抜け忍だ。身が危ないぞ」

「これもお奉行さまへのご恩返しでございます」

「では、そちらのほうはおまえに任せた。――わしは猫を探さねばならぬのだ」

「猫、でございますか」

「そうだ。これも頭が痛《いと》うてな……」

岩亀が愚痴をこぼそうとすると、

「そういえば、ここしばらく、庭に猫がおりますな」

「――なに？　そりゃまことか」

岩亀は眉をひそめた。

「へい。お奉行様のご寝所のすぐ外あたりの縁の下で、ときどき細い鳴き声がいたします。朝方まだ暗いうち、皆さまがまだお休みのころによう聞こえるようで……」

「わしはもちろん、ご用人も気づいておられぬようだぞ」

「忍びというものは、朝が早うて耳ざといものでございますゆえ」

「まさか……お頭は気づいておいでなのか」

「さあ、そこまでは。でも、縁の下にずっといるということは、だれかが餌付けしているものと心得ます」

「餌付け、とな……?」

「はい。朝になると御料理場の残り飯や味噌汁が減っております。漬けものやじゃこ、鰹節なども使ったあとがございます。ご当家はよほど大きなネズミが出ますようで……」

「おまえは見かけたことがあるのか、その……大きなネズミを」

「一度、縁の下をのぞき込んでみましたが、わしの顔を見ると、奥の暗がりへと逃げていきよりました。赤い首輪をしていたようでございますなあ」

そう言うと、権六はにやりと笑った。

◇

すぐに奉行所を出ると、勇太郎は早速、小糸や千三、繁太たちと手分けしてこどもを集めた。早朝にもかかわらず、友だちが友だちを呼び、たちまち数十人が岩坂道場にやってきた。ええしの子はひとりもいない。皆、擦り切れた着物を着、ちぎれそうな帯を締めた「長屋のこせがれ」ばかりだ。いや、こせがれだけでなく女の子も交じっている。なかには裸足《はだし》や、裸に近い恰好《かっこう》のものもいる。鼻を垂らし、あちこちにあかぎれや傷をこしらえている。小糸は皆に飴《あめ》を配った。

勇太郎は、鳩好が描いたトラの絵を示し、

「よいか。おまえたちにやってもらいたいのは、この猫を捕まえることだ。虎猫で、名はトラという。赤い首輪をしているのが目印だ」

背の高い男の子が飴をしゃぶりながら、

「その猫、捕まえたらなんぞくれるんか」

「おお、見事捕まえたものには五十文やる」

一同のあいだにどよめきが広がった。うどんでも十六文出せば食えるのだ。五十文といえば、こどもにとっては大金である。

「やるやる！　おっさん、やるで！」

皆、目を輝かせている。今にも走り出そうとするものもいる。勇太郎は釘《くぎ》を刺した。

「ただし、だ。そのへんにいる虎猫を捕まえて、赤い首輪をはめて、こいつでしょう、と連れてきてもダメだ。飼い主が検分して、たしかにトラだとわかったうえで銭をやる」

どよめきがため息に変わった。考えることはだれしも同じだったようだ。

「それらしい猫がいたらどんどん連れてきてくれ。首輪は取れてしまっているかもしれぬゆえ、とにかく虎猫ならばよいぞ。捕まえるときに、怪我《けが》をさせないように。また、おまえたちも怪我をしないようにな。——よろしく頼むぞ」

こどもたちはうなずいて、大坂の町に散らばっていった。

「これで見つかるでしょうか」

小糸が心細そうに言った。

「信じるしかないでしょう」

勇太郎はそう応えたが、心のなかには不安しかなかった。

◇

「お頭……お頭！」

岩亀三郎兵衛は久右衛門の居間に声を掛けたが、応えはない。

「お頭……もうお目覚めでございますか。与力の岩亀にございます。火急の用件有之《これあり》、早朝にもかかわらずまかりこしました。ここをお開けくだされ」

やはり返事はない。苛立《いらだ》つ岩亀のもとに、用人の佐々木喜内がやってきた。

「これはご用人、お早いお出ましで……」

「庭のほうでまたカラスがうるさく騒いでおるので参ったのですが、岩亀さまはいかがなされた」

「お頭に疾《と》くお目にかかりたき儀有之《これあり》、お声掛けしておるのですが返答がございませぬ」

「して、その用件とは？」

「お頭が飼うておる猫の件でございます」

「猫……？」

「ご用人がご存知ないのも無理はない」

子細はこうこう……と岩亀が語り、ようよう喜内は得心して、

「では、御前が迷い猫を飼うておられると……？」

「左様でございます。権六の話では間違いありませぬ」

「信じられぬことだ……」

「その猫が抜け荷の証ともなる割り符を持つものにて、おそらくは竹小路家の命運を握る大事の生き証人でございます」

「なんと……」

喜内が血相を変えて、

「御前、お聞きのとおりでございます。ここをお開けくだされませ。お開けいただけぬと、襖を蹴破りますぞ」

しかし、返事はない。いたしかたなしと喜内が襖に手を掛け、引き開けると、久右衛

門は庭に向かってぼんやりと座っていた。へたり込んでいる、と言ってもよい。

「御前、いかがなさいましたか」

応えはない。

「御前……猫はいずこにおりまするか」

久右衛門はゆっくりと振り返った。その顔つきは腑《ふ》抜《ぬ》けのごとくであった。

「喜内か」

「ははーっ」

「猫は……小久はのう……」

「ははーっ」

「逃げてしもうた……」

久右衛門はぼんやりとしてそう言った。

彼によると、居着いていた猫が突然姿を消したのは、カラスの群れが襲ってきたからだ、という。すこしまえ、久右衛門がいつものように猫の朝飯を調え、縁の下の小久を呼び出したとき、その飯に載せたほぐした焼き魚の匂いにひかれたのか、十羽ほどのカラスが柿の木のうえから突然襲いかかってきた。あわてふためいた久右衛門は太い腕をぶんぶん振り回して追い払おうとしたが、カラスどもはひらりひらりとかわし、鋭いくちばしで久右衛門の顔面をつついてくる。

「痛い痛い……痛いと申すに……カラスども、退散せよ！」

もちろんカラスが言うことをきくはずがない。うずくまる久右衛門を狙ってカラスは交互に飛びかかり、頭をごつごつとついばむ。どうやら、日頃、石を投げつけている久右衛門を「敵」と思っているようだ。そのとき、

ぎーっ！


小久が、久右衛門の頭上にいる一羽に跳びついた。カラスは不意をつかれて地面に落ち、じたばたともがいている。小久はすかさず、べつの一羽にも体当たりした。久右衛門は、

「ううむ、天晴《あっぱ》れ！　えらいぞ、小久！　よう、わしを守りくれた。ほめてつかわす！」

しかし、カラスたちはひとたび空に舞い上がったが、反転して今度は虎猫に的を変えつぶてのように襲いかかった。空からの攻撃に猫はなすすべもなく、そのくちばしにつつかれるままだ。

「やめい！　やめぬか！」

久右衛門は声を荒らげたが、カラスたちは小久を追い立て追い立て、奉行所の塀際に追い詰めた。小久は背中を丸めて毛を逆立て、カラスたちを威嚇しているが多勢に無勢

である。カラスたちが飛びかかろうと一斉に羽ばたいたとき、小久はそこにあった松の木にすばやくよじのぼった。そして、隣の土蔵に飛び移ると、もう一度跳躍して内塀を越え、裏御門の隙間から外へ出て行った。あっという間のできごとだった。カラスたちも追うのはあきらめ、三々五々飛び去っていった。久右衛門は、小久が引き返してくるかもしれぬと一縷《いちる》の望みを持って待ち続けたが、戻ってはこなかった。裏門から外へと出て、あたりをひととおり探してみたが、小久の姿はどこにもなかった。憔悴《しょうすい》して縁側へ戻ってきたとき、岩亀と喜内が入ってきたのだという。

「いつから猫を飼うておられましたので」

喜内が言うと、

「四日ほどまえからじゃ。迷い込んだのを手なずけておった」

「どのような猫でございます」

「虎猫でな、赤い首輪をしておる」

岩亀と喜内は顔を見合わせた。ちょうどトラがいなくなったときと日にちも合う。

「あまり大きくはない。名前は小久じゃ。早う探せ。どこか遠くに行ってしもうたら取り返しがつかぬ。手の空いた与力、同心、小者、目明し、下聞き、家臣、下男……ひとり残らず猫探しに当たらせよ。いや、手の空いていないものも、当面の務めは放り出し、猫を探させるようにせよ。まずは大坂の町なかを探せ。それで見つからなんだら、京、奈良、紀州、海を渡って四国までも探せ。かならず見つけよ。よいな！」

久右衛門は一息にまくしたてると、大きなため息をつき、

「たった四日ではあったが情が移るものだのう。心に穴が開いたようじゃ……」

「お頭、その猫はおそらく、京の公家竹小路唯俊君の飼っておられたトラという猫でございます」

「——なに？」

岩亀がこれまでのいきさつを話し出すと、久右衛門の顔が赤くなったり青くなったりしはじめた。

「小久はわしの猫じゃ！　わしにようなついておった」

喜内が、

「首輪をしていたということは、だれかが飼うていた証左でございましょう」

「ううむ……」

久右衛門は低く呻き、

「隠し包丁か……。京の公家がどうなろうとわしの知ったことではないが、彼奴《きゃっ》らが噛んでおるとすりゃ放っておくわけにはいくまい」

「ホトトギスという小児は、ことが公になると主家が取り潰されるのでは、と憂いております」

「ありうることじゃ。賭場を開くぐらいならばまだしも、抜け荷は死罪じゃ。首謀の公家侍どもはもちろん、その唯元とかいう当主も無事ではすむまい。竹小路の家も、取り潰しを免れたとしても、役目を取り上げられ、石高も半分か、もしくはもっと減らされよう」

「いかがいたしましょう」

「ひそやかに動け。与力・同心には非番のような恰好で町廻りをせよ、と伝えい。猫は狭いところを好むゆえ、隙間に目を光らせよ。縁の下もな」

「なるほど……」

「東町にも寺社方にも覚られぬようにせよ。下手に騒ぐと、竹小路家に傷がつくぞ。まずはその唯俊というものの居場所を探さねばならぬ。そして、小久……猫もなんとしても探し出すのじゃ。公家侍よりも先にだぞ」

「村越には、こどもを集めて猫探しをさせるよう指図いたしましたが……」

「それでよい。猫と仲が良いのは小児かジジイじゃ。ええい、こうしてはおれぬ。わしも今から探しにまいる」

「お頭おんみずからでございますか」

「抜け荷は天下の大罪。また、公家が一人《いちにん》かどわかされておる。町奉行の働きどころではないか」

「御意にございます」

さっきの呆《ほう》けた顔つきとは別人のようにきりりとした久右衛門を見つめ、岩亀は感心した。

（お頭はやる気だ。やはり、町奉行を拝命するお方はどこかちがう……）

久右衛門は、喜内に着替えを手伝わせながら、

「のう、岩亀……」

「ははっ」

「わしが首尾よう悪人を捕え、公家を救い出したならば、その公家もわしに礼として、猫を譲るのではないか？」

「――は？」

「聞こえなかったのか。わしの働きを恩義に感じて、猫はわしにくれるであろうのう」

そういうことだったのか……と岩亀は思った。なんの見返りもないことに久右衛門が熱心になるはずがないのだ。

◇

はじめのうち、こどもたちはつぎつぎと岩坂道場に猫を連れてきた。どれも虎猫ばかりだ。ホトトギスは一匹ずつ検分し、

「ちがいます。トラではございませぬ」

「ちごたか……」

「これはどうや。首輪してるで」

「トラは赤い首輪です。これは黒いではありませぬか」

「汚れて黒なったんかと思たんや」

「飼い猫ですから、捕まえた場所に戻してあげてくださいね」

「くそっ、またタダ働きか」

五十銭目当てに意気込んで猫を持ち込んだこどもたちは、がっくりと肩を落として帰っていく。猫一匹につき小糸が飴を一個渡すので、タダではないのだが、すばしっこい猫を捕えるのはかなりの労で、とても飴ひとつとは引き合わぬようだ。

しかし、そんな猫の持ち込みが三日目にぱったりとやんだ。だれひとりとしてこどもは道場に現れぬ。

「どうなっているのでしょう」

小糸が首をかしげた。

「さあ……まだまだ虎猫はたくさんいるはずですが……」

ところが、虎猫にかぎらず、町で見かける猫の数が少しずつ減ってきているようにも思えるのだ。その理由がわかったのは、その日の昼まえだった。川筋の土手を吟味していた勇太郎は、向こうから勘吉《かんきち》という男児がやってくるのに気付いた。勘吉は大きな虎猫を腕に抱き、その背を撫でながら歩いている。てっきり岩坂道場に連れていくものと思い、

「おい、勘吉」

声をかけると、彼はぎょっとして立ち止まり、勇太郎をみとめると突然今来た方角に戻ろうとするではないか。

「待て、どこへ行く」

勘吉は猫を抱えて逃げようとする。怪しい……と思った勇太郎は追いかけた。そうなると、定町廻りの足にかなうはずもない。たちまち追いつかれた勘吉ははあはあと息をして、

「なんやねん、わて、なんも悪いことしてへんで」

「ならばなにゆえ逃げた。後ろ暗いところがあるからだろう。——その猫をどうするつもりだ。岩坂道場へ連れていかぬのか」

勘吉はしばらく黙っていたが、

「あのなあ、おっちゃん」

「おっちゃんではない、おにいちゃんだ」

「あのなあ、おに……まあ、なんでもええわ。知らんみたいやさかい教えたるけどな、

もうわてらは岩坂道場へは猫を持っていかんで」

「どうしてだ」

「あそこへ持っていっても、ウグイスとかいうやつが見て、これはちがう……ゆうたら一銭もならんやろ」

「飴をもらえるではないか」

「ひとの話、黙ってききいな、おっちゃん」

「おにいちゃん」

「けどな、『ショウルイアワレミドコロ』に連れていったら、どんな猫でも五銭くれるんや」

「なんだ、そのショウルイ……」

「アワレミドコロや。下寺町《したでらまち》に『金頓寺《きんとんじ》』ゆうおんぼろ寺があってな、そこが急にそういう看板を挙げたんや。猫を連れていったら五銭と引き換えに引き取るゆうねん」

勘吉によると、金頓寺の住職は、犬猫鳥魚などへのひどい仕打ちを憂い、生きものを愛おしむことで極楽往生への道が開けると日頃から説いていたが、亡くなった先代住職がことに猫好きだったことから、このたび飼い主のおらぬ野良猫を寺にて引き取り、養育することにしたのだという。飼うのに困り、捨てようとしている猫でもかまわぬらしい。

「そこらへんの猫捕まえて持っていくだけで五銭くれるんや。五銭あったら飴なんかなんぼでも買えるがな。十匹持っていったら五十銭やで。おっちゃんのとこよりずっと割がええ。友だちもみんな、金頓寺へ持っていってるわ。ほな、さいならー」

勘吉は行ってしまった。おかしい……と勇太郎は思った。金頓寺は彼も知っている。下寺町の裏通りにある小さな目立たない寺で、ケチで名高かった先代住職が死んでから無住になっているはずだった。先代は、出すものは舌を出すのも嫌だ、という吝嗇家《りんしょくか》で、小坊主は飯を食うから、と弟子をひとりも取らず、寺男も置かず、寺の手入れもしなかったため、本堂はぼろぼろで境内は雑草に覆われていた。

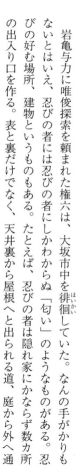

（あの始末屋の住職が猫を飼うだろうか。それに、新しい住職があとを継いだ、というのも聞いていないが……）

勇太郎は、金頓寺に行ってみることにした。

◇

岩亀与力に唯俊探索を頼まれた権六は、大坂市中を徘徊《はいかい》していた。なんの手がかりもないとはいえ、忍びの者には忍びの者にしかわからぬ「匂い」のようなものがある。忍びの好む場所、建物というものもある。たとえば、忍びの者は隠れ家にかならず数カ所の出入り口を作る。表と裏だけでなく、天井裏から屋根へと出られる道、庭から外へ通じる抜け穴、川へと舟で逃げられる掘割など、いくつもの逃げ道を揃《そろ》えておく。ゆえに、川に面した土地が望ましい。また、庭に木が多く植わっておれば、そこに敵をおびき寄せて戦うとき、木が城壁のかわりになる。

（たとえば、寺だ……）

無住になった古い寺や神社などは恰好の隠れ家となる。権六は、そういうことを頭に入れながら、下寺町を南へ向かっていた。北平野町と極楽橋に挟まれたこのあたりには無数の寺が並んでおり、生玉宮《いくたまぐう》の西側から極楽川という小さな川が流れている。極楽川は高津入堀川《こうついりほりがわ》となり、道頓堀へと流れ込む。

どの寺も、不審な様子はない。大蓮寺《だいれんじ》、應典院《おうてんいん》、称念寺《しようねんじ》、浄国寺《じようこくじ》、源聖寺《げんしようじ》……ひとつずつ吟味しながら歩いていると、向こうからひとりのこどもが来た。腕に三毛猫を抱えている。なにげなくすれ違い、しばらく行くと、またひとり、こどもがやってきた。これも腕に灰猫を抱えている。

（このあたりは猫を抱えて歩くのが流行っているのか……？）

そんなことを思いながら進むと、またしても男児が猫を抱いているのに行き当たった。嫌がってもがくのをなだめすかして、むりやり運んでいるようだ。

（おかしい……）

そもそも寺ばかりが並ぶこの界隈《かいわい》に、こどもがこれだけいるのもおかしい。権六はふと、その男児をつける気になった。

「こら、おとなしゅうせえ。もうちょっと辛抱や。おまえが五銭に化けるのや」

男の子はそんなことを言いながら必死で猫を抱え込んでいる。そして、ひとつの寺のなかに入っていった。

(ここはたしか……)

権六が正面の門の陰からのぞきこむと、境内には数人のこどもがいていずれも猫を抱えているのだ。こどもたちは、勝手知ったる風に案内も請わず本堂へと上がっていく。つづいて入ろうとした権六だが、おとなの話し声が聞こえてきたので門の手前に置かれていた大八車のうしろに身を隠した。すこし屈《かが》むだけでも、まえからは見つからぬものなのだ。やってきたのは三人の坊主だった。

「また、今日も猫を選《え》らねばならぬ。なんともつまらぬお役目よ」

「拙者は昨日、手ひどく爪で引っ搔《か》かれた。見られよ、まだ腫れておる」

「そろそろ見つかってもらいたいものだのう」

忍びの権六が見れば、彼らがまことの僧侶でないことはすぐにわかる。歩き方、しぐさ、言葉づかい……なにもかもがちがうのだ。行き過ぎた三人の偽坊主を見送ると、権六は寺の裏へ回り、しばらく左右に目を走らせていたが、ひとつうなずくとぽーんと地を蹴って、楽々と寺の塀のうえに立った。と思われたのはまばたきするほどのあいだで、つぎの瞬間には権六は本堂の屋根にうずくまっていた。

屋根瓦を数枚そっと外し、手慣れた動きで天井裏に入り込む。途端、埃が煙のように舞った。

（うっぷ……）

くしゃみをしそうになり、口を押さえる。忍びの者にとっての大敵は、咳とくしゃみ、げっぷに屁《へ》である。くしゃみはなんとかこらえたが、埃が目に入り、涙が出てきた。天井板をずらし、下を見る。仏像などはとうに売り払われてしまったのか、盗人に持っていかれたのかわからないが一体もなく、台座だけが三つ、残っている。

（ここではないな……）

権六は奥へと移った。真下には控えの間と物置きがあるはずだ。なにやら声がする。猫の鳴き声だろう。一匹ではない。四、五匹か、もしくはもっと多いかもしれない。権六はまた天井板をずらし、細い隙間に目を当てた。

（な、なんだ、これは……！）

眼下には二十畳ほどの控えの間があったが、そこは猫、猫、猫、猫……猫でいっぱいだった。おそらく百匹、いや、二百匹はいるだろう。大小さまざまな猫たちがもつれ合い、絡み合い、くんずほぐれつしながら、にゃーにゃーと鳴いている。その声には力がない。野良猫らしきものも飼い猫らしきものもごちゃまぜだが、なかには仲間同士の喧《けん》嘩《か》のせいか、傷ついているものも多い。また、骨と皮ばかりに痩せたものもいる。

（うーむ……）

さすがの権六もあっけにとられた。そのうちに、猫の体臭と糞や小便の臭いがいっしょくたになって立ち上ってき、権六は目をしばたいた。また涙が出そうになる。それは、臭いが目に染みたせいだけではなかった。

（かわいそうに……こどもが持ってきた猫をここに放り込んであるのだな。世話もされず、ほったらかしなのだろう。餌や水ももらっているのかどうか……）

権六は天井板をもとどおりにすると、身体をずらしはじめた。

◇

門に掲げられた「生類憐処・金頓寺」という看板を勇太郎は見上げた。その看板は新しいものだったが、寺そのものはおんぼろのままだ。左右には猫の巨大な張りぼてが置かれており、本堂に上がる階段のところには、

「おねこさまのもちこみはこちら　いつひき五せん」

というひらがなばかりの貼り紙がある。おそらくこども向けに書かれたものだろう。

勇太郎は階段を上がり、本堂へと入っていった。床板は割れ、建具は壊れ、顔にかかる蜘蛛《くも》の巣を払いながら進むと、釈迦三尊像《しやかさんぞんぞう》があったとおぼしき三つの台座のまえに机が

置かれ、そこに僧がひとり座っていた。僧といっても図体《ずうたい》は大きく、たくましい。

「そこのお方、お猫さまをお持ちかな」

「いや、俺は猫を持ってきたのではない。西町奉行所のものだ。御用の筋できたいことがある」

「なに……？」

　僧は眉をひそめた。

「生類憐処などと看板を掲げて、猫を集めているそうだな」

「さよう」

「なんのためだ」

「無論、生類を憐れむためである。当寺の先代住持は、この汚濁穢土《おじょくえど》で暮らすには鳥獣虫魚への慈悲心を持たねばならぬ、とのお考えであった。生きとし生けるものの命を奪うは仏の道に反する行いにて、生類を憐れむことこそが良き来世への往生につながるとは仏の教えにかなうことである。そもそも元禄のころ、五代将軍綱吉《つなよし》公がお定めなされた生類憐みの令は、ものごとの道理がわからぬたわけどもから天下の悪法などと誹《そし》られておるが、それは大きな誤りである。生きものをいつくしむことのどこが悪いのか。われらは生類憐みの令をこの大坂だけでも独自に復活させ、犬や猫、鳥や魚、虫などを傷つけたものには仏罰が下るよう望んでおる。わけても猫は、先代住持が好んだ畜類にて、当寺では生類憐みの心のもと、飼い主のおらぬ哀れなお猫さまを引き取り、たいせつに育てておるのだ。——おわかりかな」

僧はぺらぺらとまくしたてた。

「では、そのたいせつに飼われている猫たちを見せていただきたい」

「ならぬ。お猫さまは当寺の本尊にも等しきものゆえ、俗人の目に触れぬところで飼うておる。不浄役人に見せるわけにはいかん」

「怪しいな。なぜ猫を隠す」

「われらは善根をほどこしておるだけで、なんのやましいところもないが、どうしてもお猫さまを見たくば、お寺社の許しを得てまいれ」

「そこを、たって拝見つかまつりたい……と言えば、どうする」

「なに……？」

勇太郎が十手の柄に手をかけたとき、

「坊さーん、また猫持ってきたでー」

間の抜けた声がした。勇太郎と僧が振り返ると、そこには猫を抱えた小太りの男児が立っていた。猫は暴れもせず、鳴きもせず、おとなしくそのこどもの腕のなかにいる。

「五銭おくれ。なあ、五銭……」

「わかった。待っておれ」

僧のひとりがふところから銭を取り出して、その男児に渡した。

「この猫は当寺においてたいせつに預かるゆえ、安堵《あんど》せよ。なまんだぶ、なまんだぶ……」

「そんなことどうでもええねん。銭をもらえたらそれで……」

僧は五銭をふところから出して、そのこどもに与え、猫を籠のようなものに入れた。

「まいどおおきに。また持ってくるわ」

「頼むぞ」

男児が出ていくのを見届けてから、勇太郎がふたたび僧に向き直ると、

「猫連れてきたー」

今度は女の子がふたり、それぞれまだ小さい猫を抱えて立っている。

「五銭ちょうだい」

「五銭、五銭、五銭！」

「おお、わかったわかった」

僧はふたりに銭を渡し、猫を預かった。途端にまたひとり、

「五銭、いや、猫持ってきたでー」

またしてもこどもが入ってきた。振り返ると、階段のところで列ができているではないか。皆、猫を抱きかかえている。

（これは、岩坂道場に持ってこぬはずだ……）

勇太郎はため息をつき、

「出直してくる」

そう言うと、寺をあとにした。

◇

「今日の収穫は何匹だ」

「三十三匹だ。さあ、選《え》り分けるか」

「ああ……面倒だのう。これまでに幾匹の猫を選り分けてきたことか……」

「五百匹ぐらいか。どうせ今日のも駄猫であろう。あれをやると、身体中が蚤《のみ》だらけになって、痒《かゆ》うてたまらぬ」

「わしもだ。痒うて眠れぬゆえ、酒を飲むと、より痒うなる」

「文句ばかり言わず、疾くはじめて疾く終わろうではないか」

「そうだのう。先に虎猫でない猫は猫部屋に放り込んでしまおう」

「それにしても桐生殿はなにゆえ選り分けたあとも猫を置いておかれるのか。トラのほかは捨ててしまえばよいではないか。もう猫部屋も満杯だぞ」

「どうやら三味線屋に売るおつもりらしい。あれだけ集まればちょっとした金にはなるだろう。行きがけの駄賃というやつだ」

「桐生殿らしいのう。抜け荷を思いついたのもあのお方だ」

「虎猫でないのを省くと、残りはたった三匹か。こいつは……ちがうな。首輪がない」

「これはまだ小さすぎる。トラではないな」

「これも……いや、こいつは……」

「赤い首輪をしておるな」

「大きさといい、トラに似ておるな」

「桐生殿を呼んでまいれ」

◇

「それで戻ってこられたのですか」

小糸が言った。

「はい。こどもがあれほどいるところで捕り物はできません。巻き添えになったらたいへんですから」

「では、どうなさるおつもりです」

「向こうは寺院です。町方である俺たちには手出しができない。お頭から寺社奉行もしくは大坂城代に申し入れをして、許しを得てから踏み込むということになるでしょう」

小糸は下を向き、もじもじしていたが、やがて意を決したように、

「差し出がましいと思われるかもしれませぬが……」

「先生がおっしゃったことを気にしておられるのですね。俺は小糸殿の助言ならぜひお聞きしたいです」

「では、申し上げます。その寺が敵の本拠であることは疑いありますまい。許しを得るまで待つなどと悠長なことを言っているあいだに、もしトラが見つかったら、唯俊殿は殺されてしまいます」

勇太郎は少し考えて、

「そのとおりです。俺は今から奉行所に戻り、夜になるのを待って、奉行所の捕り方であの寺を囲み、一息に始末をつけるよう岩亀さまに進言いたします」

「夜まではどうしても待たねばならないのですね」

「そ、それは……」

勇太郎は唸《うな》った。

◇

「今夜か……。村越、それは無理だぞ」

岩亀与力が言った。

「やつらが僧だというのはおそらく真っ赤な偽り。ならば、町方が召し捕ってもかまわないはずです」

「それはそうだが、まずはその真偽を確かめねばならぬ。お頭から寺社奉行に申し入れをして、その返答を得てからが筋というものだ」

「それでは手遅れになりかねませぬ」

「わかっておる。なれど、このまま踏み込んで、万が一、向こうがまことの僧たちだったなら、お頭の面目が立たぬことになる。村越、御用と申すものはおのれの思い入れだけで行ってはならぬのだ」

「それは……わかっております」

　勇太郎がぶすっとして横を向いたとき、与力溜まりの廊下側の障子が開いた。立っていたのは久右衛門だった。ふたりが頭を下げるのを制し、

「村越、かまわぬ。ただちに人数を集め、その寺へ迎え。一刻を争う大事じゃ」

　岩亀が、

「ではございますが、万一……」

「よい。そのときはわしが腹を切る。やつらの所業を暴き、なんとしてでも取り戻すのじゃ」

「唯俊君を、でございますな」

「いや……猫を、じゃ」

「は、はあ……」

「わしは、物足らぬのじゃ」

「――は？」

「毎朝の猫まんま作りがないと、どうもなにごともやる気にならぬ。ひとりで食うても味気ないものよのう。――よいか、西町奉行所の総力を挙げて、猫を取り戻せ！」

「ははっ」

そのとき、廊下をばたばたと走る足音がした。

「御前……！」

喜内が血相を変えてやってきた。そのうしろには、なんと小糸がいるではないか。

「小糸殿……なにごとです」

勇太郎が思わず問うと、

「勇太郎さま、ホトトギスがいなくなりました」

「えっ？」

「私たちの話を立ち聞きしていたようです。きっと……金頓寺に行ったにちがいありません」

勇太郎は立ち上がり、

「岩亀さま……」

「うむ、先に行け。われらもあとから参る」

勇太郎は久右衛門と岩亀に一礼し、廊下を駆け出した。久右衛門は、喜内に言った。

「巻紙と硯と筆を持て」

「大坂城代にお手紙を書かれるのですな」

「ちがう……。もっと、ずっとずっとうえじゃ」

久右衛門は意味ありげに笑った。

◇

「ふうむ……こやつだ。間違いなかろう」

鉄の檻《おり》に入れられた虎猫を、桐生三七郎はしげしげと見つめた。

「京の屋敷におるときに、わしも何度も見たことがある。それにこの首輪……西陣織《にしじんおり》の上ものを紐のように編み上げたるものだ」

三七郎と四人の僧が立っているのは、本堂の台座のまえである。

「ようございましたな。これでわれらも猫の選り分けから解き放たれます」

「坊主の恰好も今日までだ。京に戻れる」

「待て。割り符を確かめてからだ。わしの考えでは、この首輪に折り込まれているのだろうと思う。これを外して……」

三七郎が檻を開け、首輪を外そうと手を伸ばすと、猫はその手の甲を鋭い爪で引っ掻いた。

「うぎゃあっ」

三七郎は手を引っ込めようとしたが、猫は指に嚙みついた。

「こ、こいつ!」

ほかのものが猫を押さえつけようとしたが、まるで虎のように吠え立て、暴れまくる。手から血を流した三七郎が刀を抜いた。

「殺してやる。それからゆっくり首輪を外せばよいのだ」

そう言うと刀を槍のように構え、檻のなかの猫に突き刺そうとしたとき、

「やめろ!　トラから離れろ!」

一同が振り向くと、そこに立っていたのはホトトギスだった。トラが彼を見て甘えた声を出した。三七郎はにやりと笑い、

「ふふふ……貴様か。のこのこ現れよったな。探す手間が省けたわい」

「唯俊さまはどこだ」

「そう焦らずとも、主従ともどもあの世に送ってやる。割り符も手に入ったし、邪魔者はふたり揃った。——殺ってしまえ!」

僧たちが抜刀し、少年を白刃で取り囲んだ。その構えは、もちろん侍のものである。

ホトトギスは彼らをにらみつけ、

「汝《なんじ》ら悪人が栄えたためしはない。改心すれば主に乞うて一命は助けてつかわすぞ」

「うっははは……ガキがなにをほざく」

「罪のうえに罪を重ねるな。後生を願え、三七郎。さもなくば九族ともに地獄へ堕《お》ちるぞ」

「おまえに言われる筋合いはない。——斬れ」

三七郎がそう命じたとき、

「ホトトギス……！」

叫びながら表から駆け込んできたのは勇太郎だった。すでに抜刀し、男たちの輪のなかに飛び込むと、ホトトギスにぴたりと寄り添い、

「怪我はないか」

「はい！」

僧のひとりが、

「貴様、さっき来た町方同心だな。性懲りもなく戻ってきたか」

桐生三七郎は、

「ちょうどいい。こやつも斬ってしまえ」

「町奉行所の役人に手を出すと、あとが面倒ではござらぬか」

「かまわぬ。目指す割り符は手に入れた。もうこの寺に用はない。唯俊とホトトギスとこやつを斬ったあと、われらはただちに京へ戻るのだ。公家の屋敷に町方は手だしできぬからな」

「なるほど」

皆は一歩進んで、白刃の輪を縮めた。三七郎を入れて五人、しかもどうやら、それぞれに腕が立ちそうだ。勇太郎はすばやく頭を働かせた。

(まえのふたりが同時に斬り込んできたら、まずは右の刀を払い、左のやつを斬り伏せながら飛びのく。でも……そのときうしろから攻められたらどうする。それにホトトギスに怪我をさせてはならぬ……)

ホトトギスが足かせになる。こどもを守りながら、五対一で戦うのは至難の業だった。

(考えていてもしかたがない。ええい、ままよ)

勇太郎が刀を八双《はっそう》から正眼《せいがん》に構えた瞬間、まえのふたりが斬りかかってきた。

「ホトトギス、伏せろ!」

「はいっ!」

勇太郎は左右の敵の太刀を払い、間髪を入れず大きく飛びしさると、後ろからの一撃を身体を横倒しにしてかわし、右脚を軸に半回転して背後の敵を斬り伏せた。

「うがあっ」

左肩をしたたか打たれて、ひとりが倒れた。同心の刀は刃挽《はび》きしてあるが、骨が砕けたのだろう。勇太郎は息を整えた。頭で動いたのではない。勘だ。ホトトギスは言われたとおり床に伏せている。勇太郎はホトトギスをまたぎこすと、壁に背中をつけ、蟹のように横歩きで右へ右へと動く。三人が彼のまえに並び、刃をそろえる。その切っ先はどれも、勇太郎の喉を狙っている。三人の僧形の侍は、吸う息と吐く息を合わせると、

「ええええい……！」

横並びに斬りかかってきた。勇太郎はいちばん右のひとりの臑《すね》を蹴上げると、刀で真ん中の男の太刀を払い上げ、返す刀で左の男を袈裟《けさ》がけにした。左の男はあやうくそれを避けたが、足がもつれたらしく、尻餅を突いて倒れた。ホトトギスがトラの入っている檻に駆け寄ろうとしているのが勇太郎の目に入った。その背後で三七郎が大上段に振りかぶった。

「いかん……！」

勇太郎が飛び出して、刀で三七郎の小手を打とうとしたとき、鋭い風音がした。避けようとしたが間に合わなかった。勇太郎の右の二の腕に、手裏剣が突き立った。部屋の隅に名張の寸二が立っている。その両手には棒手裏剣が三本ずつ握られている。

「動いたら、これがおまえの心の臓にぶっささるぞ」

寸二が嘲笑《あざわら》うように言ったとき、本堂の奥で激しい物音がした。壁や戸にたくさんのなにかがぶつかるような音だ。ひとりがぎょっとして、

「な、なんだ……？」

ほかのものが、

「ちょっと見てくる」

そう言って戸を開こうとした。三七郎が、

「やめろ！　開けてはならぬ！」

そう叫んだが、遅かった。少しだけ開かれた戸を押し破るような勢いでなだれ込んできたのは、無数の猫たちであった。その凄《すさ》まじさは豪雨の折の大河のごとく、また、山崩れのごとくだった。猫の奔流は僧たちを軽々と吹っ飛ばし、倒れたその身体を踏みにじって、本堂の入り口から外へと出て行った。寸二も手裏剣を投げるひまがなく、ただ呆然としてそれを見送っている。

「だれだ、猫部屋の戸を開けたのは……！」

真っ先に我に返った三七郎はそう怒鳴ると、ほかの僧たちを蹴りつけて起き上がらせた。

「ううう……今のはなんだったのだ」

「凄《すご》かった。食い殺されるかと思った」

「化け猫だ。猫をいじめたので化けて出たのだ」

三七郎は手近なひとりの頬をひっぱたき、

「なにを言っておる。目を覚ませ。ただの野良猫どもだ」

「ですが、桐生殿、猫は年を経ると尾がふたつに分かれ……」

「ええい、やかましい！——ぐずぐずしていてもしかたがない。逃げるぞ」

そして、トラの入った檻を抱え、入り口に向かって走り出そうとした。それに気づいたホトトギスが彼のまえに立ちはだかり、手を両横に広げた。

「そこをどけ！」

「どきませぬ」

「ええい、面倒だ」

三七郎は左腕で檻を抱えたまま、右手の刀でホトトギスに斬りつけようとした。勇太郎がホトトギスを後ろ手にかばうとまえに出た。その二の腕に目をやって、

「村越さま、血が……」

「大事ない。おまえは逃げろ」

「いいえ、村越さまこそお逃げください」

「だーかーらー……」

足手まといになるのだ、という言葉が喉まで上がってきたが、勇太郎はそれを飲み込

んだ。こうして、ふたりはまたしても白刃に囲まれることになった。

◇

松屋町筋を南へ南へと下っていくのは西町奉行所の捕り方たちである。同心たちは皆、鉢巻きに鉄の額当てを入れ、鎖帷子《くさりかたびら》に鎖籠手《ごて》、十手と刀を左にぶちこむという勇ましいいでたちである。役木戸《やくきど》や長吏たちも従っている。大邉久右衛門みずからが馬に乗って先頭に立ち、その右には盗賊吟味役与力である鶴ヶ岡雅史がいる。町のものたちは、なにごとがはじまるのかと興味深げにそのさまを見つめている。

「急げ！　急ぐのだ！」

久右衛門は声をかぎりに叫ぶ。

「小久を……猫を取り戻せ！」

町の連中は、

「おい……今、猫て言うてはったけど」

「わしにもそう聞こえた」

「なんで、奉行所総出で猫のために出役しとるんや」

「聞き間違えとちがうか」

一行が南瓦屋町あたりに差し掛かったとき、久右衛門が言った。

「一同、とまれ！」

「いかがなさいました」

　鶴ヶ岡が言うと、

「あれを見よ」

　久右衛門は馬上から前方を指差した。そちらに目をやって、鶴ヶ岡は驚嘆した。

　それは、猫の大群だった。けっして狭くはない松屋町筋いっぱいに広がって、怒濤《どとう》のごとくこちらへ押し寄せてくる。

「な、なんだ、あれは！」

「ね、猫や」

「なんぼほどおるねん」

「逃げたほうがええんとちゃうか」

　長吏たちがうろたえ騒いでいるうちに、猫たちは久右衛門のまえでぴたりと止まった。久右衛門が馬上から降りると、猫たちはくるりと向きを変え、今来た方角へ戻ろうとした。それが、彼らを導こうとしているかのように久右衛門には思えた。

「皆のもの……」

　久右衛門は叫んだ。

「猫に続け！」

◇

金頓寺の本堂では、勇太郎と公家侍たちの斬り合いが果てしなく続いていた。人数の差もあって勇太郎はさすがに疲労困憊《こんぱい》し、腕が上がらなくなってきていた。二の腕を手裏剣で刺されたせいもあろう。必死で太刀をふるったが、次第に劣勢になる。僧のひとりが横薙《よこな》ぎに払った一刀を避けようと身をひねったとき、思わず膝を突いてしまった。そこを狙ってもうひとりが打ち込んできた。太刀を寝かせて受け止めようとしたが、もはや力がなく、左肩を斬られた。かすっただけではあるが、その傷から力が抜けていく。

「とどめを刺せ」

三七郎の声に、ひとりが振りかぶった太刀を一閃《いっせん》しようとしたとき、遠くから地響きのような音が近づいてきた。

「な、な、なんだ……？」

入り口まで様子を見にいった男が血相を変えて、

「猫だ。猫が戻ってきた」

「やはり化け猫だった」

「逃げろ」

三七郎が刀を振り回して、

山

「こら！　逃げるな！　たかが畜生ではないか！」

しかし、公家侍たちはすっかり腰が引けてしまっている。浮き足立って、逃げ場を探し出した。そこへ到着したのは、猫を従えた西町奉行所の捕り方たちである。久右衛門が大声で下知した。

「召し捕れ！」

あっという間に公家侍たちは縄をかけられてしまった。

「われらは僧侶だ。貴様ら町方のものに……」

声を上げようとしたものも、

「ええい、やかましい！」

頭を殴られて、黙ってしまった。ひとり残ったのは桐生三七郎である。彼は、口では「逃げるな」と言っていたが、捕り方がやってきたのを見ていち早く猫の檻を開けて、トラを引っ張り出すと、有無を言わさずその首輪を引きちぎり、ふところに入れた。

（わしはかならず京へ戻る。抜け荷で得た莫大な金……遣わずに死ねるか！）

そして、本堂の奥の扉からそのまた奥へと逃げ込んだのである。

首謀者の三七郎がいないことに気づいた勇太郎とホトトギスが、本堂のあちこちを探していると、その足もとにトラが寄ってきた。ホトトギスがトラを抱き上げようとすると、するりと身をかわし、「こちらに来い」というような仕草をする。

「村越さま……トラがなにか知っておるようです」

ホトトギスはそう言うと、トラのあとについていった。勇太郎も半信半疑でそれに従う。ふたりは猫を追って、本堂の奥の扉をくぐり、暗い廊下を駆ける。トラは控えの間の隣にある戸のまえでとまった。

「ここは物置きのようだな……」

勇太郎が戸に手をかけると、すっと開いた。なかに入ると、抜き身をだらりと下げた桐生三七郎が立っている。勇太郎は刀ではなく十手を構えて、

「桐生三七郎、もはや逃れられぬぞ」

「わしがなにをした。猫を集めたというだけではないか。そのようなことが罪になるのか」

「とぼけるな。抜け荷は重罪だ」

「抜け荷？　なんのことかな。証拠があるか」

「証拠はこの猫の……あっ！」

そのときはじめて勇太郎は、トラが首輪をしていないことに気づいた。

「ふふふふ……そこをどけ。わしはこの唯俊を人質にしてこの寺を抜け出してやる」

そう言うと三七郎は振り返って格子のなかを見たが、そこにはだれもいなかった。

「くそっ、おらぬ！　やつめ、どこへ隠れた」

「麿は隠れてはおらぬぞ」

物置きの壁際から声がした。竹小路唯俊だ。顔が腫れ、少し傷があるが、落ち着いた様子である。ホトトギスが抱きつき、唯俊はその頭を撫でた。

「ようご無事で……」

「このものが連れ出してくれたのじゃ」

部屋の隅の、影になったところからひとりの男がぬうと浮かび出た。

「おお、権六」

勇太郎が言うと、

「ずっと天井裏に忍んでいたので、埃まみれです」

そう言って身体をはたき、

「こいつら皆、控えの間から本堂に移るのを見すまして、猫の部屋の戸を開け、猫たちをみんな逃がしてやりました。そのあとこのお方を助け出したのです」

ホトトギスが権六に深々と一礼して、

「主を救うていただき、かたじけのうございます」

権六は少年の言葉づかいにきょとんとしている。

「これでもう、人質をとることもできまい。——桐生三七郎、割り符を差し出し、神妙に縛《ばく》につけ」

勇太郎が十手を突きつけて迫ると、三七郎はふところから赤い首輪を取り出し、いきなりそれを口に頬張った。

「なにをする！」

あわててとめようとしたが、三七郎は目を白黒させてそれを飲み込もうとする。猫の匂いの染み込んだ首輪はかなり飲みにくいようだったが、それでも嚥下《えんげ》しようと必死である。勇太郎が口からはみ出た首輪を端をつかんで引っ張ったが、三七郎は首を振って抗《あらが》う。ホトトギスも勇太郎に加勢しようとするのを唯俊がとめた。

「なぜおとめになるのです」

「まことの割り符はここにあるからでおじゃる」

そう言って唯俊は一枚の紙を示した。三七郎がもごもごと、

「嘘をづげ！　だばざぜるものが」

「そう思うならよう見てみよ」

唯俊はその紙を三七郎の眼前に近づけた。三七郎は真っ青になった。

「おまえが飲み込まんとしておるのは、麿が書いた落書きじゃ」

権六がにやにや笑いながら、

「猫騒動のときにすり替えておいたのよ」

三七郎は首輪を吐き出し、唾だらけのそれをほぐした。出てきたのは下手くそな猫の

絵が描かれた紙だった。それを見た三七郎はげえげえとえずきながら、

「もはやこれまでか……」

遅れてやってきた久右衛門が同心たちに命じた。

「桐生三七郎に縄打て」

三七郎は久右衛門をにらみつけ、

「わしは負けた。負けた負けた負けた。——なれど……わしらを町奉行所が召し捕ったならば、竹小路家が抜け荷をしていたことが公になり、あの家も潰れるわけだ。ふふふ……冥途《めいど》の道連れというやつだな。ざまあみろ、唯俊」

久右衛門はかんらと笑い、

「減らず口をきくやつじゃのう。その件ならば、わしがさるお方に書状をしためておいたゆえ、安堵してもろうてよいぞ」

三七郎は舌打ちをして、

「さるお方？　大坂城代……いや、京都所司代か。そんな連中では天下の法は曲げられまい」

「うはははは、そんな小者ではないぞ。もっとうえのお方じゃ」

「もっとうえ？　ご老中か、それとも寺社奉行か」

「もっともっと……もーっとうえ、上《かみ》つ方《かた》じゃ」

「上つ方……」

三七郎ははっとして、

「まさか……」

「さよう。わしは魚料理の勝負のことであのお方にひとつ貸しがある。此度はその貸しを返していただくことにした。よもや、今上《きんじょう》の主上《おかみ》の綸言《りんげん》をきかぬものはおるまいて」

今度こそ三七郎はがっくりとうなだれた。

捕り方たちに引き立てられていく公家侍たちを見送りながら、権六が勇太郎にささやいた。

「寸二がいませんね」

どうやら隠し包丁の中忍は、逃げ失せたらしい。

「上首尾……上首尾じゃ」

久右衛門は上機嫌で言った。

「唯俊殿、よかったのう」

「これもみな、大邉さまや西町奉行所の与力・同心衆のおかげでおじゃる」

唯俊は頭を下げた。

「なんのなんの。頭は下げずともよい。ただし、此度の礼に、ひとつだけ頼みがあるのじゃ」

「ほほう……それはなんでおじゃろう」

「それはのう……」

言いかけたとき、岩亀が久右衛門の袖を引き、あれを見ろ、と目顔で知らせた。そこでは、ホトトギスとトラがしっかりと抱き合い、再会を喜びあっていた。ホトトギスはぼろぼろ涙を流し、

「トラ……よかったな。また会えたなあ」

その顔つきはいつもと異なり、歳相応のこどものものだった。

「お頭、あれを見ても、まだ猫をお望みでございますか」

岩亀が小声で言った。久右衛門は苦虫を嚙み潰したような顔になり、

「むむ……ううう……」

唯俊が、

「大邉さま、頼みとはなんでおじゃる」

久右衛門は汗を拭き、

「あ、いや……なんでもない。わしの思い違いであった。そなたを救い出したのは町奉行の役目としてやったまでのこと。礼などいらぬ。そうであろう。うはははは……」

半泣きの顔で、自棄《やけ》くそのような高笑いをいつまでも続けていた。

◇

西町奉行所の小書院で、宴《うたげ》が開かれようとしていた。居並ぶのは、久右衛門、喜内、岩亀与力、岩坂三之助、小糸、それに竹小路唯俊とホトトギスだった。ホトトギスはトラを抱いている。もちろん勇太郎も末席に座っていた。

「本日は、竹小路家一件無事落着の祝いじゃ。まずはありあわせのもので飲んでくれ。わしが手ずから料理した馳走《ちそう》が出るゆえ、それを楽しみにのう」

「御前の料理とは楽しみでござる」

岩坂三之助が言った。

喜内が言うと、

「腹痛を起こすようなものでなくばよろしいが……」

「なにを言う、喜内。わしが丹精込めたる料理じゃ。あまりの美味さに頰が落ちるぞ」

「ほほう……それは楽しみでございます」

当今《とうぎん》の帝の計らいにより、竹小路唯元は隠居、変わって兄の唯俊が家を継ぐこととなった。どこにも傷がつかずに済んだのである。久右衛門は大きな湯呑みでぐいぐいと酒を飲む。その清々しい飲みっぷりに、竹小路唯俊もつられてつい飲み過ぎてしまい、顔が赤くなっている。

「御酒《ごしゅ》をお過ごしになられると、あとで頭《つむり》に来ますぞ。ほどほどになされませ」

ホトトギスに言われて唯俊は、

「わかっておる。なれど、今宵《こよい》はうれしき宴でおじゃる。少々過ごしてもよかろう」

その会話を聞いて岩坂三之助が目を細める。

「そろそろあれを持ってまいれ」

給仕をしていた源治郎に、久右衛門が言った。

「かしこまりました」

しばらくすると、源治郎と権六が膳を運んできた。皆のまえにひとつずつ置く。そこに載っていたのは、大ぶりの茶碗に飯を盛り、そこに熱々の味噌汁をかけた猫まんまだ。

「どうじゃ、わしの料理は。毎朝こしらえていた猫まんまが作れぬようになり、物足らなく思うていたが、こうして皆にふるまえて満足である。存分に食うてくれ。お代わりもたんとあるぞ」

たいへんなご馳走が出ると思っていた一同は、目のまえの猫まんまを見てげんなりしたが、久右衛門はにこやかな顔で掻き込み、冷や酒を飲みながら、

「ううむ、美味い。わしは料理の達人であるのう」

そう言うと扇を広げ、みずからをあおいだ。そこには「猫は彼奴」と書かれていた。

久右衛門のほかにもうひとり、いや、もう一匹、猫まんまをむさぼっているものがいた。

トラである。トラは、猫用にこしらえられた薄味の猫まんまに顔を突っ込んでいる。その食べっぷりを見ていると、なんだか美味そうに思えて、勇太郎も箸をつけてみた。熱い出汁《だし》の旨味《うまみ》と味噌の香りが混然となり、なんともいえぬ。そこに冷や酒をぐびりとやると、これが合うのだ。思っていたよりずっと美味い。そして、深みのある味だ。

「美味い。お頭、これは美味《うも》うございます」

勇太郎が思わずそう言うと、

「で、あろう。汁かけ飯は奥が深いのじゃ」

そう言って久右衛門はお代わりの碗を突き出した。

左記の資料を参考にさせていただきました。著者・編者・出版元に御礼申し上げます。

『大坂町奉行所異聞』渡邊忠司（東方出版）
『武士の町　大坂　「天下の台所」の侍たち』藪田貫（中央公論新社）
『町人の都　大坂物語　南都の風俗と歴史』藪田貫（中央公論新社）
『歴史読本　昭和五十一年七月号　特集　江戸大坂捕り物百科』（新人物往来社）
『なにわ味噺　口福耳福』上野修三（柴田書店）
『大阪食文化大全』笹井良隆（西日本出版社）
『都市大坂と非人』塚田孝（山川出版社）
『江戸物価事典』小野武雄（展望社）
『江戸料理読本』松下幸子（筑摩書房）
『花の下影　幕末浪花のくいだおれ』岡本良一監修、朝日新聞阪神支局執筆（清文堂出版）
『大阪の橋』松村博（松籟社）
『料理百珍集』原田信男校註・解説（八坂書房）
『大阪の町名―大阪三郷から東西南北四区へ―』大阪町名研究会編（清文堂出版）
『図解　日本の装束』池上良太（新紀元社）

『清文堂史料叢書第119刊　大坂西町奉行　新見正路日記』藪田貫編著（清文堂出版）
『講談名作文庫6　太閤記』（講談社）
『耳嚢（中）』根岸鎮衛著　長谷川強校注（岩波書店）
『名作歌舞伎全集　第2巻　丸本時代物集二』戸板康二・利倉幸一・河竹登志夫・郡司正勝・山本二郎監修（東京創元社）
『図解　忍者』山北篤（新紀元社）
『歴史グラフティ　忍者』桔梗泉（主婦と生活社）
『歴史文化ライブラリー246　次男坊たちの江戸時代　公家社会の〈厄介者〉』松田敬之（吉川弘文館）
『上方講談　難波戦記』（CD）旭堂南海口演（石津事務所）

また、本書第二話「太閤さんと鍋奉行」の講談部分について、講談師の旭堂南海さんから貴重なご助言・ご指摘を多数ちょうだいいたしました。御礼申し上げます。

解説

大矢博子

「こんにちはぁ」

「誰やと思たらおまはんかいな、まあこっち入ったらどや」

「へえ、今そこで、旦《だん》さんとこにおもろい田舎《いなか》のもんがあるて聞きましてな、えらい美味《おい》しいもんやいう話で、ほなら呼ばれよか思て飛んできましたんや」

「ちょっと待ちなはれ、違うがな。話あんじょう聞きなはれ。おもろい田舎のもんやのうて、おもろい田中の本やがな」

「あ、さよか。田舎のもんやのうて、田中の本ですかいな。で、それ何だんねん」

「なんや知らんのかいな、田中啓文いうお人の書いた〈鍋奉行犯科帳〉シリーズのな、七作目『猫と忍者と太閤《たいこう》さん』が出たんや」

「ひええ、七作目。よう飽きもせんとそない書きますなあ」

「失礼なこと言いな、それだけ人気があるいうことやがな。飽きるどころか、読む方はもうどんどん新しいのが読みとなってたまらんちゅうくらい、おもろい小説やぞ」

「どんな話だんねん、そのハゲ部長参加賞て」

「器用な聞き間違いすな。鍋奉行犯科帳や。おまはん、犯科帳て知ってるか」

「それくらい知ってますわ。有名なんは鬼平《おにへい》ですやろなあ。加藤改め長谷川平蔵《はせがわへいぞう》」

「なんで鬼平が改名しとんねん、それをいうなら火盗改や。まあ、犯科帳てのは今風にいうなら事件簿、つまりは捕物帳やな。鬼平は江戸やけどこれは大坂が舞台でな、西町奉行の大邉久右衛門《おおなべきゆうえもん》ちゅうお人が主人公や。この大邉はん、大食漢の美食家で太った熊のような体格をしてはる。食べるのが何より好きで、その量も知識もただごとやない。ついたあだ名が大鍋食う衛門。普段は食べてばっかりで仕事なんぞ碌《ろく》にやらんのに、いざ事件が起きると鮮やかな裁きを見せるっちゅう痛快なシリーズやで」

「なるほど、ほならわたいが聞いたえらい美味しいもんいうのは」

「そら話の中身のことやがな。短編集なんやが、これまで七冊、どの話にも必ず美味しそうな食べもんが出てくるんや。その食べもんにまつわる蘊蓄《うんちく》もたっぷり。不思議なもんでな、派手な料理だけやのうて庶民的な料理も、田中はんが書くと読むだけで唾が湧くくらいご馳走《ちそう》に見えてくる。二作目『道頓堀《どうとんぼり》の大ダコ』にきつねうどんの話が出てくんねんけどな、そんな当たり前の食べもんがもう美味《うま》そうでなあ」

「そらまた大坂らしい食べもんでんなあ。江戸にはたぬきうどんいうのがあるらしいでっけど、狐《きつね》と狸《たぬき》はコンポン的に違いますわ」

「何しょーもないこと言うてんねん。ともかくな、これ読んどると、毎日のごはんを大切にせなあかんなあ、美味しい食べもんが味わえるいうのは幸せなことやなあ、としみじみ感じて、食べもんが愛《いと》おしくなってくるんやなあ」

「うわあ、そらたまりませんなあ。今度の本にはどんな食べもんが出てきますねん」

「いや、それがやな、今回はちょっと趣向を変えてきてんねや。第一話ではお抱えの料理人がケガをしていつもの料理が作られへんし、第二話では久右衛門が腹を下してしもうて粥《かゆ》と梅干ししか食わしてもらわれへん。第三話は、飯は飯でも猫の飯や」

「なんやそれ。美味しい話ちゃいますやん」

「あほか、それが工夫やがな。こうやっていろいろ目先を変えてくるから、七作続けて読んでも胃もたれせんのやないか。それにちゃんと読みどころが用意されたある。まずは第一話に出てくる忍者飯の蘊蓄やな。昔の忍者はこないなもん食うてたんかいう驚くような話がぎょうさん出てくるで」

「あ、わたい知ってま。すいとん食うてたんでっしゃろ」

「おまはん、水遁《すいとん》の術とごっちゃにしとるがな。そんなもんやあれへん、食べもんを日持ちさせる工夫やら、一粒で二、三日は体が保《も》ついう丸薬やらが出てくんねん」

「ああ、戎橋《えびすばし》のたもとで両手広げた看板の」

「そら一粒三百メートルのグリコや。その忍者飯の蘊蓄が捕物にもちゃーんと関わったんねん。そこらはさすが日本推理作家協会賞受賞作家のミステリやなあ。第二話はな、芝居の上演を巡るいざこざとインチキ医者の事件やな。この芝居のくだりがおもろい。芝居小屋が『太閤記』を舞台にかけたら、講釈師が、そらこっちが元ネタや勝手にやるないうてイチャモンつけよんねん」

「ちょっと待っとくなはれ、講釈て何だんねん」

「おい、おまはんちょっと六作目『お奉行様のフカ退治』の解説書かはった旭堂南海《きょくどうなんかい》さんとこ行って謝ってこい。講釈っちゅうのはな、講談ともいうが、おもに歴史に題をとったいろんな話を、その話術で語り聞かせる芸のことや。前に釈台置いてな、張り扇《せん》で釈台をパパン！　と叩《たた》きながら『赤穂《あこう》義士』やら『太閤記』やらを調子よう語ってくれんのや。時は元禄《げんろく》十五年、師走《しわす》半ばの十四日（パパン！）、江戸の夜風を震わせて、響くは山鹿《やまが》の陣太鼓（パパン！）」

「痛い痛い、わたいの頭叩いてますやん」

「南海さんの代わりに叩いたってるねん、ありがたい思え。こうやって波瀾《はらん》万丈の大スペクタクル巨編を滔々《とうとう》と語ってくれてやな、ここやっちゅうとこで『さあこのあとどうなりますか、また明日《みょうにち》』て引っ張られてな、そらもう全米も泣くいうねん」

「続くんかいな！」

「そやさかい、明日も行こう思うんや。連ドラやな。でな、この第二話のすごいところは、江戸時代のメディアミックスが書かれてるっちゅうことや。今でも人気の小説が映画になったりドラマになったり漫画になったりしとるやろ。江戸時代も同じじゃや。人気の話が本になったり歌舞伎になったり講釈になったり大衆向けの芝居になったりして、いろんな階層の人が同じ話に親しんで、それが今の世に残っとんのやな。物語を伝える、楽しむいうのんは、すごいもんやなあと思うで」

「そない大仰な話を短編でやってまんのか」

「そこがこの鍋奉行犯科帳のえらいところや。田中はんは小説だけやのうて落語も書かはるし音楽もやらはる、講釈も手がけてはる。その経験と愛と知識が全部小説に詰まっとんねん。ところがそれが重うない。当時の文化やら生活やら風俗やら、どんだけ調べとんねんいうくらい調べたエッセンスをやな、シャレや地口《じぐち》や笑いにまぶしてさらっと読ませてくれんねん。こらえらいもんやで」

「え、地口もおまんのかいな」

「おまんのかどころやないがな、田中啓文いうお方の小説は地口のためにあるようなもんや。このシリーズは最後に奉行が広げた扇に〆《しめ》の一言が書いたあるっちゅう趣向なんやが、それが腰も砕ける地口尽くしでな。今回は一話二話と地口を離れたんやが、第三話がなあ……女子が萌《も》えそうなキュートな少年が出てくるわ公家《くげ》がらみの陰謀もあるわでおもろい話やのに、最後においどが六つに割れるくらいしょーもない地口が出るさかい、気ぃつけや。これやりとうてこのネタにしたんやろ、いうんがモロわかりや」

「なんやすごいんかアホなんかわからんようになってきましたわ」

「まあ、どっちかいうたらアホの方やな」

「ええんでっか、そないなこというて」

「かまへんかまへん、たぶん次の作品書くのに忙しゅうて、こんなとこ読んでへんわ。あ、そうや、第三話はシリーズ四作目『京へ上った鍋奉行』を読んどくと、ああこのことか、思うとこがあるさかい、できれば遡《さかのぼ》って読むとええで」

「これ、かいらしい女子は出てきまへんのか」

「出るがな出るがな、凜《りん》とした女剣士やら婀娜《あだ》っぽい姐《ねえ》さんやら。それだけやない、チャンバラもある。今回は忍者の話やからチャンバラも変わり種や」

「女剣士、よろしいなあ。告白は竹刀《しない》構えて、ぼくと突き合って下さい、いうてね」

「何より大坂の話やいうのが嬉《うれ》しいやないか。時代小説は山ほど出てるが、ほとんどが江戸や。大坂の話は、人情ものなら阿部牧郎《あべまきお》や高田郁《たかだかおる》、朝井《あさい》まかても書いてはるけどもな、シリーズものの捕物帳でコンスタントに大坂を舞台にしてんのは、田中はんも大好きという有明夏夫《ありあけなつお》の他は、現役では築山桂《つきやまけい》くらいや。せやから言葉も文化もシステムも違う大坂の捕物帳に、〈鍋奉行犯科帳〉シリーズで初めて出会うお人も多いやろ」

「ああ、初めて出会うもんは大事ですなあ。それで印象決まってしまいますしな」

「ほう、たまにはええこと言うやないか」

「鳥の雛《ひな》も、卵から孵《かえ》って最初に見たもんを、おや？　と思うそうですし」

「雛が何を不思議がっとんねん、親と思う、やろ。まあせやけど、〈鍋奉行犯科帳〉で大坂の話ておもろいなあと思ってくれたら、そっからどんどん読書の幅も広がるっちゅうこっちゃな。どや、おまはんも読んでみようという気になったか」

「へえ、読ましてもらいま。七冊ぜんぶ借りて行ってよろしか」

「そらかめへんけど、そんなに持てるんかい」

「最近はちょっとした荷物なら空飛んで運んでくれるロボットがおまんねん」

「ひゃあ、なんやそれ」

「ほな、忍者の話だけに、わたい、ここらでドローンさせていただきます」

（おおや・ひろこ　書評家）

本書は「ｗｅｂ集英社文庫」で二〇一六年三月から五月まで連載された作品に、
書き下ろしの第三話を加えたオリジナル文庫です。

集英社文庫

鍋《なべ》奉《ぶ》行《ぎょう》犯《はん》科《か》帳《ちょう》　猫《ねこ》と忍者《にんじゃ》と太閤《たいこう》さん

2016年5月25日　第1刷　　定価はカバーに表示してあります。

著　者　田中啓文《たなかひろふみ》
発行者　村田登志江
発行所　株式会社　集英社
東京都千代田区一ツ橋2-5-10　〒101-8050
電話　【編集部】03-3230-6095
【読者係】03-3230-6080
【販売部】03-3230-6393（書店専用）

印　刷　図書印刷株式会社
製　本　図書印刷株式会社

フォーマットデザイン　アリヤマデザインストア　　マークデザイン　居山浩二

ISBN978-4-08-745449-9 C0193